전생했더니 검이었습니다

"I became the sword by transmigrating" Story by Yuu Tanaka. Illustration by Llo

12

타나카 유 지음
Llo 일러스트
신동민 옮김

전생했더니 검이었습니다

"I became the sword by transmigrating." Story by Yuu Tanaka. Illustration by Llo

12

타나카 유 지음

Llo 일러스트

신동민 옮김

CONTENTS

"I became the sword by transmigrating"
Volume *12*
Story by Yuu Tanaka, Illustration by Llo

제1장 도적 길드와 프란

Side 프레드릭

"이 방은 뭐지?"

"워후."

"아가씨의 모습은 없는데…… . 여기에 있었던 건 틀림없지?"

"윙!"

내 말에 프란의 종마인 울시가 고개를 끄덕였다.

역시 상위 마수. 이쪽의 말을 완전히 이해하고 있는 모양이다.

아슈트너 후작 저택으로 돌입하기 직전 나와 울시는 베르메리아를 구하기 위해 개별 행동을 하고 있었다.

울시의 코는 상상 이상의 능력을 가지고 있어서 순식간에 아가씨가 있는 곳을 찾아냈다.

도착한 곳은 어느 귀족의 저택이었다. 아슈트너 후작의 부하인 소귀족의 소유물로 보이는 곳이다.

결계는 없는 것 같지만, 그것이 오히려 수상했다.

나는 울시와 함께 저택으로 잠입했다.

저택엔 사용인조차 없어 인기척이 없었다. 하지만 저택 손질은 확실하게 되고 있으니 사용하고 있는 건 틀림없을 것이다.

그렇게 사람이 없는 저택을 나아갔다. 울시의 코와 내 척후 기능이 있으면 비밀 통로를 찾아내기는 쉽다.

비밀 방에서 더 안쪽으로 나아간 우리는 낮인데도 빛 한 줄기 비치지 않는 수상한 방에 도착했다.

귀족의 저택에는 어울리지 않는 수상한 약과 가재도구가 놓인 방이다. 뭔가 실험을 하는 곳이 아닐까.

천장과 바닥에는 거대한 마법진이 그려져 있고 구석에는 광신검이 세워져 있다. 어떻게 생각해도 아슈트너의 실험과 관계가 있었다.

베르메리아의 모습은 없지만 울시의 코는 이 방에 있었다고 느끼는 모양이다.

그것도 방금까지.

"뭔가 단서가 될 물건은 없나?"

"킁킁…… 웡!"

"그건 금속인가? 이상한 마력이 느껴지는데…….."

울시가 코를 가까이 댔던 선반에 묘하게 눈길을 끄는 금속 조각이 놓여 있었다. 부러진 칼끝. 이런 꼴이 됐는데도 강력한 마력이 느껴졌다.

"울시. 그것도 넣어줘."

"웡."

울시는 그림자 속에 온갖 물품을 넣을 수 있다고 한다.

베르메리아를 쫓기 위한 단서가 될지는 알 수 없지만 후작이 저지른 악행의 증거는 될지도 모른다. 의심스러운 물건은 확보해야 한다.

"달리 눈에 띄는 건──."

"크르릉!"

"아니……!"

방을 더 수색하려 하는데 울시가 느닷없이 달려들었다.

뭐지? 배신한 건가?

순간 그렇게 생각했지만 아니었다. 살기도 적의도 느껴지지 않았다.

나를 쓰러뜨린 울시를 올려다보자, 그 몸을 붉은 액체가 적시고 있는 모습이 보였다.

"무슨 일이……."

"크히히히! 용케 감쌌는데, 멍멍이!"

"크르르르!"

날카롭고 귀에 거슬리는 소리가 방에 울렸다. 마치 여러 사람이 동시에 떠들고 있는 것 같아서 생리적으로 받아들일 수 없는 목소리.

적인가! 게다가 우리가 기척을 느끼지 못할 만큼 고수다!

적의 모습을 확인하기 위해 일어섰다.

그리고 나는 무심코 움직임을 멈추고 말았다. 목이 잠겨 말이 제대로 나오지 않았다.

"베르, 메, 리아……?"

"아앙? 너 우리랑 아는 사이냐?"

"무슨 소리를……. 아니, 네놈은 누구냐!"

거기에 서 있던 것은 우리가 찾는 상대였다.

하지만 외모는 베르메리아라도 풍기는 분위기가 전혀 달랐다. 행동거지에서는 난폭함이 넘쳐나고 그 표정은 아주 일그러져 있었다.

무엇보다 입에서 나오는 그 목소리가 이상했다.

진짜 베르메리아인가? 누군가가 모습을 바꾸고 있는 건 아닌가?

하지만 내 직감이 그것을 부정했다. 눈앞에 있는 것은 베르메리아다.

적어도 그저 모습만 베낀 존재는 아니다.

"나 말이야? 나는…… 누구지?"

"뭐?"

"이봐, 난 누구지?"

"무슨 소리지? 베르메리아?"

"크르르르!"

"크햐하하하하! 나는 누굴까나아아아아!"

베르메리아의 모습을 한 무언가가 미친 듯이 웃음을 터뜨렸다.

나는 온몸의 비늘이 거꾸로 서는 듯한 공포심에 사로잡혔다. 베르메리아 같은 존재가 억누르고 있던 기세를 해방한 것이다. 장기(瘴氣)처럼 느껴지기도 하는 불쾌한 마력과 공격적인 기세가 방을 둘러쌌다.

나는 상대의 힘을 깨달았다.

절대 이길 수 없다, 그렇게 이해한 순간 즉시 외쳤다.

"울시! 도망쳐! 내가 남겠다!"

빌린 종마를 길동무로 삼을 수는 없어!

"……윙!"

다행히 울시는 바로 그림자로 가라앉았다. 이길 수 없는 적에게 도전하는 만용은 가지고 있지 않은 거겠지.

"크히히히, 놓칠까 보냐!"

"쳇!"

그림자를 공격하려 한 듯하지만 나는 그 마력탄을 받아냈다.

"아앙? 방해하지 마라."

"……그렇게는 안 된다."

"흥. 그건 그렇고 지금 건 뭐지? 내 공격이 사라진 것처럼 보였는데……."

"글쎄, 뭐라고 생각하지?"

"크케케케, 비밀이라니 매정한걸! 하지만 그 몸에서 희미하게 느껴지는 사기. 그 힘인가 보지?"

확실히 나는 반사룡인의 능력으로 타인의 마력을 없애는 것이 가능하다. 아니, 마력을 어떻게 한다기보다 마력을 조종하는 법칙을 비튼다고 하는 편이 정확할 것이다.

고위 사인이 가끔 보이는 능력으로, 이것을 첫눈에 간파하기는 어렵다.

눈앞의 상대는 즉시 간파했지만.

소모가 심한 탓에 앞으로 두세 번 쓰는 게 고작이다.

울시가 도망칠 시간을 벌기 위해서라도 전투가 아닌 대화를 이어가고 싶다. 나 자신은 여차하면 오의──전이술로 도망치는 게 가능할 것이다.

바로 죽지만 않는다면 말이다.

하지만 가짜 베르메리아가 갑자기 그 표정을 바꿨다.

"이봐, 너……. 그 선반에 놓여 있던 금속 조각을 어떻게 했지?"

"뭐?"

"거기 선반에 놓여 있던 홀리오더의 조각 말이다! 그걸 어디로 치웠냐고 물었다!"

"모른다!"

"그럼 말하고 싶어지게 해주마! 아프다고 죽지 말라고!"

"쉽게는 죽지 않는다!"

＊

아슈트너 후작가에서 탈출한 우리는 길드로 돌아오는 도중에 엄청난 파괴 현장과 마주쳤다.

등에 유사 광신검이 꽂힌 검사가 화염 마술로 주위를 태우고 있던 것이다.

게다가 단순한 화염 마술이 아니다.

대폭발을 일으켜 한 번에 집 몇 채를 불태우는 술법이 무영창으로 여러 발 동시에 기동되어 주위 집들을 산산조각 냈다.

미처 도망치지 못해 불길에 휘말리는 사람들의 울음소리와 그것을 목격한 사람들의 비명이 들렸다.

"저 녀석⋯⋯!"

그 파괴 행위를 막기 위해 엘리안테가 달려나갔다.

엘리안테의 비장한 얼굴을 보고 알았다. 사람들이 도망칠 시간을 벌기 위해 자신을 희생해서라도 남자를 막으려 하는 것이다.

하지만 아무리 길드 마스터라 해도 저 마검사에게는 이길 수 없다. 그뿐 아니라 엘리안테가 목숨을 건다 해도 시간조차 벌기 어려울 것이다.

『신검 개방 상태라니⋯⋯! 무슨 일이 일어난 거야!』

검사의 등에 꽂힌 유사 광신검은 어째선지 개방 상태였다. 그 탓에 엄청난 힘을 얻었다.

순간 파나틱스의 본체인가 했지만 감정 결과는 유사 광신검이었다.

유사라 해도 신검 개방 능력을 가지고 있는 듯했다. 그 표기가 허세가 아니라는 건 검사가 내뿜는 마력이 증명하고 있었다.

명백하게 엘리안테보다 강하다. 심지어 압도적으로.

"그만둬!"

"크아아!"

엘리안테가 달려들었지만 검사가 날린 충격파에 날아갔다.

"꺄악!"

10미터 가까이 튕겨 나가 벽에 부딪혀 신음했다.

엘리안테가 손에 들고 있던 대검의 도신이 가운데서 두 동강이 나 있었다. 검이 방패가 된 덕분에 날아가는 정도로 끝난 것이다.

하지만 거기로 가차 없이 화염 마술이 쏘아졌다. 역시 무영창이었다.

한 발 한 발이 인간을 간단히 숯덩이로 만드는 위력의 화염탄이 무수하게 도망칠 곳을 막으며 엘리안테에게 쏟아졌다.

『쳇!』

나는 즉시 날아가 염동으로 화염 마술을 흐트러뜨렸다.

원거리에서 방어했다면 좋았겠지만…….

아슈트너 후작과의 격전으로 힘을 지나치게 소모했다. 저 위력의 화염 마술을 멀리서는 막을 수 없었다.

"어? 뭐지……?"

멋대로 움직이는 검을 보고 엘리안테가 놀랐다.

에잇, 할 수 없지!

나는 분신 창조를 사용해 엘리안테와 코르베르트의 앞에 나서기로 했다.

수상하게 보겠지만 인텔리전스 웨폰이라는 사실을 들킬 수도 없어!

나는 마치 전이해 온 척하며 내 자루를 쥐었다. 엘리안테 일행에게는 갑자기 나타난 변변찮은 남자가 폼을 잡고 있는 것처럼 보일 것이다.

『수상한 사람 아냐. 나는 프란의 지인이야.』

"카레 스승님 아니신가요!"

코르베르트는 겨우 한 번 만난 나를 기억하고 있던 모양이다. 코르베르트의 말을 듣고 엘리안테의 얼굴에서 의심하는 빛이 옅어졌다.

이러면 이야기를 들어줄 것 같다. 나는 엘리안테를 향해 입을 열었다.

『녀석과 정면에서 싸우면 바로 죽을 거야. 알고 있을 텐데?』

"그렇다고……!"

『내가 갈게. 이래 봬도 프란의 스승이야, 시간 정도라면 벌 수 있어. 그 대신 프란을 확실하게 대피시켜줘. 부탁한다!』

"아, 잠──."

검사의 눈이 이쪽을 향한 것을 알 수 있었다. 이 이상 문답을 하고 있을 틈은 없었다. 나는 엘리안테와 코르베르트의 대답을 기다리지 않고 검사를 향해 달려 나갔다.

이래도 엘리안테 일행이 망설이면 곤란하지만──.

그런 면은 역시 모험가. 상황을 제대로 파악하고 즉시 후퇴하기 시작했다.

『자, 녀석이 자멸할 때까지 나랑 어울려주느냐가 문제인데——.』

그때 붉은 광선의 비가 쏟아졌다. 화염을 모아 쏘는 플레어 블래스트를 스무 발 정도 동시에 기동한 듯하다.

나와 프란이 협력해도 이만한 숫자는 쏠 수 없다. 이상할 정도의 제어력이었다.

내 뒤에 있던 석조 건물이 흐물흐물하게 녹아 구멍투성이가 되다 마지막에는 폭발이 일어났다.

그러나 내게는 아무런 대미지도 없었다.

미약하게 회복하고 있던 마력을 사용해 디멘션 시프트를 발동시켰기 때문이다.

뒤이어 나를 중심으로 바람이 소용돌이치기 시작해 바로 거대한 회오리로 성장했다. 적의 폭풍 마술이다.

회오리는 주위의 잔해를 빨아들이며 더 두껍게 커져 갔다.

이대로라면 마을의 피해가 엄청날 것 같다. 나는 전이와 공중도약으로 단숨에 올라가 공중에 몸을 드러냈다. 녀석의 입장에서 보면 완전히 빈틈투성이일 것이다.

검사의 얼굴에는 표정이 없어서, 내가 무사한 것에 놀라고 있는지 놀라지 않는지도 제대로 알 수 없었다. 하지만 그 창끝이 이쪽으로 향한 것은 틀림없다.

나를 향해 마술이 쏘아졌다.

인페르노 버스트를 동시에 쏘아 융합 증폭시킨 거대한 업화의 기둥이 내 모습을 집어삼켰다. 리치 전에서 알림이 쏜 공격과 종류가 같으면서도 위력이 몇 배 높은 술법이다.

하지만 그 흉악한 공격이라도 디멘션 시프트를 쓰고 있는 내게는 닿지 않았다.

마력이 쭉쭉 줄어갔지만 단시간만 버티면 되는 것을 알기 때문에 아낌없이 썼다.

신검 개방 상태로 몸에 강한 부하가 걸려 있는 탓에 검사의 생명력과 마력이 엄청난 기세로 줄고 있었다.

이대로라면 몇 분도 버티지 못하고 자멸할 것이다.

그동안 계속 도망치기만 하면 된다.

『핫!』

내게 시선을 고정시키기 위해 반격도 했다. 날린 것은 하위 뇌명 마술이다. 통할 거라 생각하진 않지만 요란하기에 눈길을 끌 수 있을 것이다.

예상대로 검사는 이쪽으로 반격을 가했다.

이번에는 내 주위를 붉은 화염덩어리가 둘러싸더니 일제히 팽창해 터졌다.

콰아아아아아아아아앙!

플레어 익스플로드의 동시 발동으로 인해 하늘에 폭염의 꽃이 화려하게 피었다. 분명 멀리서도 아름답게 보일 것이다.

하지만 디멘션 시프트가 나를 지켜줬다.

마력 소모가 크지만 그만큼 유용한 술법이로군!

『안 통한다!』

내 작은 반격에 더 큰 반격이 거듭 날아왔다.

다시 폭염이 일어났다.

하지만 여전히 내게는 무의미했다.

역시 폭주 상태라서 사고 능력이 저하된 듯했다. 녀석에게 제대로 된 판단 능력이 남아 있었다면 효과적인 공격을 펼치지 않는 나를 무시하고 주위를 공격했을 것이다.

능력은 랭크 A 모험가를 능가하지만 머리는 움직이는 것에 반응해 공격하는 저돌적인 바보. 나라면 상대하기 쉬운 적이었다.

『이대로 녀석의 시선을 고정시키면서 하늘에 헛수고를 계속하게 하자!』

하지만 시공 마술을 사용할 수 있는 나라서 어떻게든 버티고 있는 것이다. 다른 곳에서는 피해가 대체 얼마나 나고 있을까…….

그리고 약 3분 후.

마력의 잔량이 신경 쓰이기 시작한 무렵 겨우 녀석의 생명력이 바닥을 드러냈다.

검사가 움직임을 멈추고 공허한 눈으로 이쪽을 올려다봤다. 공격 방법이 없는 거겠지.

정말 긴 3분이었다.

나는 안심하고 디멘션 시프트를 풀었다. 예상 이상으로 녀석의 공격이 거세서 디멘션 시프트에 들어간 마력이 비교적 컸다.

녀석이 10초만 늦게 쓰러졌다면 이판사판으로 전이해 전력 공격을 시도하는 처지가 됐을 것이다.

검사의 생명력이 다해서 내가 안심해 어깨의 힘을 푼 그 순간이었다.

콰아아아아아아아아아아앙!

『우와앗!』

느닷없는 대폭발. 엄청난 폭풍이 발생해 공중에 있는 내게까지 밀어닥쳤다.

『분신이 사라져……! 쳇!』

폭풍이 집들의 파편을 멀리 상공까지 말아 올렸다.

황급히 파편의 산탄을 피하며 거대한 것을 닥치는 대로 수납했다.

그러나 내가 대응할 수 있었던 것은 주위의 얼마 되지 않는 파편뿐이었다.

녀석이 화염 마술을 날렸나 했지만 그렇지 않았다.

화염이 아니라 대량으로 방출된 마력으로 인해 일어난 폭발이었다.

아무래도 검사가 죽음으로써 그 안에서 날뛰고 있던 유사 광신검의 마력이 제어를 잃고 단숨에 흘러나온 듯했다.

상공에서 거대한 크레이터가 생긴 것이 보였다.

원래 검사의 주위는 마술로 인해 파멸 상태였지만 지금은 파편조차 남아 있지 않았다. 또한 폭심지를 중심으로 50채 가까이 가옥이 무너지고 그 주위에도 막대한 피해가 일어나 있었다.

충격파로 가구가 쓰러진 것도 포함하면 피해는 수백 채에 이를 것이다.

게다가 이게 끝이 아니었다.

내가 지면으로 내려올 새도 없이 왕도 안에 연속으로 폭음이 울려 퍼졌다. 그쪽을 보니 방출된 마력이 기둥처럼 피어오르고 있는 모습이 보였다.

이곳 외에도 폭주한 검사들이 대폭발을 남기고 쓰러져 가고 있나 보다.

간헐적으로 폭음이 울렸고, 피어나는 마력 기둥을 50개 이상 확인할 수 있었다. 귀족가에서 특히 많았지만 주민 구획이나 상업 구획에서도 폭발이 일어나고 있었다.

특히 왕성 근처가 심했다. 마력 폭발이 집중적으로 일어나고 있었다.

『자폭 테러도 아니고, 대체 목적이 뭐야!』

왕도를 파괴하는 게 목적인가?

『프, 프란은 무사하겠지!』

유사 광신검의 대폭발로 인해 왕도 안에 큰 피해가 계속 일어나고 있는 가운데, 나는 프란의 기적을 찾았다.

우리에게는 마력 연결이 있기 때문에 멀리 떨어져 있어도 그 존재를 감지할 수 있다.

살아 있는 건 확인할 수 있었다.

하지만 무사한지까지는 알 수 없었다.

프란과의 연결에 의지해 나는 장거리 전이를 사용했다.

『모험가 길드인가.』

프란 일행은 무사히 모험가 길드에 도착한 모양이다.

"뭐, 뭐야!"

갑자기 나타난 나를 보고 모험가 길드의 접수원인 스테리아가 깜짝 놀랐다. 현역 시절에 쓰던 건지 새빨간 전신 갑옷을 걸치고 거대한 메이스를 들고 있었다.

아마 현역 때보다 옆으로 불어났을 테지만 사이즈 조정 마법 덕분에 문제없이 장비할 수 있는 듯했다. 마법 장비는 여러 가지 의미로 평생 쓰는 물건이로군.

지나치게 초조해했나 보다. 적어도 상공으로 전이해 몰래 돌아오는 정도는 해야 했다.

다만 검인 내가 변명을 할 수도 없었다.

이제 소동이 일어나는 건 어쩔 수 없을 것이다. 나는 로비 소파에 누워 있는 프란을 향해 조용히 이동해서 그대로 머리맡에 나를 조용히 기대 세웠다.

『프란은…… 무사한가.』

프란은 평온한 얼굴로 고른 숨소리를 내고 있었다.

극도의 피로와 소모로 의식을 잃었지만 체력이 돌아오면 자연히 눈을 뜰 것이다.

스테리아를 확인해보니 입을 떡 벌린 채 이쪽을 응시하고 있었다.

응시하고 있어?

인텔리전스 웨폰이라고 생각하지는 않겠지만 저주받은 마검이나 몬스터의 위장 정도는 의심하고 있을지도 모른다.

주인에게 자동으로 돌아온 마검을 가장하는 거다. 가장할 수 있겠지?

아니에요! 저는 귀환 기능이 달린 무해한 마검이란 말이에요~.

"빤히."

『…….』

"일단 조사해보는 편이 낫겠지?"

역시 그렇게 되나!

하지만 괜찮아! 움직이지 않으면 되니까!

가슴을 두근거리면서 스테리아를 기다리고 있는데 거기서 제동이 걸렸다.

"스테리아 씨. 그 검이라면 괜찮아."

스테리아를 말린 건 코르베르트였다.

하지만 어째선지 애달픈 듯하고 쓸쓸해 보이는 듯한 표정을 짓고 있었다.

"그래?"

"그래, 프란의 애검이야. 스승에게 받은 소중한 검이지……."

목소리도 묘하게 촉촉하다. 아니, 눈이 살짝 젖어 있지 않나?

"훌쩍…… 카레 스승의 유품인가……."

콧물을 훌쩍이면서 중얼거리는 코르베르트.

어? 카레 스승은 날 말하는 거지? 유품이라니…….

아아, 분신은 없고 검만 혼자 돌아오면 착각할 만하나. 상대는 그 무시무시한 힘을 가진 광신 검사였고 말이야.

"유품……. 그러니."

"아아, 그래."

그렇기는 무슨! 안 죽었어! 안 죽었다고!

하지만 변명을 할 수도 없어서 나는 표정이 어두운 코르베르트에게 속으로 태클을 걸 수밖에 없었다.

"카레 스승……."

"음냐…… 카레……?"

그런 침울한 분위기 속에서 프란이 눈을 뜬다. 아무래도 카레라는 단어에 반응한 모양이다.

"카레……."

아주 좋아하는 음식의 이름을 중얼거리며 눈을 뜬 프란은 주위를 둘러봤다. 그리고 머리맡의 나를 발견했다.

"돌아왔구나……."

나만 아는 안도하는 표정으로 내게 손을 뻗었다. 천천히 자루를 쥐고 들어 올리더니 가슴팍으로 끌어당겨 안았다.

『괜찮았어?』

'응…… 도중에 스승이 없는 걸 알았어.'

아무래도 이동 중에 눈을 잠시 뜬 순간이 있었나 보다. 몽롱한 와중에도 내가 곁에 없는 건 알았겠지. 스킬 공유는 살아 있기에 내가 무사하다는 건 이해했던 모양이다.

그래도 불안했던 걸까.

그녀는 내 칼날을 천천히 쓰다듬으며 눈을 감고 숨을 토했다.

"으으…… 프란……."

"어쩌면 이렇게 기특한지! 흑흑흑흑!"

여전히 착각하는 중인 두 사람이 눈시울을 누르고 있었다.

아무래도 프란이 내 죽음의 슬픔을 견디며 다부지게 행동하고 있는 것처럼 보인 모양이다. 뭐, 프란의 표정은 알기 어려우니 그렇게 보여도 할 수 없지만.

『이봐, 프란…….』

내가 카레 스승 사망설을 부정해달라고 프란에게 부탁하려 한 그때였다.

"눈을 떴구나."

"엘리안테."

"막 일어났는데 미안하지만 보고가 있어."

엘리안테는 지극히 진지한 얼굴을 하고 있었다. 중요한 이야기인가 보다. 코르베르트와 스테리아에게 할 변명은 미루는 편이 좋을 것 같았다.

진지 모드인 엘리안테가 알아낸 것을 이것저것 이야기해줬다.

광신 검사들의 자폭으로 인해 왕도 중심부에 상당한 피해가 발생하고 있는 듯했다. 또한 왕도 외각에서는 아슈트너 후작 진영의 병사와 위병이 날뛰어서 혼란도 심하다고 했다.

"가르스와 베르메리아는?"

"구출됐다는 이야기는 못 들었어."

"그럼 어디에 있는지도 몰라?"

"혼란이 너무 심해서 이 이상 보고가 없어."

"그렇구나."

엘리안테의 말에 고개를 가볍게 끄덕인 프란은 그대로 소파에서 내려가려고 했다.

『프란. 어쩔 셈이야?』

"가르스와 베르메리아를 찾으러 갈래."

"자자, 기다려 프란. 지금은 너무 위험해."

"맞아. 그만한 격전을 치른 뒤야. 더 자고 있어."

"이제 괜찮아."

엘리안테와 코르베르트가 말렸지만 프란은 고개를 가로저었다.

『이봐, 다들 말하는 대로야. 지금 우리는 힘을 너무 소모했어. 엘리안테가 말하는 대로 위험해.』

"하지만 가르스와 베르메리아를 구해야 해. 위험하다면 더더욱."

왕도의 참상을 듣고 오히려 의욕이 생긴 듯했다.

확실히 광신 검사의 자폭이나 아슈트너 후작가의 폭주에서 가르스와 베르메리아의 신병이 어떻게 됐는지 불안하기는 했다.

"프란. 구하다니, 닥치는 대로 찾을 생각이야?"

"응. 단서가 없다면 어쩔 수 없어."

코르베르트의 말에 프란은 힘차게 고개를 끄덕였다.

진심으로 왕도 안을 찾아다닐 생각인 듯했다.

나로서는 좀 더 쉬웠으면 좋겠지만 프란은 납득하지 않을 것이다.

"……휴우. 할 수 없네."

엘리안테도 프란의 굳은 결심을 알아차렸는지 한숨을 크게 토했다.

어쩔 수 없다는 느낌으로 고개를 가로젓다가 바로 진지한 얼굴로 돌아왔다.

"이 넓은 왕도를 지리도 모르는 네가 대충 찾아봐야 원하는 상대를 찾아낼 확률은 제로나 마찬가지야."

"그래도 나는 갈 거야."

"무슨 말을 해도 네가 멈추지 않을 거라는 건 알아. 그러니까 정보를 가지고 있을 만한 녀석들에게 생각을 듣자."

"정보를 가지고 있을 만한 녀석들?"

"응. 스테리아. 페이스를 불러줄래?"

"길드 마스터! 그건……."

엘리안테가 담담한 말투로 스테리아에게 누군가를 데려오라고 지시했다.

스테리아는 눈을 크게 뜨며 놀란 목소리를 냈다. 반응이 이상한데, 문제가 있는 상대인 건가?

하지만 그녀는 바로 고개를 저으며 납득했다.

"아니, 지금은 작은 일을 신경 쓰고 있을 때가 아니네."

"응, 부탁해."

"알았어요. 잠시 기다려줘요."

그리고 기다리기를 5분.

스테리아가 한 남자를 데리고 돌아왔다.

전투력이 별로 높아 보이지 않고 키도 작은 예쁘장한 남자였다. 이 녀석이 정보를 가지고 있다는 건가?

외모대로 경박한 태도로 남자가 엘리안테에게 말을 걸었다.

"여어. 저를 불렀다면서요. 대체 무슨 용무시죠?"

엘리안테의 표정이 더 떨떠름해졌군. 이 태도 때문에 좋아하지 않는 건가?

마음속 짜증을 억누를 수 없는 기색의 엘리안테지만 딱딱한 목소리로 남자를 소개했다.

"프란, 코르베르트. 이 남자는 페이스. 모험가이자 도적 길드의 구성원이야."

"뭐라고?"

코르베르트가 놀란 눈으로 페이스를 바라봤다. 페이스도 자신의 정체가 순식간에 드러나서 눈을 크게 떴다.

"……엘리안테 님. 그렇게 쉽게 말씀하시면 여러모로 곤란한데요?"

"시끄러워. 지금은 긴급 상황이야. 입 다물어."

"……하아."

다소 나아지기는 했지만 엘리안테의 기분은 계속 나빴다. 살기 섞인 시선을 받고 페이스가 한숨을 내쉬며 입을 다물었다. 좀 불쌍해지는군.

엘리안테가 페이스를 싫어하는 건 도적 길드의 구성원이기 때문이겠지.

엘리안테가 설명해줬는데, 페이스는 모험가 길드의 감시 겸 도적 길드와의 중개역이기도 하다고 한다.

서로 표면적으로는 관련되어서는 안 된다는 암묵적인 룰이 있어도 왕도에서 활동하는 이상 전혀 관계를 맺지 않기는 불가능하다.

그래서 페이스처럼 두 길드에 소속된 인원이 몇 명 있고, 최소한 한 명은 길드에 상주하고 있다고 했다.

그 정체는 모험가 길드의 상층부만 아는 모양이지만.

감정해보니 척후 계열 스킬이 즐비했다. 확실히 도적 같은 데다 본명도 페이스가 아니다. 코드 네임 같은 거겠지.

"긴급 안건이야. 간부회에 모이라고 전해. 어차피 사태의 개요는 파악하고 있을 테니 그 정보를 넘기라고 전하고."

"……알겠습니다. 당장 전하죠."

엘리안테의 말은 꽤 심했지만 페이스는 여전한 표정으로 고개를 끄덕였다.

현재의 긴급 사태 속에서 체면을 따지며 소동을 부리는 게 해밖에 안 되다는 사실을 알고 있을 것이다.

"소개하는 건 이 사람들인가요?"

"저 애야. 흑뢰희 프란. 들은 적 있지?"

"호오? 이 아이가……. 알겠습니다. 이 아이라면 간부회도 싫다고는 안 하겠죠."

무슨 뜻이지? 프란의 이름이 도적 길드에도 알려졌다는 건가? 카르크와도 만났으니 어쩌면 그쪽 관련으로 전해졌을지도 모르겠군.

"그러면 빨리 조치하겠습니다."

페이스는 인사하고 잰걸음으로 방을 나갔다.

거기서 떫은 표정의 코르베르트가 입을 열었다.

"길드 마스터. 도적 길드를 믿을 수 있겠어?"

"믿을 수는 없어. 하지만 이번에 한해서는 협력할 수 있을 거야. 그들에게도 왕도는 잃을 수 없는 곳이니까."

엘리안테가 확신에 찬 목소리로 수긍했다. 뭐, 길드 마스터인 그녀가 그렇게 말한다면 틀림없겠지.

"하지만 방금 설명으로는 마치 프란만 도적 길드에 가는 것 같은데?"

"그야 나는 여기를 떠날 수 없으니까."

"아니, 내가 있잖아?"

"코르베르트. 너도 가야 할 곳이 있어. 일이 잘 풀리면 전력을 더 늘릴 수 있을지도 몰라."

"뭐라고?"

"용병단 '더듬이와 등딱지'. 알아?"

"아니. 몰라. 그런데 용병단이 왕도에 있어? 별일이로군."

아무래도 일반적인 용병단은 전장을 돌아다니기 때문에 대부분의 경우 국경 부근에 있는 모양이다. 싸움의 무대가 되는 곳이 국경 부근인 경우가 많기 때문이겠지.

그래서 왕도 같은 내륙부의, 전쟁과는 인연이 없는 곳에 그 본대가 있는 경우는 아주 드물다고 한다. 보통은 연락원이나 후방 지원 요원 몇 명이 거점을 차린 정도라고 한다.

　"반충인으로 구성된 소수 정예 용병단이야."

　"……혹시 길드 마스터의 오랜 지인인가?"

　그러고 보니 아슈트너 후작 저택에서 탈출한 후 엘리안테와 코르베르트가 이야기했었다.

　엘리안테는 파멸한 어느 용병단의 생존자이고 살아남은 동료는 지금도 용병을 계속하고 있다고.

　코르베르트의 말이 정답이었는지 엘리안테가 고개를 끄덕였다.

　"그 말대로야. 내 소개장이 있으면 간부 정도는 만날 수 있을 거야. 나머지는 네 교섭에 달렸어. 녀석들은 어린아이를 전장에 데려가지 않는다는 규칙을 만들었으니까 프란보다는 코르베르트가 교섭에 더 적합할 거야."

　"그건 고맙군! 즉 내가 용병단. 프란이 도적 길드에서 각각 전력과 정보를 끌어오라는 거로군."

　"그래."

　엘리안테가 모험가 모집에 매달려야 하는 이상 그건 어쩔 수 없지만…….

　프란에게 도적 길드와 교섭하라고? 절대 무리야. 이건 다시 분신이 나서야 할 차례인가?

　『프란, 긴장은 늦추지 마. 상대는 도적 길드니까.』

　'물론.'

　하지만 전력을 내어줄지 아닐지는 둘째 치고, 도적 길드는 여러

곳에 사람을 잠입시켜 정보를 모으고 있을 테니 뭔가 유용한 정보를 가지고 있을 가능성은 있다. 요란하게 소동이 일어나고 있으니 어쩌면 후작가와 백작가 양쪽에 귀를 대고 있을지도 몰랐다.

그 후 10분도 걸리지 않아 페이스가 모험가 길드로 돌아왔다. 이 단시간에 모든 준비와 연락을 마치다니, 이 남자는 겉모습 이상으로 우수한가 보다.

그리고 도적 길드도 굼뜬 조직은 아닌 듯했다.

"오래 기다리셨습니다. 이쪽으로 오시죠."

"응."

"폭주를 피하기 위해 뒷길을 이용하겠습니다. 따라오세요."

그 말대로 페이스는 왕도의 뒷길을 잰걸음으로 나아갔다.

도중에 사람과 만나는 일은 거의 없었다.

도적 길드가 사람을 물린 데다 아슈트너의 부하가 없는 길을 골랐기 때문이리라.

과연. 정보 수집과 조작, 양쪽 모두에 뛰어나다.

그리고 그가 프란을 안내한 곳은 낯익은 건물이었다.

놀랍게도 내가 카르크에게 의뢰를 하러 간 그 술집. 다만 앞쪽 입구가 아니라 숨겨진 위치에 있는 뒷문으로 안에 들어갔다.

"안을 쓰겠어."

"예이."

보초 같은 남자는 프란에게 시선을 보냈지만 딱히 아무 말도 하지 않았다. 페이스의 손님이기 때문이겠지. 페이스와 함께 더 안으로 나아가자 그가 좁은 개인실로 안내했다.

하지만 그곳에 사람의 모습은 없었다.

"여기야?"

"잠시 기다리세요."

무슨 짓을 하나 했더니 입구 옆에 있는 끈을 잡아당겼다. 놀랍게도 벽이 좌우로 열리고 비밀 계단이 나타나는 게 아닌가.

"오오."

여기에는 프란도 눈을 빛냈다. 뭐, 비밀 통로나 계단은 로망이니까.

그 계단을 페이스가 앞장서서 내려가자 조금 넓은 지하실이 있었다. 열 명 정도가 쓸 수 있을 만한 크기이고 호화로운 원탁이 방 중앙에 놓여 있었다.

탁자에는 앉은 것은 세 남녀였다.

아직 아군이라고 단정할 수 없어서 조심스레 감정했더니, 각각의 전투력은 낮지만 스킬 구성이 재미있었다.

한가운데 앉아 있는 흉터투성이 대머리 남자는 외모도 스킬도 전형적인 도적이었다.

척후 계열 모험가와 비슷한 스킬 구성이다. 리더 역할에 어울리게 카리스마와 지휘 계열 능력도 확실하게 갖춰져 있었다.

다만 프란을 본 순간 얼굴이 엄청나게 굳었다. 세 명 중에서는 거친 일 담당이기 때문에 힘의 차이를 알아본 것일지도 모른다.

그 오른쪽에 앉은 30대 초반의 미남은 완전히 결혼 사기꾼이었다.

연기 계열 스킬과 거짓말이나 공감에 도움이 될 만한 스킬을 여러 개 가지고 있었다. 이성 유인 스킬과 카사노바 칭호도 있었다.

세르디오 녀석과 조금 비슷하다. 게다가 마술도 다소 쓸 수 있는 듯했다.

　왼쪽의 요염한 미녀는 창부의 우두머리인가? 남자를 농락하기 위한 스킬에 독물에 관한 스킬이 풍부했다.

　독을 다루는 창부? 엄청 무섭잖아!

　"그러면 저는 이만 물러나겠습니다."

　"그래. 수고했다."

　페이스는 세 명에게 머리를 숙이고 방을 나갔다.

　페이스의 기척이 완전히 사라진 것을 확인하고 다시 중앙의 남자가 입을 열었다.

　"나, 나는 피스트다."

　페이스를 대하는 태도는 거만해 보였는데 프란에 대해서는 어딘가 소극적이었다.

　양쪽에 앉은 두 명은 거동이 수상한 피스트의 모습을 이상하게 생각하고 있는 듯했다. 하지만 그래도 웃는 얼굴로 인사를 했다.

　"나는 오네스트."

　"나는 핑크야."

　도적 길드의 간부라고는 생각할 수 없는 부드러운 태도지만 그게 오히려 수상했다. 애초에 전원이 가명이다. 아니, 범죄자이니 그것도 당연한가.

　한가운데 남자가 피스트. 사기꾼이 오네스트. 창부가 핑크다. 가명이지만.

　"모험가인 프란."

　"그, 그래."

　땀을 잔뜩 흘리면서 떨리는 목소리로 마주 대답하는 피스트.

그 눈이 벽과 바닥을 확인하는 것을 알 수 있었다.

얼핏 호위가 전혀 없는 것처럼 보이지만 이 방 주위에는 열 명 이상의 기척이 있었다. 곳곳에 비밀 문이 존재하고 그 안에 호위를 숨겨두고 있을 것이다.

피스트는 그 호위를 불러 프란을 제압할 수 있는지 없는지를 생각한 뒤, 소용없다고 파악한 모양이다. 그래서 반대로 침착함을 되찾은 듯했다. 얼굴에 철판을 깐 거겠지.

그가 아까보다 제법 나은 목소리로 말하기 시작했다.

"실은 이쪽으로서도 아가씨한테 볼일이 좀 있어서 말이야. 사, 사실 이번 일이 없어도 접촉할 생각이었어. 뭐, 일단 앉지."

도적 길드가 처음부터 프란을 주목하고 있었다고?

"무슨 소리야?"

"서두르지 마. 얘기를 좀 나누자고."

"잡담을 하고 있을 시간은 없어."

"그럼 잡담이 아니면 되지? 이봐, 오네스트."

"호오? 갑자기 내가 말하라고?"

피스트가 말끝을 돌린 오네스트가 눈을 살짝 크게 떴다. 아무래도 놀란 모양이다. 그리고 수상하게 여기고 있었다.

"내게는 벅차."

"그렇게 강하다고?"

"……잘 들어. 절대로 적대하지 마. 죽고 싶지 않으면. 내 위기 감지가 이렇게 반응하는 건 백검과 마주했을 때 이후로 처음이야."

그렇군. 원래라면 험상궂은 피스트가 상대를 위협하고 사기꾼인 오네스트가 유리하게 이야기를 이끌어가는 흐름일 것이다. 하지만 피스트는 순식간에 프란의 실력을 파악하고 마음이 꺾였다. 당연하지만 무력으로 위압을 할 수 있을 리가 없었다.

교대한 오네스트가 수상쩍고 지나치게 산뜻한 웃음을 띠며 말을 걸었다.

"자, 아가씨. 일단 차라도 준비하게 할 테니 앉으세요."

"시간 없으니까 필요 없어."

"아니죠. 좋은 교섭 자리에는 역시 맛있는 차가 있어야 하거든요."

"낭비할 시간은 없다고 했어."

"하, 하하. 그런가요. 아니, 당신처럼 아름답고 실력도 있는 분과는 꼭 친분을 쌓고 싶다 보니."

오네스트는 머리를 가볍게 그러 올리며 싱긋 미소 지었다. 반짝반짝 빛을 방출 중이다. 일본이었다면 넘버1 호스티스라도 될 수 있었을지도 모른다.

그러나 프란은 표정 하나 바뀌지 않았다.

"내 얘기를 들을 생각이 없는 거야?"

아마 오네스트는 여성을 상대로 한 비장의 카드일 것이다. 확실히 이 얼굴로 미소 짓는다면 대부분의 여성은 정신이 팔릴 테고 교섭도 도적 길드에 유리하게 진행될 게 틀림없다.

하지만 유감이로군. 우리 프란은 미남 따위한테 흥미가 없거든!

애초에 프란에게 에두른 교섭이 통할 리도 없다.

특히 지금은 마음이 급하다. 오네스트의 에두르는 말은 프란의 짜증을 불러일으킬 뿐이었다.

그것을 이해하지 못한 오네스트는 여전히 웃으며 프란에게 말을 걸었다. 다소 초조한 기색이지만 그래도 미소를 유지하는 건 역시 대단했다.

"기, 기다리세요!"

찌릿.

오네스트가 다시 말을 건 순간 마치 머릿속에 정전기라도 퍼진 듯한 불쾌감이 나를 덮쳤다.

이건 느낀 적이 있다. 울무토의 던전에서 붙잡은 도적 솔라스. 녀석이 소지하고 있던 강제 친화라는 스킬을 썼을 때와 완전히 똑같았다.

아마 이성 유인의 스킬을 썼나 보다. 이성의 주의를 끄는 스킬이다.

이전에는 눈치채지 못했던 프란도 스킬을 단련한 지금이라면 똑똑히 느낄 수 있었던 모양이다. 눈이 가늘어졌다.

프란은 바닥을 차고 한달음에 원탁을 뛰어넘었다. 그리고 오네스트의 정면——원탁 위에 내려섰다.

오네스트를 위협하기 위해선지 굳이 힘을 주었기에 원탁이 삐걱거렸다.

프란은 그대로 오네스트의 목에 칼을 들이댔다.

위에서 차가운 눈으로 내려다보자 오네스트는 할 말을 잃었다. 대신 좌우에 앉은 두 사람이 소리를 질렀다.

"자, 잠깐만! 아가씨! 대체 왜 이러는 거야!"

"그, 그래! 갑자기 뒤숭숭하게!"

"······교섭 중에 스킬을 쓰는 건 평화로운 거야?"

"!"

설마 스킬을 쓴 게 들켰을 줄은 몰랐는지 오네스트의 얼굴이 창백해졌다.

하지만 여기서 오네스트는 묘한 자존심을 발휘하고 말았다. 얌전히 사과하는 것이 최선이라고 생각하지만, 그들 같은 인종이 교섭 자리에서 얕보일 수는 없었던 것이리라.

"여기서 거, 검을 뽑다니! 후회할 겁니다!"

"……호오?"

"이 왕도에서 우리와 적대하고 무사히 넘어갈 수 있다고 생각하지 마세요!"

아, 저질렀군 이 남자. 피스트가 적대하지 말라고 해도 역시 프란의 외모 때문에 얕보는 마음이 약간은 있었던 거겠지. 혹은 자신의 외모가 전혀 통하지 않아서 분했거나.

대화의 주도권을 되찾기 위해 반사적으로 적대적인 말을 입에 담고 말았다.

그 직후 프란이 오네스트를 노려봤다.

이제 이 녀석을 적으로 인정하기 직전이었다. 다음 말에 따라서 물리적으로 오네스트의 목이 날아갈 것이다.

벽 저편에 있는 호위들에게도 긴장감이 퍼지고 있는 것을 알 수 있었다.

벽 너머로 프란의 실력은 감지하지 못해도 피스트의 말을 듣고 상대가 압도적 강자라는 건 이해했을 것이다.

그래도 싸우라는 명령을 받으면 프란에게 달려들어야 한다. 말단의 비애로군. 분명 마음속으로 오네스트에게 욕을 퍼붓고 있을 게 틀림없다.

근데, 이거 위험하지 않나? 애초에 시작된 적도 없는 교섭은 완전히 결렬될 것 같았다.

역시 처음부터 내가 나서야 했을지도 모른다. 도적 길드를 적으로 돌리면 여러모로 분명 귀찮아질 것이다.

하지만 내가 프란을 말리기 전에 움직인 남자가 있었다.

"기다려!"

"푸헉——?"

놀랍게도 피스트가 오네스트의 얼굴을 옆에서 후려쳐 입을 다물게 한 것이다.

회전하며 날아간 오네스트는 벽에 격돌해 움직이지 않게 됐다. 가슴이 오르내리고 있으니까 죽지는 않았겠지만 장사 도구인 얼굴이 꽤 심한 상태다. 빨리 고치지 않으면 위험하지 않을까?

피스트는 그대로 두 손과 두 무릎을 땅에 대고 필사적으로 사죄했다. 여기서 머리를 내리면 완전히 부복하는 자세다.

"기, 기다려! 지금 건 저 녀석이 잘못했어! 평소 버릇이 나오고 말았어! 결코 당신과 적대할 생각은 없었어! 미안해! 그러니까 앉아줘!"

피스트와 오네스트는 일단 동격 같았는데 괜찮은가?

핑크도 갑작스러운 사태에 놀라고 있는 듯했다. 여유 있는 여자의 가면이 벗겨져서 초조한 기색으로 입을 열었다.

"어? 잠깐만 피스트! 너, 너 뭐 하는 거야? 나중에 오네스트 조직과 싸워도 난 몰라."

"시끄러워! 여기서 몰살당하는 것보다 나아! 실물을 보고 알았어. 소문은 진짜야!"

프란이 날뛰는 것보다 나중에 오네스트와 싸우는 편이 낫다고 판단한 건가. 그건 그렇고 몰살이라니…….

어떤 소문을 들었는지는 모르지만 프란을 상당히 두려워하고 있는 듯했다.

그 자리에서 머리를 안고 중얼거리기 시작했다.

"애초에 나는 이런 스킬 이외에 능력이 없는 기생오라비를 간부로 삼는 건 반대했어! 아아아! 젠장할!"

"……네가 그렇게까지 흐트러질 줄이야……. 하아. 할 수 없네. 남자들은 쓸모가 없으니 내가 대화를 하겠어. 조금만 더 참아줄래?"

피스트의 태도를 보고 프란의 위험성을 알았을 텐데도 핑크는 싱긋 웃으며 말을 걸었다.

프란도 오네스트의 참상을 보고 속이 풀렸는지 고개를 끄덕였다.

"……알았어."

"고마워."

핑크가 다시 의자에 앉았다.

프란은 원탁에서는 내려왔지만 여전히 나를 뽑은 채 서 있었다.

프란이 손을 가볍게 움직이기만 해도 핑크의 목은 떨어질 것이다. 프란에게 완전히 생사여탈권을 빼앗겼지만 핑크의 얼굴에 공포의 빛은 없었다.

간부 중에서 가장 담이 큰 건 틀림없이 이 핑크로군. 여걸이라는 말이 머리에 떠올랐다고.

"섣부른 흥정은 역효과가 나는 것 같으니까 단도직입적으로 말할게. 가르스 님은 오르메스 백작 저택에 이제 없어."

"! 무슨 뜻이야?"

프란은 아직 가르스에 대해 한마디도 하지 않았는데?

놀라는 프란을 보고 핑크가 히죽 웃었다. 보복에 성공했기 때문이겠지.

"후후. 겨우 흥미를 가져줬네."

"어떻게 알았어?"

"뭐, 정보야말로 우리의 무기니까. 그리고 가르스 님과 우리는 관계가 좀 있어."

어떻게 프란과 가르스를 연결해 그 정보를 가르쳐줬는지 잠시 설명을 들었다.

원래 도적 길드는 가르스에게 빚이 있었다고 한다.

"먼 옛날 멍청이가 왕도에 가져온 소환의 마도구가 폭주해서 하마터면 왕도 안에 위협도 D 마수가 풀려날 뻔한 적이 있었어."

그 현장에 있다 마도구를 파괴해 소환을 막은 것이 가르스였다고 한다.

"아무리 우리를 묵인해주고 있다 해도 왕도 안에서 마수를 소환하면 그렇게 할 수도 없어. 조직 전체가 없어졌겠지."

그때부터 도적 길드는 가르스에게 큰 은혜를 입었고, 아슈트너 후작가에 가르스가 연금되어 있는 것을 알고 접촉을 시도했다고 한다.

"도적 길드 사람이 후작가에 있는 거야?"

베일리즈 백작가의 정예도 붙잡혔는데? 하지만 역시 도적 길드. 그런 면에서는 뛰어난 모양이다.

"여기저기 있는 우리의 눈과 귀는 자신이 도적 길드에 협력하고 있다고 생각하지 않아. 평소에는 열심히 일하고 가끔 용돈 벌이로 정보를 팔아. 그런 정도야. 그러니까 그 눈과 귀가 없어져도 우리에게는 피해가 오지 않아."

"그렇구나."

"그리고 그런 녀석들의 안내가 있으면 몰래 숨어들기는 쉬워. 아니, 안내를 제대로 하지 않아도 순찰을 조금만 대충해주면 충분해."

그렇게 오르메스 백작 저택에 있던 가르스와 접촉한 도적 길드는 그에게 어떤 것을 부탁받았다. 그것이 연금 중에 은밀하게 만든 칼집을 여러 경매에 출품하는 것이었다.

"빚이 있으니까 거절하지 않았어. 뭐, 칼집 외에도 완성도 높은 무기 몇 점을 도매가로 받았지만."

놀랍게도 스승의 칼집이라고 이름 붙인 상품은 몇몇 경매에 출품된 모양이다. 만전을 기해서 여러 개를 출품했던 것이다. 뭐, 아무것도 모르면 그 암호를 바로 눈치채지 못했을 거다. 눈치채도 의미를 알 수 없을 테고 말이다.

도적 길드 사람을 써서 프란에게 전언을 부탁하면 된다고 생각했지만, 그러면 프란이 믿을지 믿지 않을지 알 수 없다. 그리고 어디서 정보가 새어나갈지도 알 수 없었다.

그래서 그런 돌아가는 방법을 선택했다고 한다.

그렇게 출품된 칼집이지만 그걸 적극적으로 낙찰받은 사람은 프란뿐이었다는 모양이다.

모든 칼집을 확실하게 감시하고 있었나 보다.

그건 그렇고 연금 상태로 칼집을 많이 만들 수 있나? 그렇게 생각했지만 실력이 줄지 않도록 괜찮은 공방을 줘서 가르스는 마음대로 무구를 만들고 있었다고 한다.

"그럼 가르스는 무사해?"

"정기적으로 가르스 님과 접촉했던 인원이 한 보고로는 아무래도 식사에 미량의 마약이 섞여 있었는지 최근에 그 영향이 조금 나타나기 시작했다고 해. 빈말로도 무사하다고는 말하기 어려운 상태야."

"……그래."

"그리고 가끔 반이 부러진 묘한 마검을 쥐게 한다고 해. 그러면 자신의 의사와는 관계없이 몸이 움직여서 대장일을 하게 된다나. 솔직히 말해서 마약으로 망가진 탓에 환각을 보고 있는 게 아닌가 생각하는데……."

마약으로 정신 지배를 받기 쉽게 만들고 광신검 파나틱스로 조종했던 거겠지. 상황 증거를 봐서 지하도에서 만난 그 반파 마검이 광신검 파나틱스 본체일 가능성은 높지만, 아직 확정되지 않았다.

아무래도 하무르스 일당처럼 전투에 쓰이는 말의 경우에는 완전한 마약 중독으로 정신을 파괴하지만, 가르스처럼 스킬이나 지식이 필요한 경우에는 투여하는 마약의 양을 조절해 의식이나 이성을 남겨두고 있는 모양이다.

장인의 실력은 단순히 기술에만 국한되지 않는다. 지식이나 센스, 세세한 배려가 필요해진다. 인격이 완전히 사라지면 그런 부분에도 영향이 생길 테다.

"그리고 얼마 전 그 신병이 어느 곳으로 옮겨졌다고 해."

"어느 곳?"

"지금은 사람이 없어진 구 알산드 자작 저택의 지하라고 짐작하지만 확실하지는 않아."

"알산드 자작?"

『허언의 이치를 가졌던 멍청이 귀족이야.』

그러고 보니 그런 녀석도 있었지, 라는 느낌이다. 아버지인 오르메스 백작의 저택이 아슈트너 후작에게 쓰이고 있었다. 자식인 알산드 자작의 구 저택도 쓰이고 있어도 이상하지는 않을 것이다.

"어떻게 된 거야?"

"우선 전제로 가르스 님이 지금까지 연금되어 있던 방에서 어디론가 끌려간 것까지는 확인이 됐어. 그리고 아슈트너 후작 저택, 오르메스 백작 저택과 오르메스 백작 별저. 여기에는 우리 길드의 이목이 들어가 있지만 가르스 님의 모습은 확인되지 않았어."

"응."

"즉 그 이외의 장소로 옮겨졌을 가능성이 높다는 거야."

"그게 구 알산드 자작 집의 지하라고?"

"그래. 거기에 넓은 공간이 있고 사람으로 보이는 기척이 잔뜩 있다는 건 확인했어."

"적의 병사?"

"아마도."

유사 광신검을 만들기 위한 거점일지도 모른다. 그렇다면 상당한 숫자의 전력이 그곳에 있을 것이다.

신검 개방 상태인 검사가 여럿 있다면 어쩔 방법이 없겠는데?

아니, 신검 개방은 자폭을 전제할 때나 가능하다. 그렇다면 평범한 광신병일 것이다.

그거라면 대처할 방법도 있을 듯했다.

"하지만 그 지하 공간으로 들어가는 방법을 알 수 없다고 해. 아무리 찾아도 출입하기 위한 길이 없어."

공간 전이로 출입하는 걸까, 잘 은폐한 비밀 통로가 있는 걸까. 후자라면 도적조차 발견할 수 없는 고도의 은폐가 설치되어 있을 지도 몰랐다.

"그런 장소가 있는 걸 어떻게 조사했어?"

"후후. 쥐는 어디든 들어가지."

역시 도적 길드. 그런 비밀 거점에도 스파이가 있는 건가!

"정확한 병력은?"

"그건 미안해. 쥐는 숫자를 셀 수 없어."

놀랍게도 방금 말한 쥐는 비유가 아니라 진짜 쥐를 사역하고 있다는 의미였던 모양이다. 아무리 비밀 지하 공간이라 해도 공기 구멍 등이 존재해서, 쥐라면 그곳으로 들어갈 수 있는 듯했다.

"하지만 정보를 종합하면 추측은 가능해. 아마 백 명 아래는 아닐 거야."

"어떻게 알아?"

"그건——."

도적 길드는 요 몇 년 동안 아슈트너 후작가에 고용돼 전멸한 것으로 알려져 있는 용병단을 몇 개 확인했다고 한다.

"용병단이 전멸하는 문제가 그렇게 빈번하게 일어날 리가 없어. 요 몇 년 동안 이 나라는 대규모 전쟁이 일어나지 않았으니까. 그럼 전멸한 용병단은 어디에 있던 걸까?"

지금까지는 인간을 제물로 삼은 의식 등을 의심했던 모양이다.

그러나 오늘 귀족가에서 일어난 소동으로 유사 광신검에 조종된 병단이 공개됐다. 게다가 병사 대기소를 습격하다 자멸한 검사 중에 전멸 취급을 받은 용병단의 구성원이 섞여 있었다고 한다.

이건 이제 확실하다. 도적 길드가 파악하고 있는 것만 해도 80명이 넘는다고 한다. 거기에 행방불명된 모험가 등을 더하면 백 명 규모의 인원을 예상할 수 있었다.

"조심해. 상대는 대비하고 기다리고 있을 거야."

"왜 그런 정보를 가르쳐줘?"

도적 길드는 정의의 편이 아닌데 굳이 프란과 베일리즈 백작을 도우는 이유를 알 수 없었다. 말하기는 그렇지만 아슈트너 후작과 손을 잡고 단물을 빠는 선택지 역시 있지 않았을까?

이미 아슈트너는 죽었으니까 결과적으로 도적 길드의 선택은 옳았지만 말이다.

"뭐, 우리에게도 이 왕도는 잃어서는 안 되는 장소야. 모험가 길드가 사냥터로 던전을 보호해 유익하게 이용하는 것과 마찬가지로, 도적 길드는 이 왕도의 뒤편을 지키며 성장에 왔어."

긴 시간에 걸쳐 도적 나름대로 규칙을 정해서 귀족이나 일반 시민의 틈에 들어가 있을 곳을 만들어왔던 것이다.

방금 핑크가 말했듯이 모험가 길드에 있어서 던전이나 마경. 대장장이 길드에 있어서 공방이나 광산. 그것이 도적 길드에게는 왕도라고 한다.

"여기를 잃는다고 이제 와서 다른 도시로 옮길 수 없어. 거기에는 이미 선주민이 있으니까. 아니, 윗사람들뿐이라면 어떻게든 될 거야. 하지만 아랫사람은? 소매치기나 빈집털이. 창부와 남창. 그런 사람들 대부분은 채무 노예로 신분을 바꾸는 것 이외에 길은 없어."

왕도에 얼마나 많은 구성원이 있는지는 알 수 없지만 전원이 새로운 직업을 갖는 게 무리라는 건 알 수 있었다.

"전부터 좀 수상했지만 최근의 아슈트너 후작가는 완전히 이상해. 거긴 틀렸어."

역시 도적 길드. 이미 아슈트너의 이상을 파악하고 있던 듯했다.

"우리로서는 대놓고 많은 전력을 움직일 수는 없지만 다른 측면에서 이것저것 서포트해줄게. 보수를 바랄 생각도 없어. 공동 전선으로 가자. 어때?"

『프란, 이 녀석들은 거짓말을 하고 있지 않아. 완전히 믿을 수는 없지만 협력은 할 수 있겠어.』

"응. 그거면 돼."

"즉단즉결이네. 역시 흑뢰희. 그럼 이쪽에서 사람을 붙일 테니까 그 녀석을 데리고 가주겠어? 걸리적거리지는 않을 거야."

'스승.'

『거절해도 어차피 몰래 따라올 거야. 그러니 받아들여. 문답할 시간도 아깝기도 하고.』

"알았어."

고개를 끄덕인 프란을 보고 핑크가 손뼉을 가볍게 쳤다.

무슨 신호인지 1분도 지나지 않아서 방에 도적 길드 사람이 들어왔다.

그 옆에는 한 노인이 동행해 있었다.

머리가 매끈하고 몸집이 작은 노인이었다. 눈썹도 턱수염도 콧

수염도 희고 길었다. 얼핏 보기에 신선처럼 보이기도 했다. 아니, 신선이라기에는 외모가 좀 궁상맞나?

지팡이를 짚고 로브로 몸을 감싼 걸 보아 마술사일 것이다. 하지만 허리가 굽어서 도저히 전투를 할 수 있을 것처럼 보이지 않았다.

뭐, 외모만 봐서 그렇다는 소리다.

감정하기 전부터 그 안에 숨겨진 마력을 감지하고 나도 프란도 임전 태세에 들어갔다. 언제든지 이 노인의 공격에 반응해 반격할 수 있도록 의식을 예민하게 유지했다.

경계해야 하는 건 강한 마력뿐만이 아니었다. 노인에게서는 강자 특유의 굉장한 느낌이 들었다.

왕도에서 만난 사람 중에서는 아슈트너를 제외하면 가장 강할지도 모른다. 그 천벽의 제피르드와 비교해도 손색이 없었다.

이 정도 인재를 데리고 있을 줄이야, 얕볼 수가 없구나.

경계 상태의 프란을 본 노인은 입가를 일그러뜨리며 말했다.

"호오? 내 실력을 한 번 보는 것만으로 이해한 건가? 역시 이명의 소유주라고 해야 하나. 저기 있는 얼간이들과는 다르구먼."

손에 든 지팡이로 바닥을 탁탁 두드리며 뭔가를 중얼거렸다.

까다로워 보이는 노인이로군. 때때로 흰 눈썹 아래로 보이는 눈빛이 날카로워서 빈말로도 호호 할아버지라고는 말할 수 없는 분위기였다.

"도적 길드에서도 최강의 사람이야."

"에이와스다."

나이는 일흔셋. 그 탓에 완력과 민첩 스테이터스는 낮았지만 폭풍 마술이 레벨 3, 대해 마술 2, 빙설 마술 7, 사독 마술 6 등 상당히 고위 마술사였다. 흙 마술과 보조 마술까지 가졌다.

아니, 잠깐만. 에이와스? 들은 기억이 있어. 프란도 기억하는 모양이다.

"디아스네 동료?"

그렇다. 이전에 들은 디아스 일행의 전 파티 멤버. 그 이름이 에이와스였을 것이다.

정답이었는지 에이와스가 흰 눈썹을 움찔거렸다.

"디아스를 아나?"

"응. 펠무스도 검드도 알아."

"그런가. 나는 용박의 에이와스. 확실히 녀석들과는 한 시기에 파티를 맺었던 적이 있지."

과거 동료의 이야기를 들어도 그는 싱긋 웃지조차 않았다. 사이가 나쁜 걸까, 애초에 이런 성격인 걸까. 아무튼 등장하고 줄곧 무뚝뚝한 얼굴이다.

"그리고 이상한 비밀 결사."

"비밀 결사? 아아, 혹시 마술 길드를 말하는 건가?"

"응. 짜증 났어."

"그건 미안하군. 하지만 그것도 내가 만들었을 뿐 이미 탈퇴했어. 지금은 간부들이 멋대로 하고 있을 게야. 뭐, 이제 흥미도 없지만."

『프란, 진짜야.』

아무래도 흥미가 있는 것 외에는 아무래도 좋은 타입의 인간인가 보다. 마술 길드는 이미 과거의 일이라서 이 노인에게는 전혀

흥미가 없는 사항이 된 듯했다.

뒤처리를 제대로 하라고!

그건 그렇고 그런 인물이 왜 도적 길드에 소속되어 있지? 프란
도 그게 신경 쓰인 모양이다. 에이와스에 대한 경계를 풀지 않고
고개를 갸웃거렸다.

"전 랭크 A 모험가가 왜 도적이 됐어?"

그 의문에 답한 건 본인이 아니라 핑크였다.

"그 영감님은 원래 도적 사냥을 했어."

놀랍게도 몇 년 전 왕도에 나타나 도적 길드의 구성원을 공격
해 납치해갔다고 한다.

게다가 그 이유가 인체 실험을 위해서라고 한다.

"옛날에는 중범죄 노예를 샀지만, 그러면 돈이 많이 드는 데다
항상 살 수 있는 것도 아니야. 하지만 무고한 백성을 실험대에 올
릴 수도 없지."

이런 영감이라도 일단 윤리관이 있을 거라 생각했지만 그냥 수
배되면 귀찮기 때문이었다. 괜히 감탄했어!

"실험 대상이 부족한 나는 거기서 아이디어를 떠올렸다. 그래,
도적을 사냥하자고."

도적에게는 최악의 아이디어! 그야말로 재난이다.

일반 사람들에게는 고마운 이야기지만 존경하는 마음이 전혀
샘솟지 않는 건 에이와스가 완전히 자신의 욕구를 채우기 위해서
행동하고 있기 때문일 것이다.

"한동안은 평범하게 주변 노상강도를 사냥했는데 말이야."

하지만 차츰 노상강도의 수가 줄기 시작했다. 에이와스가 지나

치게 사냥해서 크란젤 왕국에서 일을 하기가 위험하다고 도적 사이에 정보가 나돈 결과인 모양이다.

그 후 에이와스는 산적이나 해적이 아니라 도시 안에도 도적이 있다는 생각을 떠올렸다. 그 결과 도적 길드의 구성원을 노리게 됐다고 한다.

하지만 도적 길드는 그걸 참을 수 없었고, 결국 그들은 에이와스와 교섭해 중범죄 노예나 배신자를 제공하는 대가로 도적 길드의 호위로서 그를 고용하는 데 성공했다고 한다.

"가끔 적을 쓰러뜨리기만 하면 원하는 만큼 실험 대상이 손에 들어와. 편한 일이야."

프란이 얼굴을 찌푸리고 있었다. 에이와스에게 불쾌감을 느꼈나 보다. 아니, 이 녀석에게 호의를 가지는 게 무리지만 말이다.

"아아, 미리 말해두겠는데 실험 대상을 죽이지는 않아. 안을 잠시 들여다보고 제대로 회복시켜 풀어주고 있지. 뭐, 중범죄 노예는 다시 팔고 있지만. 어떤 실험인지 알고 싶나?"

"……됐어."

지금은 서둘러야 하니 말이다. 그리고 프란은 진짜 흥미가 없는 듯했다.

프란에게 외면받은 에이와스는 불만스럽게 눈썹을 찡그렸다.

"흥. 어떤 녀석이든 윤리다 뭐다 성가시구먼."

이 녀석에게는 절대로 마음을 허락하지 말자.

"하아. 다루기 힘든 영감님이지만 전투력은 더할 나위 없어."

"……적에게는 마력을 없애고 마술을 봉인하는 능력이 있어."

"뭐? 그게 진짜인가?"

49

"응."

"크크크. 흥미롭군."

"아니, 에이와스. 아무리 당신이라 해도 마술이 봉인되면 위험
하지 않아?"

핑크가 그렇게 물었지만 에이와스의 웃음은 멈추지 않았다. 모
처럼 한 충고도 영감의 호기심을 부채질할 뿐이었다.

"크크크. 상관없다. 그걸로 죽으면 내가 약한 것뿐이야. 그보다
보고를 받았을 때부터 그 검에 흥미가 생겼어. 내 연구에 일조할
지도 모르니 말이야."

마술이 봉인된 상태로 이 영감이 도움이 될지 걱정되지만 본인
의 의욕은 최고치인 듯했다.

"에이와스. 지나치게 일을 벌이지 마."

"선처하지. 뭐, 상대에 달렸지만 말이야. 크크크크."

그렇게 웃는 에이와스의 얼굴은 욕망으로 일그러져서 완전히
악인의 표정이었다. 도적 길드 이상으로 믿기 힘들어 보였다.

"그러면 가지."

솔직히 데려가고 싶지 않지만 전력으로는 최강의 도우미고, 이
제 와서 거절한다 해도 분명히 따라오겠지.

그렇다면 최대한 이용해줄까. 그때 페이스가 들어왔다.

"길 안내는 페이스에게 맡길게. 할 수 있지?"

"맡겨주십시오. 현재 귀족가는 상당히 혼란스러워져 있어서 침
입은 어렵지 않을 듯합니다."

"전황은 어떻게 되고 있어? 그 검이 꽂힌 이상한 녀석들은?"

"나왔습니다. 기사단이 열세인 듯합니다."

역시 그렇게 되나. 유사 광신검으로 잠재 능력 해방 상태가 된 모험가나 용병이다. 기사보다 훨씬 강하고 재생력도 높다. 마술도 스킬도 사라지면 결정타를 날리지 못할 것이다.

"모험가 길드에서는 스무 명 정도의 모험가가 황급히 지원에 나섰습니다. 중견 이상의 모험가뿐이지만 얼마나 전력이 될지는……."

"질 것 같아?"

"아니요. 길드 마스터가 다른 모험가를 모으고 있고 왕도 안에서 기사가 모이고 있으니 지금 이상으로 열세가 되지는 않을 겁니다."

왕도 안 전황도 신경 쓰이지만 가장 신경 쓰이는 건 구 알산드 자작 저택의 상황이다.

"저기, 지하 공간이 있다는 자작의 저택에서는 적이 안 나왔어?"

"알산드 자작 저택 말인가요? 네, 그런 것 같습니다."

『흐음. 그게 더 수상하네.』

'응.'

아주 중대한 것을 지키기 위해 전력을 남겼다면?

부서진 신검 파나틱스의 입장에서 가르스 급의 대장장이는 반드시 붙잡아두고 싶은 존재일 테다. 역시 구 알산드 자작 저택이 수상했다.

"그러면 슬슬 갈까요."

"응."

"크크크, 의문의 마검이라. 기대되는군."

얕보면 호된 꼴을 당할 텐데? 괜찮으려나?

일말의 걱정을 가슴에 품고 도적 길드를 출발한 프란 일행. 페이스를 선두에 세우고 뒷길을 달려갔다.

에이와스는 노인이라고는 해도 역시 전 랭크 A라, 페이스에 맞춰 달리는 프란을 어렵지 않게 따라왔다. 유사 광신검의 이야기를 프란에게 들으며 숨을 헐떡이는 기색도 보이지 않았다.

가볍게 달리는 허리 굽은 작은 노인은 옆에서 보니 이상하군.

터보 할매라는 도시 전설이 떠올랐다. 가끔 엇갈리는 사람들도 눈을 동그랗게 떴다.

구 알산드 자작 저택은 귀족가에서도 남구 가장자리에 있었다. 아슈트너 후작 저택이나 오르메스 백작 저택이 있는 장소와도 떨어져 있어서 이 근방에서는 아직 전투가 발생하지 않은 듯했다.

멀리서 마술로 짐작되는 폭음이나 기사들이 지르는 함성이 들려왔다.

도중에 모험가나 기사로 보이는 사람과는 전혀 엇갈리지 않았다.

아무래도 성가신 일을 피하기 위해서 페이스가 그런 길을 고른 듯했다. 도적 길드로 향할 때도 생각했는데 역시 왕도를 근거지로 삼은 도적답다.

전투력은 낮아도 우습게 볼 수 없는 능력을 가지고 있다.

그리고 도중에 전투에 휘말리는 일 없이 일행은 목적지에 도착했다.

"여기가 구 알산드 자작 저택입니다."

Side 백작

대체 무슨 일이 일어나고 있는 것일까.

"크아아아아아아아아아아아!"

"꺄아아아악!"

"히이이익!"

딸이——내 사랑하는 딸 베르메리아가 기사들을 유린하고 있었다.

어째선지 온몸이 물색 비늘로 뒤덮여서 마치 프레드릭처럼 격세 유전에 가까운 모습을 하고 있다.

하지만 저건 틀림없이 베르메리아였다.

변모한 딸이 팔을 휘두를 때마다 거대한 물덩어리가 쏘아져 기사들의 몸을 부쉈고, 반으로 부러진 마검을 휘두르면 충격파가 쏘아져 많은 모험가를 다쳤다.

"겁먹지 마라! 공격을 계속해!"

"젠장! 왜 안 맞는 거야!"

"왜 이 공격이 보이는 거야!"

내 호령에 부하가 공격을 날렸지만 이쪽의 공격은 전혀 맞지 않았다. 모두 피하거나 격퇴했다. 마력도 화살도 투창도 모두다.

때때로 스친 적은 있지만 딸이 두른 농밀한 마력에 튕겨 나갔다.

지금의 딸은 완전히 왕도의 적이었다. 부하에게 쓰러뜨리라고 명령해야 한다. 그러나 쓰러뜨릴 수 없다. 그것을 기뻐해서는 안 되지만…….

아니, 애초에 저건 진짜 딸인가?

"젠장, 짜증 나는 날벌레들이이! 흩어져버려어어!"

외모는 내 딸 베르메리아다. 하지만 그 안은 전혀 다른 것이지 않을까?

단순히 강해진 것만이 아니다.

성격 자체가 완전히 달라졌다.

"햐하하하하하! 죽어 죽어!"

저건 뭐지? 딸의 입에서 나오는 건 남자라고도 여자라고도 할 수 없는 새되고 거슬리는 목소리었다.

명백하게 딸과는 다른 무언가가 딸의 몸을 움직이고 있다. 그렇게 생각할 수밖에 없었다.

"자, 장군! 어, 어떻게 할까요……!"

매달리는 듯한 눈으로 기사단의 소대장 중 한 사람이 지시를 청해왔다. 이 장소에는 본래 부관이 대기하고 있었지만 이미 베르메리아의 공격에 목숨을 잃었다.

그 말에는 이 이상 희생을 낼 때까지 싸움을 계속해야 하느냐는 의미와 딸을 공격해도 되겠느냐는 두 가지 의미가 들어 있을 것이다.

그러나 내 대답에 변함은 없었다.

속이 다르든 조종당하고 있든 상관없는 것이다.

"공격을 계속해라! 우리 뒤에는 왕도가 있다! 여기서 우리가 도망치면 저것의 창끝이 왕이나 백성에게 향할지도 모른다!"

백성과 군주. 그 둘을 지킨다는 사명 앞에서, 딸의 목숨을 아까워하는 일 따위 있어서는 안 된다.

"아, 넷!"

"각지에 흩어진 모험가와 기사단과 마술사가 반드시 달려올 것이다! 그때까지 버텨라!"

"왕성에 구원을 바라기는 힘들겠습니까?"

소대장이 그렇게 말하며 등 뒤의 왕성을 올려다봤다.

왕성 안에는 최정예 친위대가 남아 있을 터다. 각 기사단에서 모인 최고의 기사들. 그 총대장쯤 되면 우리나라에서도 최강으로 유명하다.

백검이나 귀자모신과도 대등하다고 하는 강자.

그러나 그 출진을 청원할 수 있을 리도 없었다. 그들의 사명은 왕의 수호이며, 그들이 있을 곳은 왕이 앉는 자리다. 적이 하나면 몰라도 이번처럼 적이 군세를 이룬 경우 왕의 곁을 떠날 수 있을 리가 없다.

애초에 그들은 방패. 적을 없애고 백성을 지키는 건 우리의 직분이다.

저건 우리가 대처해야 하는 적인 것이다.

"스타그. 보이나?"

"넷……. 전부는 아닙니다만……. 그런데 믿을 수 없군요."

우리 베일리즈 가를 섬기는 기사 중 한 사람인 스타그가 창백한 얼굴로 중얼거렸다.

전투력도 높고 고위 감정을 소지하고 있어서 항상 내 호위로 옆에 두고 있었다. 그 스타그가 시간을 들여 베르메리아의 능력을 뭔가 확인한 것 같은데.

"그 정도인가?"

"주인님께는 죄송합니다만 지금의 아가씨는 그야말로 괴물입니다."

역전의 기사인 스타그가 겁먹고 있다고? 악룡의 정면에 섰을 때도 용감하게 활을 쏜 스타그가?

"우선 저 부러진 검에 대해서는 감정할 수 없었습니다. 상당히 고위 마검일 겁니다."

"그런가……."

혹시 저것이 흑뢰희가 말했던 광신검 파나틱스인가?

등에 꽂혀 있는 것처럼은 보이지 않는데…….

"또한 현재 아가씨의 능력은 제 눈으로도 측정할 수 없습니다. 수치는 천을 넘을 겁니다. 제 감정은 천벽의 제피르드 님에게도 가능했습니다만."

"즉 능력치로 말하자면 랭크 A 모험가를 넘어섰다는 건가……."

"스킬도 믿을 수 없을 만큼 방대합니다. 검왕술과 검왕기 8, 대해 마술 8, 순간 재생 8 등 고위 스킬을 백 개 가까이 소지하고 있습니다. 유니크, 엑스트라 스킬도 여럿 소지하고 있고, 제 눈에는 검왕술, 신룡화, 화염 흡수, 인왕, 위타천, 무영창, 마력 통제, 기력 통제밖에 보이지 않습니다만 분명히 그 외에도 있을 겁니다."

그 외에도 고위 레어 스킬이 즐비한 듯했다. 신뢰하는 스타그의 말이 아니었다면 일소에 부쳤을 것이다.

"뭔가 그건……. 사람이 단기간에 그렇게 강해지는 게 가능한가……."

신룡화! 들은 적이 있다.

베르메리아의 어머니, 티라나나리아가 이야기한 용인에게 전해지는 신화 속에 등장했을 터다.

엘프의 하이 엘프 같은 위치에 있는, 용인이 진화한 끝에 있는 초존재의 이름이다.

진화 조건도 알지 못해서 최근 1만 년 동안 몇 명밖에 확인되지 않았다고 하지만 확실히 존재한다고 하는 모양이다.

그야말로 하이 엘프와 정면에서 싸워서 무승부를 이뤘다는 전설이 남아 있다고 한다.

이 얼마나 끔찍한 악몽인가. 딸이 적으로 돌아선 데다가 그 전투력이 랭크 A 모험가조차 존재가 희미해질 정도라고?

정말 하이 엘프 급이라면 랭크 S급의 힘을 가지고 있어도 이상하지 않다.

믿기 어렵지만, 상대에게 광신검이라는 조커가 존재하는 한 어떤 황당무계한 일이 일어나도 이상하지 않았다.

신검이란 기적과 불합리를 체현하는 병기다. 그 힘을 쓴다면 어느 날 갑자기 한 소녀를 신화급 괴물로 변모시키는 것도 가능한 일이었다.

"이봐! 바로 전령을 보내게!"

"어, 어디로 말입니까?"

"왕성이다! 왕을 즉시 피난시키라고 전해!"

"아, 알겠습니다!"

이미 이길 수 있는 상대가 아니라는 것을 이해할 수 있었다.

랭크 A 모험가급 전력을 여럿 투입해도 이기지 못할 가능성이 있었다.

현재 내가 파악한 왕성 내에 있는 랭크 A를 능가하는 전력은 천벽 제피르드, 백검 포룬드, 흑뢰희 프란, 용박의 에이와스, 친위 총대장 루가 무플루의 다섯 명.

저건 그들을 전원 소환해 동시에 투입해야 어떻게 되는 존재다.

결계가 지키는 왕성에 있다 해도 안전하지는 않다. 왕을 피난시키고 이어서 최대한 많은 백성을 구한다. 그 후 강자들에게 모든 것을 맡긴다.

우리는 사석이 되어 시간을 벌 수밖에 없을 것이다.

"녀석을 가능한 오랫동안 이 자리에 묶는다. 목숨을 걸어라."

"넷!"

"알겠습니다!"

유일한 위안은 부하들의 사기가 높다는 건가. 죽으라는 말과 같은 내 명령에 대해서도 의욕 넘치는 얼굴로 대답해줬다.

여기서 죽이기에는 아까운 부하들이지만 어쩔 수 없다.

가능한 젊은 병사를 골라 왕도 각지에 전령으로 보냈다. 적의 강대함과 승리하려면 여러 랭크 A 클래스가 필요하다는 내 말을 전하기 위해서다. 이로써 내가 죽은 뒤에도 동료인 장군들이 뒤를 이어줄 것이다.

"나도 나서겠다."

"넷!"

"데미트리스 옹이 있어준다면……."

"데미트리스 님 말인가."

질버드 대륙을 본거지로 삼은 유일한 랭크 S 모험가, 부동의 데미트리스. 격투가이면서 그 자리에서 한 걸음도 움직이지 않고 백 명의 적을 바로 쓰러뜨리는 무의 초인이다.

그는 남쪽의 소국에 있는 자신의 도장을 거점으로 삼은 채 이 대륙의 마경을 돌아다니며 아직도 수행을 계속하고 있었다.

　다루기 힘든 노인이기는 하지만 굳이 따지자면 선인인 건 틀림없기에 각국에서 사람들을 구하고 있다. 이런 경우라면 더할 나위 없는 믿음직스러운 사람이지만, 현재 국내에 있다는 정보는 들어오지 않았다.

　"없는 건 어쩔 수 없네."

　"죄, 죄송합니다."

　"아니, 됐어. 나도 생각하지 않은 건 아니니 말이야. 하지만 어디에 계시는지 알 수 없는 데미트리스 님에게 의지해봐야 어쩔 도리가 없네. 이 자리는 우리가 어떻게든 해야 해!"

　"넷!"

　부하와 스스로를 질책하고 전선으로 나서려 한 그때였다.

　뒤에서 남자의 목소리가 들렸다.

　"데미트리스 영감이 아니라서 미안하지만 나로는 역부족인가?"

　"응?"

　어떻게 된 거냐! 기척이 전혀 느껴지지 않았어! 하지만 내 뒤에는 거구의 귀인족 남자가 침착한 기색으로 서 있었다.

　보기만 해도 알 수 있었다. 보통내기가 아니었다. 그야말로 수왕 폐하를 만났을 때에 가까운 감각.

　그 거한이 등에서 거대한 대검을 뽑았다. 이 검도 역시 평범한 검이 아니었다.

　내포된 압도적인 마력에 눌릴 뻔했다.

　"가세하지. 흐읍! 그래비티 블로우!"

　거한이 검을 그 자리에서 내리치자 아득한 상공에 있던 베르메리아가 갑자기 낙하하기 시작했다. 마치 보이지 않는 힘에 대지로 끌려가고 있는 듯했다.

그리고 딸의 몸이 힘차게 대지에 처박혔다.

"크아아아아아아!"

오늘 처음으로 베르메리아에게 대미지다운 대미지를 준 모습을 보았다. 이 남자는 대체 누구냐!

압도적인 힘을 보인 귀인 남자는 심각한 얼굴로 중얼거렸다.

"자 그럼, 나는 언제까지 버틸 수 있을까……?"

제2장 **가르스 구출**

도착한 구 알산드 자작 저택은 상당히 황폐해져 있었다.

벌써 한 달 이상 방치된 저택의 정원은 풀이 멋대로 자라고, 돌보는 사람이 없어진 잔디의 일부는 말라 있었다.

대문에는 생명력 왕성한 식물이 덩굴을 뻗기 시작했으며 저택의 벽은 오물이 눈에 띄기 시작하고 있었다.

페이스가 안내한 안뜰도 마찬가지로, 화단 등이 비참한 상태였다.

알산드 자작은 표면적으로는 요양하기 위해 영지로 돌아간 것으로 되어 있다고 한다. 하지만 거짓을 간파하는 스킬을 잃고 왕족에게 무례를 저질렀다는 이야기가 퍼졌고, 많은 귀족과 뒷세계 사람은 진실을 알고 있다는 모양이다.

"뭐, 소문을 퍼뜨린 건 도적 길드지만요."

오르메스 백작 부자에게 넘어가 그들이나 같은 파벌 사람의 죄를 뒤집어쓴 도적이 많아서 언젠가 보복을 해주겠다며 기회를 엿보고 있었다고 한다.

"그 결과 지금 알산드 자작은 영지 구석에 박혀 있다고 합니다."

"흐음."

프란은 흥미가 전혀 없는 것 같다. 녀석이 그런 상태가 된 건 확실히 우리 탓이지만, 뭐 상관없다. 자업자득이다.

그보다 지금은 지하의 입구를 찾는 게 먼저다.

페이스가 안뜰 한구석에서 발걸음을 멈추고 지면을 몇 번 밟았다.

"이 지하에 공간이 있는 것 같네요."

"하지만 들어가는 법을 모르겠군. 단서마저 없는 겐가?"

"네. 쥐를 사역하는 남자도 어떤 경로로 들어갔는지 짐작이 가지 않는다더군요. 어딘가에 희미하게 난 구멍이나 균열에 쥐가 우연히 도달했을 뿐이라고 합니다."

"그 쥐 조련사. 나는 만난 적이 없는데, 어떤 능력을 가졌지?"

"그게, 아마——."

그 쥐 조련사는 쥐가 있는 장소를 감지하는 능력과 쥐의 기억을 들여다보는 능력, 그리고 쥐의 표층 사고를 읽을 수 있다고 한다. 다만 쥐의 지능 자체가 그다지 높지 않아서 상세한 내용은 알아내지 못하는 모양이다.

"흥. 아무 도움도 안 되는 이야기로군. 마술로 이 일대를 날리면 지하 시설도 파괴할 수 있을 텐데."

"아니요, 그건 아무래도 안 되겠습니다. 그러면 구출 대상인 가르스 님까지 죽을지도 모릅니다."

"그것도 그런가. 성가시군."

이거, 에이와스가 바보 같은 짓을 하기 전에 우리가 어떻게든 하는 게 좋을 것 같다.

『흐음……. 확실히 넓은 공간이 있어. 생명력도 여럿 느껴지고……. 그리고 이 불쾌감. 유사 광신검이 있는 게 분명해.』

내 불쾌감 센서가 확실하게 녀석들의 존재를 파악했다.

'응.'

다만 정확한 숫자는 알 수 없었다. 아무리 그래도 백 명은 아니라고 생각하지만, 열이나 스물 이상은 넉넉하게 있을 것이다.

더 다가가면 감지할 수 있을지도 모르겠는데.

대지 마술로 구멍을 파면서 몰래 접근할까? 전이를 쓰면 내부로 들어가는 건 가능하지만 저 유사 광신검에 조종당한 병사들을 무수하게 상대하는 건 너무 위험하다.

특히 지금의 프란은 힘을 소모한 상태에서 아직 회복되지 않았다.

기력과 가르스와 베르메리아를 구해내겠다는 사명감으로 움직이고 있지만 사실은 안정을 취해야 하는 몸이다.

되도록 격한 전투는 피하고 비밀리에 가르스를 구출하고 싶었다.

『아니, 나만 전이해 상대가 움직이기 전에 공격해서 적의 전력을 대폭 줄이면……』

그렇게 생각에 잠겨 있는데 에이와스가 갑자기 술법을 영창하기 시작했다. 모인 마력은 상당히 강했다.

"에이와스 씨! 무슨 짓을 하려는 겁니까!"

페이스가 비명을 질렀지만 에이와스는 개의치 않고 영창을 계속했다.

그리고 완성된 흙 마술에 의해 정원에 거대한 구멍이 뚫렸다.

"잠깐만요, 에이와스 씨! 시끄럽게 하면 들킨다고요!"

"여기서 수군거려봐야 소용없을 텐데? 그러면 얼른 그 지하 공간을 찾는 게 낫지 않겠나."

"은밀 행동을 하는 거 아니었나요?"

"뭘, 싸우게 되면 그때 알아서 하는 게야."

에이와스는 주눅도 들지 않고 어깨를 으쓱거릴 뿐이었다.

이 녀석, 진짜 하고 싶은 대로 했겠다!

구멍을 들여다보니 엄청나게 깊었다. 게다가 그 안쪽에서 은은한 빛이 새어 나오고 있는 것을 알 수 있었다.

아마 의문의 지하 공간에 도달했나 보다. 확실히 대지 마술로 구멍을 파는 건 나도 생각했어. 하지만 이렇게 요란하게 하면 당연히 들키잖아!

"목적지까지 도달했나. 대 흙 마술용 결계를 펼친 듯하지만 내 마술을 막을 수 있는 수준은 아니었군."

열받을 만큼 침착한 기색의 에이와스가 구멍 안으로 무언가를 던져 넣었다. 게다가 여러 개를. 병 같았는데 대체 뭐지?

흙 마술로 이번에는 구멍을 막기 시작한 에이와스에게 프란이 물었다.

"지금 건 뭐야?"

"특제 약물이야. 기화해 단숨에 퍼지도록 만들었지."

약? 독인가? 이봐, 가르스가 있을지도 모른다고!

에이와스가 한 짓을 이해한 프란은 내게 손을 대며 에이와스를 노려봤다.

"있는 건 적뿐만이 아냐!"

"크크크. 그렇게 노려보지 마라. 괜찮아, 어떤 약물도 살상 능력은 없어. 피부에 격통이 퍼지는 마비약, 공기와 접촉하면 효과를 발휘하는 금속만을 부식시키는 약, 생물의 마력 중추를 자극해 마력을 급격하게 잃게 만드는 약 세 종류야."

"하지만……."

"마비약은 통증은 있어도 실제로 생명이 줄지는 않고 팔다리에

단시간 약한 마비를 주는 정도의 약물이야. 마력 고갈로 죽을 일은 없어. 또 금속 부식약은 인체에는 전혀 영향이 없지. 약에 강한 내성을 가진 드워프라면 일단 죽지는 않아. 게다가 도중에 네게 들은 검에 지배된 병사들에게는 유효할 가능성이 있다."

전자 두 개는 생산 과정에 마술을 썼지만 완성품 자체는 마법약이 아니라고 한다. 따라서 유사 광신검의 마력 삭제 효과로는 사라지지 않을 가능성이 높았다. 마력 고갈약은 마법약이지만 그것도 일부러 쓴 듯했다.

"이 약 세 종류를 모두 막으려면 네가 말한 마력 삭제와 잠재 능력 해방 상태가 필요할 거다. 전투 전부터 힘을 소모시키니까 낭비는 아니지."

도중에 잠시 나눈 대화만으로 상대의 특성을 예측해 약을 고른 모양이다.

자기중심적인 노인이라도 그 능력은 일류였다.

『뭐, 저지른 건 어쩔 수 없어. 지금은 에이와스를 질책하기보다 결과를 기다리자.』

'응……'

『그보다 마음 놓지 마. 최악의 경우 수십 개의 유사 광신검을 상대할 가능성이 있으니까!』

"응!"

에이와스가 앞질러서 약을 멋대로 지하에 뿌린 지 10분.

프란 일행은 저택 안을 조사하고 있었다. 지하로 통하는 비밀 통로가 없는지 조사하기 위해서다.

흙 마술과 전이 마술로 안에 들어갈 수 있는 우리에게는 비밀 통로가 필요 없었다. 하지만 뒷일을 생각하면 정규 루트를 찾는 편이 좋다며 페이스가 제안했다.

나나 프란도 탐지 계열, 감지 계열 스킬로 비밀 통로를 찾았지만 수상한 곳은 존재하지 않았다. 이렇게 되면 자작 저택에서 들어가는 건 아닐 것이다.

저택에서 안뜰로 돌아오는 도중에 우리는 마력의 움직임을 감지했다. 이 마력은 익숙하다. 황급히 안뜰로 달려가니 에이와스가 흙 마술로 다시 구멍을 파고 있었다.

"에이와스!"

"응? 뭐냐, 꼬맹아?"

프란이 달려가자 왜 화를 내는지 모르겠다는 얼굴로 에이와스는 되물었다.

"멋대로 행동하지 말라고 했어."

"오오, 그러고 보니 헤어지기 전에 그런 말을 했었지. 뭐, 흥미도 없어서 기억도 안 했지만 말이야."

"으으……!"

나누어서 탐색하자는 페이스의 제안을 받고 에이와스에게는 멋대로 행동하지 말라고 못을 박아뒀다. 허언의 이치로 그 대답에 거짓이 없는 것까지 확인했고!

그때 의논 없이는 움직이지 않는다고 했던 에이와스의 말에 거짓은 없었다. 없었을 텐데…….

확실히 거짓말은 아니었던 거겠지. 그냥 바로 약속한 것도 잊고 흥미가 끌리는 쪽으로 행동했을 뿐. 에이와스의 자유분방함을 너무 우습게 봤다.

"그런 것보다 가지. 약은 신경 쓰지 마. 슬슬 효과도 떨어질 무렵이야."

에이와스가 바람 마술로 몸을 띄우더니 그대로 구덩이 안으로 내려갔다.

"아!"

"잠깐만요, 에이와스 씨!"

진짜 자기 호기심이 이끄는 대로 행동하는 영감이다.

'스승! 쫓아갈게!'

『그러자!』

순간 에이와스에게 전부 떠맡길까도 했지만 만약 지하 거점에 가르스가 있을 경우 위험할지도 모른다고 생각을 고쳤다.

에이와스가 어디까지 가르스의 안전을 고려할지 의문이기 때문이다. 저렇게 주저 없이 독을 투입할 정도니까.

애초에 가르스를 이용해 인체 실험 같은 것을 할 수도 있고.

"에이와스, 기다려!"

"아, 잠깐만! 나, 나도──."

에이와스를 쫓아 구멍으로 뛰어든 프란을 보고 페이스가 한심한 소리를 냈다. 생각해보면 평범한 모험가에게 이 높이는 내려가기 어려울 것이다. 전투력이 낮은 페이스는 내버려 두는 편이 나을지도 모른다. 어떤 사태가 일어날지 알 수 없기 때문이다.

페이스의 한심한 목소리를 들으면서 거의 수직인 구멍을 단숨에 내려가 마지막에 공중 도약으로 기세를 죽여 바닥에 내려섰다.

에이와스의 약이 어떻게 됐는지 알 수 없기 때문에 바람의 결계를 몸에 둘렀지만 독이 가득 찬 느낌은 들지 않았다. 에이와스의 말대로 이미 효과가 떨어진 듯하다.

"……건물."

『그래, 여기가 지하 거점이 틀림없을 거야.』

그야말로 성채 내부에 있는 듯한 어엿한 건조물이었다.

에이와스의 모습은 보이지 않았다. 혼자 먼저 간 듯했다.

『어디에서 공격받을지 몰라, 방심하지 마.』

"응."

우리는 일단 에이와스의 뒤를 쫓기로 했다.

지하 통로를 달리면서 주위의 기척을 살폈다. 생명력은 거의 느껴지지 않지만 유사 광신검의 마력은 아직도 미약하게 감지할 수 있었다.

에이와스나 프란의 침입을 눈치채고 기척을 지운 건가?

그대로 20미터 정도 달리자 에이와스를 따라잡았다. 통로 끝에 있던 넓은 홀 같은 장소에서 발걸음을 멈추고 있었다.

"뭐 해?"

"애송이인가. 이걸 봐라."

"……계단?"

에이와스가 보고 있던 것은 위로 올라가는 나선 계단이었다. 바깥과 지하를 연결하기 위한 계단이라고 생각했지만 그 계단 끝은 천장에 부딪쳐서 그 용도를 달성하지 못하고 있었다.

이 지하 시설을 은폐하기 위해 구멍을 메운 건가?

하지만 그렇지는 않았다. 에이와스가 마력을 가볍게 흘리자 순간 계단이 빛난 것이다.

"역시. 이건 마도구의 일종이야."

더 많은 마력을 흘리자 계단과 접한 천장 부분──즉 안뜰 지면 아래로 짐작되는 장소가 더 강하게 빛나기 시작했다.

이대로 마력을 계속 흘리면 저 부분이 열리는 모양이다. 이러니 지상에서 아무리 찾아도 출입구를 알 수 없을 만하다.

밖에서 돌아올 때는 안에서 계단을 나타나게 해줄 필요가 있지만, 밖에서 공격받을 가능성을 최대한 줄이는 설계일 것이다.

뭐, 에이와스는 힘으로 침입했지만 말이다.

"이건 나중에 조사하면 되겠지. 반대편으로 가자."

"……응."

프란은 다소 불만스러워 보이면서도 일단 동의했다. 에이와스가 결론을 내리는 건 마음에 들지 않지만 마도구에 대한 높은 견식을 보고 약간은 인정한 모양이다.

프란은 일단 불만을 꺼내는 건 그만두고 에이와스의 뒤를 따라 달리기 시작했다.

하지만 바로 나는 전방에 숨은 마력을 눈치챘다.

『프란! 저 문 반대편! 유사 광신검의 마력이 있어! 아마 둘.』

'응! 알았어!'

아무래도 프란은 감지하지 못한 듯했다. 나도 마력보다 혐오를 강하게 느꼈기 때문에 알아차린 부분이 있을지도 모른다.

프란이 그 문 앞에서 발걸음을 멈췄다.

"에이와스."

"흐음? 뭔가 느낀 건가?"

"응."

프란이 말을 걸자 에이와스는 발걸음을 멈추고 주위 기척을 살

피기 시작했다. 이런 정확한 판단은 역시 전 랭크 A였다.

"저 문 반대편."

"호오?"

프란이 통로 도중에 있는 문을 가리켰다.

에이와스도 거기에 누군가가 숨어 있다는 건 알지 못하는 듯했다. 하지만 긴장을 풀지 않았다. 프란의 감지 능력이 자신보다 뛰어나다고 인정했나 보다.

"적인가?"

"모르겠어. 하지만 두 명 있어."

"······역시 나는 모르겠군. 선봉은 양보하지."

"응!"

에이와스가 순순히 한 걸음 물러나고 프란이 문을 걷어찼다.

어떻게 움직일지를 빈틈없이 이미지했다.

우선 한 사람을 발도술로 벤다! 최악의 경우 에이와스를 방패로 삼아 거리를 벌린 뒤에 염동 캐터펄트로 해치운다. 마술사 영감이지만 시간 정도는 벌 수 있을 것이다.

내가 그런 생각을 하는 동안 프란이 힘차게 방으로 돌입했다.

어떤 상대든 즉시 대응할 수 있도록 나를 쥔 채였다.

방에 뛰어들고 우선 처음에 눈에 들어온 것은 검은 가루의 산이었다.

바닥과 선반에 검은 가루가 대량으로 흩어져 있었다.

아마 무기였겠지. 하지만 에이와스가 투입한 금속 부식약에 의해 모든 것이 부식해 검은 가루의 산이 된 듯했다.

조금 남은 가죽 갑옷과 가죽 방패, 자루에 두른 것으로 보이는 가죽 띠 등으로 무구의 흔적을 알 수 있을 정도였다.

안에는 역시 남자가 두 명. 목에는 유사 광신검이 꽂혀 있었다.

하지만 내 에이와스 실드 작전이 실행으로 옮겨지는 일은 없었다. 안에 들어갔을 때 이미 적의 숨이 끊어져 있었던 것이다.

"……응?"

경계를 풀지 않고 프란이 신중하게 쓰러진 남자에게 다가갔다.

『죽은 것처럼 보이는데…….』

"응."

만약을 위해 등에 꽂힌 검을 잘라봤지만 역시 움직이지 않았다. 동족상잔이 발동하고 있으니 이게 유사 광신검인 것은 틀림없었다.

뒤이어 방에 들어온 에이와스가 맥이 풀린 기색으로 시체에게 다가갔다.

"죽었군."

감정하니 생명력과 함께 마력도 전부 잃은 상태였다.

이건 에이와스의 약이 상상 이상의 효과를 발휘한 듯했다. 마력 고갈약이 작용했는지, 아니면 유사 광신검의 마력 삭제 효과가 계속 발동했는지는 알 수 없지만 마력을 전부 썼나 보다.

또한 마비약을 막기 위해 잠재 능력 해방도 발동한 것 같았다.

어쩌면 잠재 능력 해방 상태가 아닐 땐 마력 삭제를 쓸 수 없는 것일지도 모른다.

어찌 됐든 잠재 능력 해방 상태가 됐는데 마력이 고갈된 탓에 스킬은 발동하지 않아서 재생에 의한 생명력 회복이 기능하지 않았고, 그 결과 잠재 능력 해방 때문에 간단히 자멸했다.

검의 마력이 약한 건 숙주에게서 마력을 흡수할 수 없게 됐기 때문인 듯했다.

"마력이 좀 줄면 싸우기 쉬워질 거라 생각했던 건데……. 적은 상상 이상으로 멍청한 것 같군. 아니, 정신을 조종당하는 이상 그렇게까지 정확한 판단력은 남아 있지 않다고 생각해야 하나. 아니면 조건에 따라서 자동적으로 검의 능력이 발휘되는 건가? 하지만——."

에이와스는 시체를 검사하며 뭔가를 중얼거렸다. 여러모로 고찰하고 있는 듯했다. 그러나 지금은 느긋하게 있을 틈이 없었다.

프란은 말없이 시체를 수납했다.

"뭐 하는 거냐!"

"서둘러야 해."

"쳇. 할 수 없군. 하지만 나중에 반드시 검사를 하겠다."

"……."

"이봐, 듣고 있나? 반드시 내게 시체를 넘겨."

"……."

"이봐, 애송이."

프란은 에이와스와의 대화가 귀찮았는지 완전히 무시했다. 그러자 에이와스가 아우성을 쳤다.

이 녀석, 남 이야기는 전혀 듣지 않는 주제에 자신이 무시당하면 화를 내는군. 참 좋은 성격이야.

"알았나? 반드시 해부할 거다."

"……."

"왜 아무 말도 안 하나!"

결국 해부 해부, 시끄럽게 떠드는 에이와스에게는 시체를 하나 넘기고 입을 다물게 했다. 프란은 그렇게 원한다면 주겠다는 수준의 대응이었지만 에이와스는 아주 기뻐했다.

그는 달리면서 아무렇게나 던져준 시체를 가볍게 받아 자신의 아이템 주머니에 넣었다. 희귀한 곤충을 잡아 통에 넣는 소년 같은 분위기인 게 열받는다.

"크크크, 좋은 샘플을 손에 넣었어. 이것으로 연구가 다시 진행될지도 모르겠군."

"……."

프란을 질리게 만들다니, 역시 우습게 볼 수 없다.

그대로 잠시 달리자 앞쪽이 밝아졌다. 끝이 홀로 이루어진 듯했다. 유사 광신검의 약한 반응이 대량으로 느껴졌다.

이쪽에서도 아까 무기고와 같은 참극이 일어난 모양이다.

『여기도 시체가 쌓여 있나.』

"전멸?"

『아니, 몇 명 살아 있어.』

생명력을 몇 개 감지할 수 있었다.

"애송이, 있는 건가?"

"몇 명 살아 있어."

"호오?"

프란의 말에 에이와스의 눈이 수상하게 빛났다.

살아 있는 샘플을 가까이서 볼 수 있다고 생각하고 있는 걸지도 모른다.

『방심하지 마.』

'응!'

넓은 방에 들어가니 그곳은 약간 밝은 홀이었다.

본래라면 대량의 유사 광신검과 격투를 벌였겠지만.

광장에 서 있는 적은 네 명뿐이었다.

스무 명 정도는 이미 쓰러져 숨을 쉬지 않았다.

감정해보니 살아 있는 건 독 내성을 가지고 있던 자나 바람 마술로 약을 막은 자들이었다. 하지만 역시 마력이 이미 대폭 줄어 있었다.

본래 힘은 발휘하지 못할 것이다. 이건 기회다.

『프란! 선제공격이야!』

"응!"

내 목소리를 들은 순간. 프란이 나를 던졌다. 역시 프란! 힘을 소모했어도 그 투척은 정확했다.

염동 캐터펄트로 가속한 내가 가장 앞에 있던 여자의 머리를 유사 광신검과 함께 파괴했다.

『나머지 세 명!』

쾌재를 부른 직후 나는 프란의 손으로 끌려와 있었다.

늘어난 내 장식끈이 프란의 손에 쥐어져 있었고, 마력 삭제 효과에 의해 형태 변형이 무효화되어 프란의 손안으로 멋대로 돌아온 것이다.

『좋아! 예상대로야!』

"응."

평소라면 염동으로 돌아오지만 이번에는 마력 삭제 때문에 그게 무리라는 것을 알고 있었으니 말이다.

다만 이렇게까지 잘 될 줄은 몰랐다.

'스승, 다시 한번.'

『그래!』

"하아앗!"

홀이 넓은 탓에 입구 부근에는 마력 삭제 효과가 미치지 않았다. 즉 다시 염동 캐터펄트를 날릴 수 있다는 뜻이었다.

방금 광경을 되풀이하듯 프란을 향해 오던 검사의 머리와 유사 광신검이 분쇄되었다. 즉시 장식끈의 변형이 풀리고 나는 프란의 손으로 귀환했다.

이대로 나머지도 정리하자. 그렇게 생각했지만 그것을 에이와스가 방해했다.

"이봐. 내게도 한 마리 남겨라."

"으."

무시할까 했지만 여기서 에이와스를 업신여기면 이후 폭주할지도 모른다. 분명 좋은 일은 일어나지 않을 것이다.

그걸 생각하면 조금은 희망사항을 들어주는 편이 나았다.

게다가 주저하는 사이에 검사 한 명이 가까이 다가왔다. 염동 캐터펄트를 쓰려면 다시 거리를 벌려야 했다.

『할 수 없어. 이 녀석은 우리가 맡고 나머지 한 명은 에이와스한테 떠넘――맡기자.』

"응. 알았어."

섣불리 거절하면 폭주한 에이와스가 적과 함께 공격할지도 모른다.

프란은 에이와스의 말에 고개를 끄덕이고 자신은 달려온 드워프와 맞붙었다. 목덜미를 노린 일격이었지만 아무래도 방어력 특화형인지 강력한 장벽을 펼쳐 공격을 튕겨냈다.

그런 만큼 공격은 대단하지 않은 모양이다. 프란은 카운터로 날아온 대검을 유유히 피했다. 이거 잠재 능력 해방으로 인한 자폭을 기다리는 편이 편하려나?

"흐음. 흑뢰희에게 가세는 필요 없겠지. 그러면 이 녀석은 내가 받지."

그것을 보고 있던 에이와스가 남은 거한을 향해 걷기 시작했다. 그 얼굴은 의욕으로 가득 차 있었다.

"네놈들의 튼튼함을 검사해주마──포이즌 포그."

"──."

"오오! 방금 그게 마력 삭제인가? 진짜 마력으로 만들어진 독 안개를 없앴어! 정말 흥미롭군."

영감님, 기뻐하고 있는데 미안하지만 괜찮겠어? 마술이 봉인 당하면 압도적으로 불리할 텐데. 하지만 에이와스는 여전히 유쾌함으로 가득한 표정을 짓고 있었다.

그가 단숨에 접근한 거한에게 동요하지 않고 품에서 꺼낸 병 여러 개를 던졌다. 로브 안쪽에 아이템 주머니나 뭔가를 넣어뒀나 보다.

거한이 그 병을 후려친 순간 무시무시한 폭음이 울렸다. 동시에 연기와 화염이 일어났다.

"──!"

프란이 드워프에게서 거리를 벌리고 고양이 귀를 누르며 깜짝 놀랐다. 그 정도로 소리가 컸기 때문이다.

그러나 거한은 쓰러지지 않았다. 팔이 조금 탄 정도일 것이다.

"흐으음. 역시 마력을 매개로 하지 않는, 약품의 반응에 의한 현상은 없애지 못하나."

동료인 프란을 방해한 에이와스 본인은 즐겁게 웃으며 마술을 더 날렸다. 넓은 범위를 동결시키는 마술이다. 그러나 거한의 유사 광신검에 사라졌다.

"좋아 좋아."

하지만 에이와스는 반영이 끝났다는 듯 몇 번인가 고개를 끄덕이고 다시 마술을 날렸다.

이번에는 약품이 든 병도 동시에 투척됐고.

당연히 마술은 사라졌다. 또한 지면에 부딪쳐 깨진 병은 아무런 효과도 발휘하지 못하고 안의 액체를 주위에 뿌릴 뿐이었다.

괜한 짓으로밖에 보이지 않았지만 에이와스는 흥이 오르기 시작한 듯했다. 빠르게 자신의 고찰을 중얼거리기 시작했다.

"그렇구먼, 그래. 마력 삭제는 그렇게까지 섬세하게 대상을 지정할 수 있는 것 같지 않군. 일정 구역 전체에 미치는 건가? 아까 펼친 독 안개도 지금 마술도 자신에게서 멀리 떨어진 곳의 효과까지는 없애지 않았으니 말이야. 그리고 단순한 포션이 물로 변했어. 즉 그게 어떤 효과인지조차 고려하지 않아. 그건 즉——."

몇 번 시험한 것만으로 마력 삭제의 효과를 파헤쳐가고 있다. 분하지만 놀라운 통찰력이었다.

그래도 결정적인 수가 없는 에이와스는 상대를 쓰러뜨리는 데 이르지 못했다. 마술도 약도 무효화돼서는 쓰러뜨릴 수단이 없을 것이다.

거한은 다시 에이와스에게 달려들었다. 그 공격을 에이와스가 피했다.

그렇다. 이 영감, 접근전을 못 하는 것이 아니었다. 격투나 회피 등의 스킬을 확실하게 습득하고 있었다. 스테이터스는 모자라지만 전투 경험은 막대할 것이다.

에이와스는 거한의 공격을 획획 피하면서 다시 약병 다섯 개를 꺼낸 뒤, 그 병을 자신의 발밑에 떨어뜨렸다. 당연히 병이 깨져서 안에서 연기가 뿜어져 나왔다.

에이와스와 거한을 둘러싸나 싶은 연기였지만 1초도 되지 않는 사이에 완전히 사라지고 말았다. 그 전부가 마법약이었을 것이다.

자폭까지 각오한 공격이 사라져서 절체절명의 대위기──일 터였지만…….

에이와스의 웃음은 처음과 달라지지 않았다. 아니, 오히려 짙어진 것처럼 보이기도 했다. 거한의 공격을 피하면서 에이와스가 주문을 영창하기 시작했다. 저렇게 움직이면서도 마력을 제대로 모으며 집중할 수 있는 모양이다.

진심으로 즐거운 표정을 지으면서 움직이는 에이와스가 거한을 향해 팔을 내밀며 말했다.

"──이터널 코핀."

"──……."

그 직후에 일어난 현상은 우리의 상상을 뛰어넘었다.

『어?』

"응? 어째서?"

나도 프란도 얼빠진 목소리를 내고 말았다.

놀랍게도 에이와스의 마술이 사라지지 않고 거한을 얼린 것이다.

아니, 그런가. 사전에 사용한 연기를 발생시킨 마법약. 그것을 일부러 사라지게 해서 거한의 마력을 다 쓰게 한 것이다. 그리고 마력 삭제를 쓰지 못하게 한 뒤 유유히 마술을 발동시켰다.

『프란, 지금 걸 보고 이 녀석들을 쉽게 쓰러뜨릴 방법이 떠올랐어.』

'진짜?'

『그래. 내가 마술을 쓴 뒤에 녀석에게 공기 발도술을 날려.』

'알았어.'

녀석들은 마력 삭제에 자신의 마력을 사용한다. 그 사실은 알고 있었지만 그 현상을 이용하는 건 생각하지 못했다. 이건 내 실수다.

『간다! 열심히 없애봐!』

나는 마술 열 발을 동시 기동해서 생각대로 모두 사라지게 했다.

"하아앗!"

그리고 마력을 모두 쓴 드워프의 목과 유사 광신검을 프란의 공기 발도술이 베었다. 생각해보면 간단한 일이었다. 내 마력량이라면 다소 효율은 나빠도 억지로 마술을 써서 마력을 바닥나게 하면 됐던 것이다.

상대가 몇십 명 있으면 이야기는 다르겠지만 몇 명이면 내 마력이 다하기 전에 상대의 마력을 고갈시키기는 쉬울 것이다.

『휴우. 내 둔함에 질려도 어쩔 수 없어. 뭐, 지금은 가르스를 찾자. 반성은 나중에 해도 돼.』

"응."

"이봐, 이 거한은 내가 받아가도 상관없겠지?"

에이와스는 무시하자 무시.

프란의 무언을 긍정으로 받아들인 에이와스는 자신이 얼린 거한을 기뻐하며 수납했다.

"……가자."

에이와스를 두고 프란은 먼저 나아갔다.

도중에 거대한 문이 버티고 있었다──고 짐작되는 장소가 있었지만 그곳에는 문의 잔해만이 흩어져 있었다. 에이와스가 뿌린 금속 부식약의 짓이다.

아무리 거대하고 기밀성이 높아도 금속 문이라면 금속 부식약에 너덜너덜해지고, 거기로 다른 약이 파고든다. 새삼 무시무시한 약품이다.

프란 일행은 문의 잔해를 지나 앞으로 나아갔다. 그리고 그 앞에 있던 것은 적지 않은 사람이 옥사한 듯한 음울한 분위기에 둘러싸인 감옥이었다. 여기서 사령 마술을 쓰면 위험한 수준의 원념을 소환할 수 있을 것 같았다.

감옥에는 튼튼해 보이는 금속 창살이 끼워져 있었다.

보초인 검사는 역시 쓰러져 있어서 방해하는 사람은 없었다.

"가르스!"

방에 들어온 직후 프란이 달려나갔다.

그렇다, 감옥 안에 찾던 가르스가 쓰러져 있었던 것이다. 감정해보니 의식을 잃었을 뿐인 듯했다.

"응?"

프란이 쇠창살을 쥐고 힘을 실었지만 떨어지지 않았다. 아무래도 특수한 금속인지 금속 부식약에 약해지지 않았다.

"마강철 계열의 금속이겠지. 그 약은 마법 금속에는 들지 않으니 말이야."

에이와스의 말에 대답하지 않고 프란은 나를 중단으로 들었다.

"……핫!"

아무리 특수하다 해도 마력 삭제만 없으면 이 정도 창살은 문제가 되지 않는다. 프란은 쉽게 쇠창살을 가르고 감옥 안으로 발을 들였다.

"가르스? 괜찮아?"

"……."

가볍게 가르스를 흔들었지만 반응이 없었다.

그냥 의식이 없다고 하기엔 심상치 않은 모습이다. 체온이 낮고 심장의 고동도 느렸다. 의식 불명보다 가사 상태에 가까울지도 모른다.

"──그레이터 힐! 어때?"

『틀렸어. 눈을 뜨지 않아.』

마약의 영향일 것이다. 에이와스의 약 때문은 아닐 거라 생각한다. 아마도.

『일단 가르스를 데리고 나가자.』

"응."

의식이 없는 가르스를 프란이 들쳐 업었다. 드워프인 가르스를 고양이 귀 소녀가 업는 모습은 당장이라도 짓눌릴 것처럼 보였지만, 당사자인 프란은 아무렇지 않은 표정이었다.

프란에게 이 정도 무게는 약간의 부담도 되지 않기 때문이다. 균형은 다소 좋지 않지만 내가 염동으로 부축하면 중심도 안정된다.

『에이와스는 어쩌지?』

"응?"

에이와스는 감옥 앞에 웅크리고 있었다. 보초인 검사의 시체를 조사하고 있는 듯했다.

"호오 호오. 여기로 등에 검을 꽂은 건가. 흐음, 등뼈 뒤로 통하고 있는 듯하군. 내구력은……. 그렇구먼. 마검이라고 할 만큼 강력하지는 않지만 처음부터 이 사용법을 생각하고 만든 건가? 그리고 이 술식은? 여기가──."

의문의 액체를 검에 흘리거나 시체의 상황을 확인하고 있었다. 그뿐 아니라 안구에 침 같은 기구를 꽂거나 손목을 잘라 피를 채취하기도 했다.

"에이와스, 위로 돌아가자."

"으음, 돌아가나. 뭐, 여기에는 이제 아무것도 없는 것 같으니 말이야. 찾던 드워프는 무사하겠지?"

"근데 눈을 안 떠."

"어디 내가 한번 살펴볼까."

시체를 꼼꼼하게 넣은 에이와스가 프란의 어깨에 업힌 가르스에게 다가왔다.

프란은 막아야 할지 말아야 할지 망설였지만 결국 그대로 가르스의 진찰을 맡기기로 한 모양이다.

전문가인 건 틀림없으니 말이다.

"그렇구먼……."

에이와스가 가르스의 입안이나 눈꺼풀을 뒤집거나 마력의 흐름을 체크했다.

"마약 탓이겠군. 정신적으로 소모가 극심한데 그게 육체에도 영향을 미치고 있어."

"나아?"

"보기에 오염이 상당히 진행됐지만 최악의 사태에는 이르지 않았어. 시간을 들이면 고치는 데 문제는 없겠지."

에이와스의 말에 거짓은 없었다.

그것을 이해하고 프란이 가슴을 쓸어내렸다.

"그래. 치료하려면 어떻게 하면 돼?"

"치료 계열 최상위 마술이나 연금술로 해독하면 되겠지. 마약은 영향이 강하지만 대처하기 위한 약은 몇 개 존재해. 뭣하면 내가 치료해주지. 마약에 중독된 드워프는 꽤 귀중한 실험체니 말이야."

아니, 에이와스에게 맡기는 건 절대 말도 안 되지!

굶주린 늑대 앞에 생고기를 내던지는 듯한 행동이다. 절대로 무사히 끝나지 않을 것이다. 가르스가 해부되는 미래밖에 상상할 수 없었다.

"됐어."

"흐음, 그런가?"

"응."

"뭐, 기다려봐. 내가 직접 고쳐주겠다고 하는데 말이야."

"괜찮아."

"으…….”

프란도 나와 같은 생각을 했는지 단호하게 에이와스의 말을 거부했다.

이 녀석, 자기가 어떻게 보이는지 모르는 건가?

『그건 그렇고 이제 어떻게 할까.』

이대로 안전한 장소로 옮겨 치료를 하고 싶은데, 어디로 옮겨야 할까?

『프란, 일단 모험가 길드로 가자. 거기라면 귀족가에서 떨어져 있고 전력도 있어. 그리고 치료할 수 있는 사람도 있을지도 몰라.』

"응. 모험가 길드로 갈래.”

"흐음. 그런가, 나쁘지 않은 판단이겠지. 네 입장에서는 도적 길드에 맡길 수도 없으니 말이야.”

의외로 에이와스가 찬성했다. 도적 길드에 맡기라고 우길 줄 알았는데.

"얼른 그 드워프를 맡기고 다른 전장으로 가지. 이 녀석들이 움직이는 모습도 관찰해보고 싶으니까.”

단순히 흥미의 방향이 유사 광신검으로 향했을 뿐인가.

그보다 의외인 건 멋대로 가려 하지 않는 점이었다.

이 녀석의 성격상 프란을 두고 멋대로 가도 이상하지는 않을 텐데. 아니, 에이와스를 혼자 풀어두는 건 무서우니 눈이 닿는 범위에 있어 주는 편이 낫지만.

"참으로 드물게 진화한 흑묘족……. 그 진가는 놓칠 수 없으니 말이야.”

이 녀석, 프란에게도 흥미가 있었어! 프란에게 향하는 눈이 가르스나 유사 광신검에 향하는 것과 같은 호기심을 품고 있었다. 귀중한 실험체를 보는 눈이다.

『프란, 에이와스에게 절대로 경계심을 풀지 마.』

'당연해.'

뭐, 프란은 줄곧 에이와스를 경계하고 있었으니 괜찮을 것이다. 야생의 감으로 에이와스가 자신에게 보내는 시선을 감지하고 있는 것일지도 모른다.

돌입해 온 구멍을 통해 그대로 밖으로 나간 프란과 에이와스는 안절부절못하고 있던 페이스를 주워 모험가 길드를 향해 서둘렀다.

소동은 수습될 기미를 보이지 않고 오히려 확대되어 가는 듯했다. 시민가나 번화가에서도 사람들이 불안해 보이는 얼굴을 하고 있었다. 그뿐 아니라 여행객이나 행상인들은 왕도에서 탈출하기 위해 정문으로 길을 서두르는 중이었다.

"이건 위험하네요. 전투가 길어지니 왕도에서 탈출하려 하는 사람들 때문에 한층 혼란이 일어날지도 모르겠습니다."

페이스가 불안하게 중얼거리는 것도 무리는 아니다. 전투가 더 격렬해지고 있는지 큰 폭발음이 연속으로 울리거나 귀족가에서 의문의 빛이 일어나고 있기 때문이다.

게다가 왕성 쪽에서 무시무시한 마력이 느껴졌다.

아슈트너 후작 못지않은 마력인데? 파나틱스의 본체가 날뛰고 있는 건가?

적이 깔린 범위가 넓어지고 있는지 페이스의 안내를 받아도 유사 광신검이 꽂힌 남자들과 맞닥뜨렸다.

하지만 거리만 있으면 내 염동 캐터펄트로 바로 죽일 수 있다. 그들은 세세한 판단을 내릴 지성도 남아 있지 않는지 대책 없이 돌진해왔다. 좋은 표적이었다.

에이와스에게 클레임이 들어왔다.

"내게도 넘겨라!"

"……마음대로 해."

기운찬 영감에게 프란은 살짝 질린 기색이었다. 그런 프란의 태도를 전혀 신경 쓰지 않고 에이와스는 기뻐하며 앞으로 나섰다.

"후하하. 아직 시험해보고 싶은 게 있단 말이지."

그는 만났을 때의 무뚝뚝한 얼굴이 거짓말인 것처럼 흉악하게 웃었다. 그가 품에 손을 질러 넣었다. 꺼낸 것은 마법약일 것이다. 다만 이번에는 그것을 던지지 않고 스스로 단숨에 들이켰다.

신체 강화 계열 마법약인 모양이다. 영감이라고는 생각할 수 없는 몸놀림으로 단숨에 상대의 품으로 파고들더니, 검사를 상대로 격투전을 벌이기 시작했다.

"──."

"그렇구먼, 그래! 마법약도 그렇고 스킬도 그렇고 신체 강화 계열──즉 체내에서 작용하는 것에는 마력 삭제는 듣지 않는 건가!"

"──."

"그러면 이건 어떠냐!"

돌진해온 검사에게 에이와스는 약을 꺼내 던졌다. 그와 동시에 자신도 주먹을 쥐며 달려들었다.

잘한다. 절묘한 타이밍이다.

약을 피하면 에이와스의 체술의 밥이 될 것이다.

약을 검으로 공격하면 약병이 깨진다. 마법약의 효과를 없애게 해 상대의 마력을 소모시키는 것이 가능하다.

어느 쪽이든 에이와스에게 유리했다.

우리가 감탄하며 지켜보는 가운데 검사는 약병을 후려쳤다. 파괴된 병 안에서 액체가 흩어져 검사의 몸을 적셨다. 그저 물이 튄 것처럼 보이지만 치명적인 실책이었다.

약의 마력을 없애고 모든 마력을 다 쓴 것을 알 수 있었다. 그리고 마력을 잃은 검사는 에이와스에 의해 간단히 얼어붙었다. 불쌍할 만큼 순식간이었다.

'꽤 하네.'

『그래, 전법의 수가 엄청나.』

'응. 뭘 할지 알 수 없는 건 성가셔.'

마술과 근접 전투와 마법약을 병용한 난투가 에이와스의 진면목인 듯했다. 만약 싸우게 될 경우 눈에 띄는 틈이 없는 꽤 성가신 상대다. 프란도 자신이 싸우게 되면 어떻게 상대할지 상상하고 있는지, 마치 약점이라도 찾는 듯한 눈으로 에이와스의 전투를 관찰하고 있었다.

여기서 그런 미래는 없다고 단언할 수 없을 뿐만 아니라 언젠가 싸울 가능성이 높다는 생각이 들게 만드는 건 에이와스의 부족한 인덕 때문이겠지.

『마술과 체술은 둘째 치고 약이 완전히 미지의 존재니 말이야…….』

'강해.'

『상당히..』

에이와스와 싸울 때의 대책을 세우면서 나와 프란은 모험가 길드에 도착했다. 다만 그 앞의 큰길에서는 격렬한 전투가 펼쳐지고 있었다.

생각해보면 모험가 길드는 후작에게 성가신 존재다. 습격당하지 않을 리가 없었다.

적은 50명 정도. 그중에 유사 광신검이 꽂힌 적은 스무 명 정도일까. 그 녀석들과 함께 키 2미터 정도의 오우거 같은 마수가 날뛰고 있었다.

감정하니 플레시 그레이터 골렘이라고 나왔다. 아무래도 사람이나 마수의 시체를 써서 사령 마술로 만든 골렘인 듯했다.

그 성능은 상당해서, 민첩은 낮지만 엄청난 완력을 자랑하고 튼튼한 데다 재생을 가지고 있었다. 주위에 있는 유사 광신검의 마력 삭제에 보호받는 동안에는 상당히 성가실 것이다. 적어도 평범한 기사나 모험가로는 대항할 수 없겠지.

그에 맞서는 모험가들은 100명 정도 되려나. 이미 쓰러진 자를 포함하면 150명이 넘을 것이다.

코르베르트도 있고 엘리안테의 모습도 있었다. 이 두 사람은 역시 움직임의 격이 달랐다.

하지만 그 두 사람에 필적하는 움직임을 보이고 있는 자들도 있었다. 다섯 명의 반충인이다. 이 다섯 명은 동료인지 같은 의장의 갑옷을 걸치고 연계해 싸우고 있었다.

『저게 엘리안테가 말했던 용병단이겠네. 더듬이와 등딱지라는 이름이었을 텐데…….』

그렇군. 그들의 모습은 그 이름대로였다.

머리에 더듬이가 돋은 자나 몸의 일부가 단단한 껍질로 뒤덮인 자도 있었다.

각각의 종족은 견새우, 풀무치, 신(蜃), 하루살이, 이빨개미라고 적혀 있었다.

다만 스킬이나 마술을 쓸 수 없는 탓에 본래의 힘을 발휘할 수 없는 듯했다. 그래도 연계하며 싸워서 플레시 그레이터 골렘을 열 마리 이상 쓰러뜨린 것처럼 보이는 건 역시 대단했다. 기초 능력과 타고난 전투 기능이 높은 게 분명하다.

'스승, 저기.'

프란이 가리킨 곳에서는 스테리아가 적 몇 명에게 둘러싸여 위기에 빠져 있었다.

『일단 엘리안테 일행과 합류하자.』

"응!"

스테리아의 주위에 있는 유사 광신검에 기생당한 검사들을 향해 나는 무수한 마술을 날렸다. 당연히 사라졌지만 이로써 녀석들의 마력은 고갈됐을 터다.

프란은 단숨에 전장을 달려나가 검사들을 베어갔다.

자신들이 고전하던 상대가 쉽게 쓰러지자 모험가들은 어리둥절해했다. 게다가 프란은 가르스를 업고 있었다. 도저히 민첩하게 움직일 수 있을 것 같지 않다.

그러나 스테리아는 나타난 사람이 프란이라는 것을 알자 납득한 듯이 고개를 끄덕였다.

"역시 대단하네, 흑뢰희! 어떻게 한 거니?"

거기서 프란은 그들에게 대처 방법을 알렸다. 하지만 스테리아는 심각한 얼굴을 했다.

생각해보면 마법을 몇 방이나 날려 마력을 소모시키는 방법도, 마법약을 몇 개나 던지는 방법도 쉽게 할 수 있는 일이 아니었다.

"포션을 전부 모으게 할까……. 아무튼 좋은 이야기를 들었어. 일단 이 큰길의 섬멸을 도와주겠니?"

"응. 하지만 다른 곳은 괜찮아?"

"괜찮아. 고랭크 모험가가 가고 있어."

이곳 외에도 모험가를 파견한 모양이다.

"그 드워프는 가르스 님이니?"

"응. 의식이 돌아오지 않아. 스테리아, 가르스를 부탁해."

"내게 맡기렴. 손가락 하나 대게 하지 않을 테니. 그 대신 모두를 부탁해."

"……알았어. 그럼 일단 여기 적을 정리할게."

프란이 스테리아에게 가르스를 맡겼다.

그녀들이 길드 안으로 무사히 물러나는 것을 지켜보고 프란은 임전 태세를 취했다. 에이와스도 따랐다.

"그러면 가볼까. 고기 방패들이 마침 적의 눈길을 끌고 있군."

모험가들을 고기 방패라고 부르는 거냐!

주위의 모험가들이 노기를 띠었지만 엘리안테가 그것을 막았다.

"하지 마! 지금은 동료끼리 싸움을 할 때가 아냐!"

엘리안테도 에이와스를 알고 있을 것이다. 그 능력도 성격도.

일일이 트집을 잡으면 날이 저문다.

에이와스는 주위에서 던지는 분노의 시선을 완전히 무시하고 유사 광신검을 흥미롭게 봤다.

"저 고기 병사는 뒤로 미룬다. 우선 검을 가진 놈을 줄이지."

"나도 알아."

그리고 프란과 에이와스가 전장으로 뛰어들었다.

"각성——."

이 뒤 어떤 싸움이 있을지 알 수 없다. 섬화신뢰는 쓰지 않았다. 아니, 힘의 소모가 컸던 탓에 쓸 수 없다. 하지만 이 전장이라면 각성만으로 충분했다.

난전이기는 하나 유사 광신검을 표적으로 삼으면 적과 아군의 식별은 간단했다. 그다음에는 사각에서 몰래 다가가 혼신의 일격을 유사 광신검에게 날리면 된다.

장벽 등에 공격이 통하지 않는 경우도 있었지만, 그 경우에는 마술 포화 공격으로 전환할 뿐이었다.

"어? 왜 어린애가——아니!"

갑자기 나타나 강적을 쉽게 해치우는 프란에게 모험가들은 놀라고 있었다. 하지만 프란은 그들에게 대답하지 않고 전장을 빠져나갔다.

멀리서는 폭음과 모험가들의 비명이 들려왔다. 에이와스도 맹렬하게 움직이고 있는 모양이다.

"하아압!"

도중부터는 코르베르트와 엘리안테뿐만 아니라 용병단도 프란과 에이와스의 지원에 나서게 됐다. 일부러 요란하게 움직여 적의 주의를 끌어주자 일이 더 편해졌다.

결국 유사 광신검 소유자를 토벌하는 데 15분도 걸리지 않았다.

나는 마지막 적에게 칸나카무이를 약하게 쏴보기로 했다. 어느 정도 위력의 마술까지 없앨 수 있는지 조사하려고 했지만——.

『으음. 토르 해머 정도로 해야 했나.』

"응."

아무래도 칸나카무이 급의 마술까지는 역시 없앨 수 없는 듯했다. 도중에 상당히 위력을 낮췄지만 극뢰는 유사 광신검과 함께 적을 소멸시키고 모험가 길드 앞에 거대한 크레이터를 뚫었다.

플레시 그레이터 골렘뿐만 아니라 모험가들도 충격에 쓰러졌다.

『좀 지나쳤네.』

"사라지는 것보다는 나아."

마력 삭제 효과로 인해 위력은 상당히 저하됐지만 오히려 그 덕분에 살았을지도 모른다. 본래의 위력대로였다면 상당한 참사가 일어났을 것이다.

모험가들의 시선이 느껴졌다. 혹시 모험가 길드 앞에 구멍을 뚫은 걸 화내고 있는 건가? 하지만 바로 플레시 그레이터 골렘과 전투가 벌어져서 그들에게는 프란에게 말을 걸 여유가 없는 듯했다.

에이와스도 프란을 뚫어지게 쳐다봤지만 바로 플레시 그레이터 골렘의 공격을 받아서 그쪽의 대응에 나섰다.

마술 길드를 만든 사람에게 극대 마술을 보인 건 경솔했나? 나중에 성가셔질지도 모른다.

『뭐, 지금은 우리도 골렘을 해치우자.』

"응!"

유사 광신검사를 정리한 후 우리도 플레시 그레이터 골렘의 토벌에 나섰다.

확실히 강했지만 이 정도라면 우리의 적수가 아니었다. 다시 다른 모험가와 용병들의 전투를 관찰할 정도의 여유는 있었다.

특히, 아슈트너 후작전에서는 볼 여유가 없었던 코르베르트와 엘리안테의 싸움에는 아주 흥미가 있었다.

코르베르트는 평범한 격투가처럼 됐군. 데미트리스 류를 잃은 대가는 큰가 보다. 공격력이 대폭 떨어졌는지 플레시 그레이터 골렘에도 연속 공격을 펼쳐 대미지를 주고 있었다.

그러나 봉인 상태가 아니어서 몸놀림 자체는 좋아졌을 것이다. 데미트리스 류를 잃은 다음부터 혹독한 수련을 쌓고 있는 것 같으니 앞으로 더욱 성장할 것 같았다.

엘리안테는 겉모습과 전혀 달리 엄청난 파워 파이터였다.

업무 스트레스를 싸움에 터뜨리듯이 자신의 키보다 큰 대검을 한 손으로 휘둘러 플레시 그레이터 골렘에게 내리치고 있었다.

아슈트너 후작전에서도 썼던 대검은 신검 개방 상태의 검사에게 부서지고 말았다. 그 대용인 검은 부서진 검보다 더 거대했다. 두 아름은 클 것이다. 그것을 가볍게 휘두른다니, 완력을 헤아릴 수가 없었다.

"아하하하하하하하하! 자자자자아아!"

반충인치고는 더듬이가 없다고 생각했는데 머리카락 속에 숨겨져 있던 모양이다. 풀린 보라색 머리카락 사이에서 도톰하고 얼핏 긴 뿔처럼 보이기도 하는 더듬이가 돋아 있었다.

어라? 보라색? 그러고 보니 후작전에서도 머리색이 보라색으로 바뀌었지. 전투 때 머리색이 바뀌는 건가? 나중에 물어보자.

엘리안테는 파워뿐만 아니라 거미 반충인답게 실을 쓴 공격도 펼치고 있었다.

손바닥에서 분사한 실을 골렘에게 휘감아 움직임을 봉인했다. 마치 미국산 거미맨 같은 능력이다.

거기로 돌입해 대검을 내리치는 엘리안테는 계속 웃음을 터뜨려서 광전사 느낌이 엄청났다. 크게 웃으며 일격에 골렘의 팔다리를 잘라갔다.

엘리안테는 내버려 두자.

용병단의 다섯 사람은 개개인도 강하지만 조직력이 대단했다. 지금까지 가지고 있던 용병에 대한 이미지가 크게 바뀔 정도였다.

『강한 용병도 있구나.』

'응.'

당연한 사실이지만 지금까지 만나지 못했으니 어쩔 수 없다. 생각해보면 강한 용병은 전장에 있을 테고, 반대로 말하자면 그 이외의 장소에서 만나는 용병이 대단하지 않은 것도 당연하다.

지금 프란의 눈앞에서 골렘에게 주먹을 날린 열혈남풍 남자가 리더인 듯했다. 모두에게 지시를 내리고 있었다.

표시되는 종족은 견새우. 아마 랍스터나 닭새우 계열의 반충인일 것이다.

붉고 반들반들한 껍질이 얼굴과 오른손의 절반을 덮고 있었다. 특히 주먹 주위의 껍질은 마치 가시 달린 망치처럼 거대하고 공격적인 형태여서, 그 주먹과 물 마술을 병용해 플레시 그레이터 골렘을 혼자서 압도하고 있었다.

풀무치 반충인은 다리만 엄청나게 두꺼웠다. 상반신은 호리호리한 미소년인데 다리만 마치 큰 나무라도 베어낸 듯이 이상하게 두꺼웠다.

그 변화를 고려했는지 바지는 학생복처럼 통이 넉넉했다. 지금은 그 학생복 안쪽에 커진 다리가 가득 들어차 있는 듯한 상태였다.

"부서져라! 하아아아아아아압!"

그 각력은 겉모습에서 상상하는 것 이상으로 엄청난 듯했다. 놀랍게도 소년이 그 다리로 골렘을 걷어차자 1톤이 훨씬 넘을 골렘의 거구가 살짝 뜬 것이다. 그 움직임은 태권도나 카포에라처럼 유려해서, 다리의 파워를 주체로 공격하는 전법을 특기로 삼고 있는 듯했다.

여성 창잡이인 하루살이는 신기한 움직임을 보이고 있었다.

등에 난 얇은 날개는 비행에는 쓸 수 없는 듯하지만 그 날개를 이용해 급제동을 걸고 있는 모양이다. 더욱이 호리호리한 몸을 하늘하늘 흔들어 이상하게 트리키한 동작을 선보였다.

눈만 게슴츠레한 표정도 어우러져서 우리조차 움직임을 예상할 수 없었다. 플레시 그레이터 골렘전에서는 그다지 의미가 없을 것 같지만 대인전에서는 아주 효과적일 것이다.

이빨개미 반충인은 외모 자체는 인간에 가까웠다. 차이는 더듬이와 눈뿐일 듯했다. 160센티미터 정도의 특별히 강해 보이지 않는 천진난만 계열의 미소녀지만, 그 파워는 인간을 벗어나 있었다.

도끼 이도류는 처음 봤다. 회전하면서 그 양손의 큰 도끼를 상대에게 연속으로 박아 넣는 전법이다. 게다가 입에서 독액을 토하는 것도 가능한 모양이다. 골렘의 한쪽 눈을 정확히 독액으로 공격했다. 파워 파이터인데 잔기술까지 구사할 줄이야, 반충인은 우습게 볼 수 없군.

신(蜃)이라는 종족의 반충인은 제대로 알 수도 없었다. 아무래도 조개류 같은데…….

벌레는 그런 종족까지 포함하는구나. 말수가 적어 보이는 거한이다. 그거다, 마음은 착하고 힘은 센 느낌의 분위기다. 전사가 아니라 환영 계열의 마술사인 듯했다.

조개의 피를 이은 사람답게 어깨나 등을 덮은 껍질의 방어력은 높은지, 그는 플레시 그레이터 골렘의 거대한 주먹을 몸을 둥글게 만 자세로 받아내고 있었다. 탱커 겸 마술사라는 이상한 입장이었다.

그들의 옆에서는 지금까지 마술과 스킬이 봉인돼 부자유한 싸움을 강요받아온 욕구 불만을 해소하듯이 프란이 플레시 그레이터 골렘을 오버킬하고 있었다.

"하아아압!"

골렘의 팔다리를 베고 마술로 태우고 마지막에는 몸통이나 머리를 공기 발도술로 일도양단했다. 제한 없이 전력을 낼 수 있다는 게 기분 좋은가 보다.

물론 힘을 소모한 상태이기 때문에 지금 낼 수 있는 전력이라는 의미지만.

그 모습만 보면 에이와스를 난폭한 영감이라고 야유할 수도 없었다. 난폭 고양이 귀 소녀다.

다만 프란이 싸우는 모습에는 동료를 고무하는 효과도 있는 듯했다.

"이봐! 수인 아가씨에게 뒤지지 마!"

"비싼 보수도 받았으니까 그만큼 일해!"

"그래!"

모험가와 벌레 레인저들도 의욕을 낸 듯했다. 벌레니까 개조 인간에 가깝다는 생각도 들지만 그래도 다섯 명이니까 그렇게 부르자. 더듬이 전대 등딱지 레인저 같은 느낌으로?

레드 견새우. 그린 풀무치. 화이트 하루살이. 블랙 이빨개미. 신은 온몸이 회색이지만 조개는 바다 생물이니까 블루로!

혹은 다정다감하고 힘센 역할인 옐로여도 괜찮아! 이로써 레인저 결성이네!

그런 생각을 하며 싸우고 있는데 길 중앙에서 거대한 마력 반응이 있었다.

동시에 무시무시한 기세로 보라색 연기가 길과 건물을 뒤덮어 갔다. 어떻게 봐도 몸에 좋아 보이는 연기가 아니었다.

『프란, 절대로 마시지 마! 위기 감지가 이상하게 반응하고 있어!』

'응!'

명백하게 독 연기다. 황급히 바람의 결계로 프란을 지켰다. 근처에 있던 벌레 레인저는 순식간에 모여 하루살이의 바람 결계와 견새우의 물 결계로 독 연기를 방어하는 모습이 보였다.

그리고 독 연기가 가신 후, 플레시 그레이터 골렘들과 모험가들이 길에 누워 경련하고 있는 광경이 나타났다. 거기에 영감의 너털웃음이 울려 퍼졌다.

"후하하하. 역시 인간의 살을 써서 그런지 마비독은 플레시 그레이터 골렘에게도 유효한가!"

에이와스 녀석이 적과 아군을 가리지 않고 사독 마술을 쓴 듯했다.

"안심해라. 후유증 없는 마비독이야. 나중에 해독해주지. 그보다 무사한 녀석은 고기 병사를 섬멸해라."

"저 영감, 아군까지……."

"길드 마스터! 지금은 골렘을 우선해야 해."

엘리안테와 코르베르트도 무사했나. 에이와스에게 달려들려 하는 엘리안테를 코르베르트가 말렸다.

뭐, 실제로 인간들에게 큰 대미지는 없으니 여기서는 에이와스가 말하는 대로 플레시 그레이터 골렘을 파괴하는 것이 먼저다.

용병단이 노기를 보이면서도 그 말에 따랐다. 지나치기는 하지만 합리적인 건 확실하니 말이다.

사람을 사람으로 생각하지 않는 에이와스이기 때문에 취할 수 있는 전법일 것이다.

나는 할 생각도 안 한다.

"자잘하게 해봐야 시간이 걸릴 뿐이잖나."

그렇게 큰소리치는 에이와스의 말에 수긍한 것은 한 명뿐이었다.

"그렇구나."

잠깐만, 프란? 지금 감탄했어?

안 돼! 저 녀석 흉내만은 절대로 안 돼!

Side 아스라스

"질버드 대륙이라. 오랜만에 왔군."

"나리, 덩치가 크네요~. 귀인족이신가요?"

"그래. 맞아."

접안하는 배 위에서 항구를 바라보고 있자 뱃사람 중 한 명이 말을 걸었다.

사람 좋은 얼굴로 흥미롭게 나를 올려다봤다. 고향에서는 다가오는 사람조차 드물었는데 꽤나 신선한 태도다.

이쪽 대륙에서 귀인은 보기 드물고, 한 번 보고 내 정체를 알아낼 만큼 소문이 퍼지지는 않았을 것이다.

"이쪽 대륙에는 일 때문에 오셨나요?"

"아니, 일은 아닌데……."

내가 크롬 대륙에서 질버드 대륙으로 건너온 건 변덕에 가까웠다.

"뭐. 감에 따른 결과지."

"하아, 감이요?"

뱃사람이 곤혹스러운 기색으로 고개를 갸웃거렸다.

그렇겠지. 감으로 대륙을 건너는 녀석은 보통 없겠지.

하지만 적당한 말로 얼버무린 건 아니다. 진짜로 감이 주된 이유다.

내가 가진 고유 스킬 『암귀(暗鬼)』는 직감력이나 감이 지극히 강화되는 스킬이다.

이것으로 상대의 말이 거짓인지 아닌지, 본심에서 나오는 말인지 아닌지 왠지 모르게 판별할 수 있었다.

그 밖에도 던전에서 함정을 간파하거나 숨겨진 적의 본거지를 왠지 모르게 아는 경우도 있다. 근거가 없기 때문에 빗나갈 때도 있지만 이것 덕분에 목숨을 건진 일도 몇 번이나 있었다.

그런 내 직감이 질버드 대륙으로 가야 한다고 말하고 있었다. 원래는 뮤렐리아라는 사인의 말이 계기였다.

그녀가 마지막에 한 로미오라는 소년을 구해달라는 말. 거기서 거짓은 느껴지지 않았다. 본심에서 나온 말일 것이다.

그리고 그 후 싸운 제로스리드라는 남자까지. 흉악한 남자였지만 깊은 슬픔도 느낄 수 있었다. 그때는 이유를 알 수 없었지만.

나중에 로미오를 제로스리드가 납치해갔다는 이야기를 듣고 나는 납득했다. 겉으로는 제로스리드가 뮤렐리아를 배신한 것처럼 보였지만 그건 가짜였을 것이다. 왜 그런 짓을 했는지까지는 알 수 없지만 실제로는 동료였던 게 틀림없다.

그렇게 생각하면 제로스리드가 뮤렐리아의 마지막 부탁을 들어주기 위해 행동하는 건 당연해보였다.

제로스리드가 로미오를 데리고 향한 곳도 예상할 수 있었다.

뮤렐리아가 최종적으로 로미오를 맡길 곳으로 각지의 고아원을 조사한 결과가 자료로 남아 있던 것이다.

그중에서도 바르보라라는 대도시에 있는 고아원이 유력한 후보로 체크되어 있었다고 한다.

이건 자료를 압수해 훑어본 메아 아가씨 일행에게 들은 이야기이니까 틀림없을 것이다.

뒤를 쫓는다고 해서 딱히 무슨 일이 있는 것도 아니다.

로미오를 구하고 싶은 건지 제로스리드와 다시 싸우고 싶은 건지도 알 수 없었다.

그러나 확인해야 한다고 생각했다. 그리고 정신을 차리고 보니 질버드 대륙행 배에 올라타고 있었다.

"그런데 허탕 칠 줄이야……."

배에서 내려 탐문해보고 바로 고아원이 있는 곳을 알 수 있었다. 바로브라에서도 상당히 유명한 곳인 모양이다. 최근에는 랭크 A 모험가가 지켜줘서 그 이름이 더욱 퍼진 듯했다.

"제로스리드가 데리고 갔다라."

여기서 끝내도 상관없지만.

"기분 나쁘군."

생선 가시가 목에 걸린 듯한 감각이 있었다. 내버려 둬도 상관없을지도 모르지만 아무래도 신경이 쓰였다. 로미오와 제로스리드는 어디로 갔을까?

그리고 일부러 대륙을 건넜는데 허탕 친 것도 마음에 들지 않았다. 적어도 제로스리드와 로미오의 모습을 한 번이라도 좋으니 보고 싶었다.

"그러면 다음에는 어디로 가지……?"

제로스리드는 전 세계에서 지명수배를 받고 있는 범죄자다. 그런 남자가 아이를 계속 기르기는 곤란할 테다. 추격자로부터 계속 도망치면 정착할 수 없으니 말이다.

그러나 그런 인물이라도 추격자를 신경 쓰지 않고 살 수 있는 곳이 있다. 전 세계 범죄자가 마지막으로 도망치는 장소. 이 세상의 어느 곳보다 가혹하지만 제로스리드 정도의 강자라면 그곳에서도 문제없을 것이다.

"유능한 전사라면 모든 과거가 용서되는 장소. 골디시아 대륙이라……."

골디시아 대륙에서는 연합군에 참가해 매일 할당량만 달성하면 과거의 범죄 이력은 불문에 부친다. 유능한 전사를 시시한 이유로 잃는 건 그 지옥 같은 곳에서는 큰 손실밖에 되지 않기 때문이다.

틀림없이 제로스리드는 골디시아 대륙을 목표로 했을 것이다.

"그렇다면 질버드 대륙을 횡단해 동쪽 항구 도시에서 배를 타는 게 최선이로군."

그런 와중에 크란젤 왕국의 왕도에 들렀다.

"생각해보니 이 나라의 왕도에 오는 건 처음이로군. 알레사에 몇 번 간 적은 있지만."

역시 대국의 왕도답게 엄청난 위용을 자랑했다. 이만한 성벽을 보는 건 내 긴 인생에서도 그리 많지 않았다.

애초에 이 세계에는 왕도급 도시를 지을 수 있는 곳이 적다.

주위에 강력한 마수가 발생하는 조건이 갖추어져 있지 않고 생태계적으로 안정되어 있는 데다 교통이 편리하고 수상 운송이 나쁘지 않은 곳이 아니면 대도시를 짓기 어렵기 때문이다.

특히 주변에 강한 마수의 생식 영역이 없는 장소를 찾는 게 어렵다. 용이나 거인종 등의 대형 마수가 빈번하게 출몰하는 장소에 도시를 짓기는 불가능하고, 설사 건조했다 해도 오래가지 못할 것이다.

그런 의미에서 크란젤의 왕도는 기가 막혔다.

주위의 마수는 대부분 중형 이하라 모험가나 기사단의 숫자를 갖추면 토벌이 어렵지 않고, 때때로 다른 곳에서 흘러들어오는 대형 마수라 해도 강력한 결계와 마도 병기를 갖춘 저 성벽만 있으면 격퇴도 어렵지 않았다.

강자를 모으는 건 대국이라도 어려우니 말이다. 우연히 강한 사람을 데리고 있는 동안에는 괜찮지만 나라는 몇백 년은 간다. 그 점을 생각하면 숫자와 도구로 항상 일정 이상의 방어력을 갖출 수 있는 시스템이 신뢰성은 더 높다.

내부도 그만큼 발전했을 거라고 생각했는데.

"설마 여기서 소동에 휘말릴 줄은 몰랐어."

제로스리드의 정보를 모으는 도중에 갑자기 울린 굉음과 진동이 왕도를 흔들었다.

정보를 수집하던 술집에서 밖으로 나와 보니 왕도 안에서 불기둥이 몇 개나 올라가고 있었다. 단순한 싸움 수준이 아닐 것이다.

내란인지 쿠데타인지는 알 수 없지만 인간끼리 격렬하게 싸우는 모습이 눈에 들어왔다. 외적에게는 무적이어도 내부에서 일어난 소동에는 취약했다는 건가?

그건 그렇고 소동이 크다. 이거 적당히 몸을 빼는 편이 나을까? 내가 섣불리 개입하면 나중에 귀찮으니 말이다.

그런 생각을 하는데 나도 공격을 받았다. 검이 등에 꽂힌 이상한 녀석들이었다.

마력을 없애는 능력이 있었고 나름대로 강했다. 게다가 감정과 이성이 느껴지지 않았다. 어떤 존재인지는 알 수 없지만 이 녀석들이 날뛰게 되면 왕도는 상당히 위험할지도 모른다.

왕도 안에 몇 개 있는 모험가 길드의 지부에서 이야기를 들어보니 후작이 쿠데타를 일으켰다고 한다. 검이 꽂힌 녀석들은 그 군세인 모양이다.

본부의 길드 마스터가 정예를 이끌고 각지에 지원을 나간 듯했다.

"으음. 무시할 수도 없나."

이 도시 사람에게 내가 이 자리에 있는 게 행운인지 불행인지 알 수 없지만……. 프란 아가씨의 안부는 확인해두고 싶었다.

그렇다. 제로스리드의 정보는 손에 넣지 못했지만 프란 아가씨의 정보는 몇 개 입수했다.

이 도시에서도 이래저래 눈에 띄고 있는 듯했다.

일단 기사단의 관계자가 있다는 왕성 앞을 목표 삼기로 했다. 거기까지 가서 정보를 얻고, 경우에 따라서는 후작을 내가 쓰러뜨려도 상관없었다.

프란 아가씨 일행이 진정시켜준 덕분에 폭주까지는 아직 여유가 있을 터다. 힘이 될 수 있을 것이다.

하지만 아무래도 생각이 어설펐던 모양이다.

왕성 앞에서 엄청난 힘을 가진 소녀가 기사단을 유린하고 있었다.

물색 비늘이 돋은 용인 소녀인데, 내뿜는 마력이 내게 필적했다.

무슨 목적이 있는지 대규모 파괴는 저지르지 않았지만 저 소녀가 제 실력을 내면 이 왕도조차 반각도 지나지 않아 빈터가 될 것이다.

내가 할 수밖에 없겠지. 녀석을 내버려 두면 프란 아가씨나 스승에게도 재앙이 미친다.

데미트리스 영감 이야기를 하던 높아 보이는 남자들에게 한마디 말을 걸고 한 방 먹였지만 큰 대미지는 주지 못했군.

이건 제 실력을 내지 않으면 내가 당하는 상대다.

"그럼 나는 언제까지 버틸 수 있을까……?"

문제는 내가 폭주하면 오히려 피해가 늘어난다는 점일 것이다. 그 전에 정리해야 했다. 이 수준의 적과 진심으로 싸우면 상당히 일찍 한계가 찾아올 터다. 유예는 그리 없었다.

주위의 기사들에게 사람을 피난시키도록 지시했다. 내가 하는 말을 들을 확률은 반반이려나?

하지만 이곳에 있던 지휘관은 상상 이상으로 우수한가 보다.

"이봐! 이 주변에서 사람을 대피시켜. 우리 싸움에 휘말려든다."

"다, 당신은……?"

"나는 모험가 아스라스. 자중지란이라고 불리고 있지."

"다, 당신이……. 이봐! 총원 퇴각! 왕성에도 즉시 탈출하도록 전령을 보내! 주민 피난도 서둘러!"

"넷!"

내 이름을 듣고 즉시 명령을 내렸다. 좋은 지휘관이다.

이로써 다소는 싸우기가 편해질 것이다.

"당신, 흑뢰희라는 이명으로 불리는 모험가를 모르나?"

"아스라스 님은 프란의 지인이오?"

아무래도 정답이었던 모양이다. 지휘관인 귀족이 프란의 이름을 입에 담았다.

"그래. 지금 어디 있지?"

"아슈트너 후작 저택을 수색 중일 거요."

"여기에서 먼가?"

"조금은."

그럼 됐다. 휘말릴 우려는 적은 듯했다.

아무리 나라도 지인을 말려들게 해 죽이는 건 좀 그러니 말이다. 그 외의 인간이라면 죽여도 좋다는 뜻은 아니지만.

"너희도 말려들고 싶지 않으면 떨어져라!"

자, 힘을 아끼지 말자. 오랜만에 일방적인 학살이 아닌 사생결단을 내보자.

"하아아아아아아아아압! 신검 개방!"

내 말과 함께 손안의 신검이 그 모습을 흉포하게 변모시켰다. 동시에 나조차 한기를 느끼는 막대한 마력이 그 안에서 흘러넘쳤다.

신검이 가진 무시무시한 힘을 억누르고 있던 문이 활짝 열린 것이다.

대지검 가이아가 가진 마력 중에는 사용자에게 대지 마술을 부여하는 것이 있다. 신검 개방 상태라면 나는 모든 대지 마술을 사용할 수 있었다. 게다가 신검의 마력을 사용하면 극대 마술을 몇 방이나 날릴 수 있다.

"그래비티 프리즌!"

"크아아!"

마술 내성이 높은지 마술을 쉽게 흩어버렸다. 구속 계열 마술은 거의 의미가 없군.

그렇다면 육탄전밖에 없나.

"이봐아아아! 너어!"

놀랐다. 본 느낌은 완전히 폭주하고 있는 것처럼 보이는데 이 상태로 말하다니. 그러나 소녀의 입에서 나온 것은 남자처럼 쉰 목소리였다.

뭐, 됐다. 주위 사람이 도망칠 시간을 벌 수 있다면 수다에 어울려줄까.

"뭐지?"

"네가 든 그거 신검이지? 그 흑묘족 꼬마가 들었던 모조품이 아냐! 진짜 신검이지?"

"흑묘족 꼬마? 혹시 프란을 말하나?"

"그 신검이 있으면…… 우리는…….."

"이봐!"

"신검을 받아들이면…….."

대화를 할 수 있어도 제정신은 아닌가 보다. 소녀가 소리칠 때마다 그 손에 든 부러진 검에서 흉악한 마력이 뿌려졌다.

저 검이 소녀를 조종하고 있는 건가? 그렇다면 스승과 같은 인텔리전스 웨폰인가? 인간 같은 스승과 비교하면 꽤 정신이 나간 느낌이지만.

아무튼 제대로 된 검은 아닌 듯했다.

"너는 누구지?"

"몰라! 내가 알고 싶을 정도야! 하지만 알아! 알고 있다고! 그 신검을 받아들이면 우리는 원래 모습을 되찾을 수 있을 거다!"

저 부러진 검이 이 말의 주인인 건 틀림없는 것 같았다.

"그러니까 그 신검을 내놔아!"

녀석의 공격 방향이 완전히 이쪽으로 향했군. 하지만 좋은 상황이기도 하다.

이로써 불리해져도 도망칠 확률이 줄어들었다.

"슬슬 본 실력으로 간다."

주변에서 인기척이 거의 사라졌다. 성 안에는 아직 사람이 있는 것 같지만……. 평민 구획보다 귀족가 쪽이 걱정 없이 싸울 수 있는 건 확실했다.

어차피 집을 부숴도 괴롭지 않으니 말이다.

"우리를 수복하기 위해서 그 녀석을 넘겨어!"

"딱히 아깝지는 않지만 네놈 같은 것한테는 못 넘긴다아!"

"그러면 죽여서 빼앗아주마아아아아!"

"해봐라!"

처음부터 톱기어였다. 그건 저쪽도 마찬가지일 것이다.

큰 저택조차 폐허로 바꿀 듯한 공격을 서로 끊임없이 날렸다. 고작 몇십 초 만에 광장이 무참한 상태로 변모했다. 포석이 완전히 벗겨지고 큰 구멍이 몇 개나 뚫렸다.

하지만 이 정도 싸움조차 우리에게는 견제였다. 때때로 틈을 발견하면 더 큰 기술을 날렸지만 그래도 결판은 나지 않았다.

팔이 뒤틀리고 다리가 짓눌리고 몸에 큰 구멍이 뚫려도 즉시 상처를 재생시켜서 서로의 무기를 맞부딪쳤다.

"왜 조종당하지 않는 거냐아!"

"엉? 조종해?"

아무래도 녀석은 적을 지배하는 능력을 내게 쓴 모양이다. 하지만 그건 무리일 것이다. 나는 항상 기분 나쁜 광귀화의 영향 아래 있다. 그 스킬 이상의 지배력이 없는 한 나를 정신 지배할 수 없을 터였다.

"으랴압!"

"크아악!"

서로의 공격에 꿰뚫리고 순식간에 재생하기를 반복했다.

하지만 소녀가 희미하게 초조한 표정을 보이기 시작했다.

얼핏 소녀는 호각 이상으로 싸우고 있는 것처럼 보이지만, 자신이 불리한 것을 알고 있을 것이다. 교착은 길게 이어지지 않는다는 것을 깨달은 거겠지.

능력은 호각. 재생력은 저쪽이 약간 위. 간격 조절은 내가 위. 그리고, 무기의 차이는 분명했다.

이쪽은 신검. 저쪽은 부서진 마검이다.

표면상으로는 즉시 재생해 멀쩡해 보이지만 신검의 대미지가 간단히 무효화될 리가 없다. 확실히 보이지 않는 부분에서 소모가 쌓이고 있을 터였다.

차츰 싸움이 내게 유리하게 진행되기 시작했다.

대미지 탓에 소녀의 움직임이 약간 둔해지고 있었기 때문이다. 정말 약간이기는 하지만 원래 호각이었던 싸움에는 큰 영향이 생긴다.

내 공격이 적중하는 빈도가 늘어나고 저쪽의 공격 횟수는 줄어들기만 했다.

녀석이 내게 이기고 싶다면 하늘을 날아 원거리에서 힘을 깎았어야 했는데. 하지만 내 신검을 빼앗으려고 지나치게 고집을 부렸는지 근, 중거리에서 덤벼들고 말았다. 어쩌면 나를 조종하기 위해서는 검으로 벨 필요가 있었을지도 모른다.

아니, 검 실력에 자신이 있었던 거겠지. 실제로 일반적인 싸움이라면 검술 스킬의 레벨이 높은 저쪽이 압도적으로 우위였다.

그러나 손에 든 무기의 공격력이 너무 달랐다. 마력을 실어서 신 속성을 띠는 가이아의 공격은 일격에 소녀의 생명력을 몽땅 줄였다.

물론 나도 상당히 궁지에 몰려 있었다. 그야말로 전에 랭크 A 마수인 리치와 싸웠을 때 이후로 처음일 것이다. 하지만 상대가 더 궁지에 몰려 있는 것을 알아서 여유를 잃지 않았다.

"크아아아!"

결국 거리를 벌리는 전략으로 바꾼 건가! 하지만 불리하다는 걸 알면서 놓칠까 보냐!

나는 대지검 가이아를 내리치며 그 능력을 발동했다.

"대지의 입맞춤!"

"키이이아앗!"

순식간에 광대한 범위가 뭉개졌다. 반경 100미터 정도 범위에 엄청난 무게가 실린 것이다. 이건 대지 마술이 아니라 가이아의 능력이다.

날아오르려던 소녀가 대지의 힘에 끌려서 추락했다. 나아가 중력의 멍에에 붙들려 지면에 박혀 들어갔다.

힘을 너무 많이 썼나? 주위가 깔끔하게 밀리고 왕성을 지키는 벽도 무너졌다. 뭐, 왕도를 지키기 위해서다. 어쩔 수 없었다고 생각하자.

"대지의 포옹!"

"──."

면 다음은 점. 전 방위에서 소녀를 향해 수축하듯이 둘러쳐진 중력의 감옥이 그 몸을 완벽하게 붙잡았다. 소녀는 소리 없는 비명을 지르며 하늘을 올려다봤다.

튼튼한 지룡조차 압살하는 가이아의 필살기 중 하나……. 견디는 건 칭찬받을 만하지만, 이제 전이 마술이라도 쓰지 않는 한 녀석은 도망칠 수 없다.

거기서 마지막 일격을 날리려 한 직후였다.

"신검 개바아아아아아아아아앙!"

"쳇!"

소녀의 외침과 함께 중력의 금제가 안쪽에서 날아갔다.

오랜만에 진심으로 경계 자세를 취하고 말았다. 소녀에게서 발산된 마력은 개방 상태의 가이아 못지않았다.

하지만 그것도 당연할 것이다.

"신검 개방이라고?"

확실히 그렇게 들렸다.

저 마검은 신검이었던 건가? 아니, 부서진 것을 보면 스승과 같은 폐기 신검인가?

아리스테아와 친분이 있는 덕에 신검에 대한 이야기는 약간 들은 적이 있다. 내가 아는 폐기 신검은 여섯 개.

신의 명령으로 폐기된 케루빔, 멜트다운, 저지먼트 세 자루는 이 세상에 존재할 가능성이 제로다. 스승처럼 겉모습이 남아 있더라도 본래의 능력은 가지고 있지 않을 것이다.

그렇다면 사고나 신검끼리의 싸움으로 파괴된 홀리오더, 파나틱스, 엘도라도일 가능성이 높은 걸까.

내가 녀석의 정체를 고찰하고 있는데 그것이 새된 목소리로 소리치기 시작했다.

"빌어먹을 놈이이! 이제 끝이다! 왜 잘 안 된 거냐! 40년이다!

40년 동안 준비했다!"

"알 게 뭐야!"

"우리의 도신을 잘라 녹이면서까지 완성한 유사 광신검에 우리가 가진 최강 스킬 『신룡화』를 다룰 수 있는 용무녀의 혈통! 겨우 준비가 갖춰졌는데 왜 이럴 때 네놈 같은 녀석이 나타나는 거냐! 웃기지 마아아아!"

궁지에 몰려서 이성을 잃었는지 검이 소리쳐댔다.

그렇다, 검이 떠들고 있었다.

신검 개방으로 인해 모습이 바뀐 검은 부러진 도신 부분은 그대로지만 핸드 커버가 거대화해서 팔꿈치 부근까지 뒤덮는 건틀릿 같은 모습을 하고 있었다. 건틀릿의 표면에는 무수한 사람 얼굴이 그려져 이상한 기척을 내뿜었다.

거대화해 인간의 머리와 거의 다르지 않은 크기가 된 남성의 조각이 진짜 인간처럼 목소리를 냈다.

입이나 눈이 움직이는 모습은 인간과 똑같다. 움직임뿐만 아니라 감정의 움직임까지 인간 그 자체로 보였다.

"이번 소동은 네가 계획한 건가?"

"햐하하하! 그래! 우리가 아슈트너를 이용해 일으켰다! 이미 실패했지마아아안!"

"목적은?"

"필리어스의 신검 디아볼로스다! 왕도와 왕을 우리의 능력으로 장악해 전군을 모아서 단숨에 필리어스를 침략한다! 그리고 신검을 빼앗는 거였어!"

"……너를 고치기 위해서?"

녀석은 가이아를 보고 그렇게 말했다. 자신을 수복하기 위해 가이아를 내놓으라고.

즉 신검 디아볼로스를 노리는 이유도 그게 아닐까 생각했다. 예상대로 검은 새된 목소리로 외쳤다.

"그래! 오레이칼코스를 써서 만든 신검만 있으면……. 그리고 디아볼로스는 우리와 같은 디오니스가 만들었다! 우리와의 적합률은 높을 거야!"

지금 말로 확실히 알았다. 이 녀석은 광신검 파나틱스가 영락한 몰골이다.

홀리오더에 파괴되어 본래의 능력을 잃었지만 소멸하지 않고 도망쳐, 오로지 자신을 고치기 위해 이런 소동을 계획한 모양이다.

뭐, 녀석에게는 자신이 최우선. 인간은 아무리 죽어도 상관없을 것이다.

놀라운 것은 검에 의사가 있다는 점이지만 스승을 만난 적이 있는 덕분에 충격은 적었다.

"네놈만 없으면……. 설령 여기서 죽을지언정 네놈만은 여기서 죽인다! 그뿐만이 아니다! 왕도 인간들도 길동무로 삼겠다! 전부 죽어라아!"

신검 개방의 영향인가? 녀석의 도신이 풍화하는 바위처럼 모래가 되어 떨어지기 시작했다. 이제 파나틱스는 곧 붕괴할 것이다. 뭐, 불완전한 상태로 신검으로서의 힘을 발휘했으니 그것도 어쩔 수 없겠지만.

"너를 없애고, 결말을 짓겠다!"

"방해한 네놈만큼은 여기서 죽인다!"

제3장 길드 앞 사투

에이와스의 폭거로 인해 적은 토벌했지만 혼란은 아직 계속되고 있었다. 마비는 이미 풀렸으나 그 전에 부상을 당한 자도 있었기 때문이다.

다만 에이와스만은 구호도 내팽개치고 프란에게 다가갔다.

"애송이! 그건 극대 마술이었지?!"

눈을 형형하게 빛내며 각성을 풀고 한숨 돌리고 있던 프란에게 질문을 던졌다.

하지만 거기에서 질투의 빛이나 패배감 같은 건 전혀 느껴지지 않았다. 있는 것은 강렬한 호기심과 탐구심이었다.

"설마 뇌명 마술을 극한까지 익힌 거냐!"

"응."

"호, 혼자서 그걸 다룰 줄이야……. 어떤 마도구로 보조하고 있는 건가?"

"비밀."

"그, 그걸 어떻게든 말해다오!"

에이와스가 드물게 저자세다. 손을 맞잡고 비는 듯한 포즈를 취했다.

그만큼 마술사로서는 넘어갈 수 없는 거겠지.

"안 돼."

"큭……. 그러면 사용감은 어떻지? 마력의 소모는? 제어는 어느 정도 부담이 되지? 예를 들어 다른 마술에 비해 어느 정도 소모되지?"

잇달아 펼쳐지는 에이와스의 질문을 프란은 이리저리 피했다.

아니, 프란으로서는 성실하게 대답하고 있지만 "많이"라든가 "아주 잔뜩" 같은 대답뿐이었다.

지금의 프란은 상당히 지쳤다. 원래 감각파인데 피로에서 오는 나른함 탓에 평소 이상으로 대답이 대충 나왔다.

이론파인 에이와스로서는 전혀 이해할 수 없는지, 결국 포기했다.

같은 감각파라도 이해 못 하지 않을까?

하지만 위기감 없는 대화는 거기까지였다.

아직 이 소동은 결착이 나지 않았다.

"응?"

"호오? 원격——아니, 고기 인형들에게 저주를 걸어놓은 건가?"

프란과 에이와스가 동시에 큰길 중앙을 돌아봤다.

그곳에 부자연스럽게 마력이 집중되기 시작하고 있었다. 쓰러진 플레시 그레이터 골렘에서 마력이 흘러나오고 있었다. 체내에 어떤 마술적 장치가 설치되어 있는 듯했다.

황급히 주위 사람들이 플레시 그레이터 골렘을 파괴했지만 때는 이미 늦었다.

큰길 중앙에는 거대한 마법진이 그려졌다.

그 마법진은 잇달아 빛을 늘려갔고 그 중심에서는 더 강한 마력이 소용돌이쳤다. 그야말로 극대 마술 못지않은 마력일 것이다.

프란이 마술로 마법진을 공격해봤지만 진한 마력에 튕겨 의미가 없었다.

이미 늦은 듯했다.

마법진이 섬광을 내뿜은 것과 거의 동시에 나는 장벽을 전력으로 발동했다. 최대한 주위의 모험가들을 지킬 수 있게 넓게 펼쳤지만, 전원은 못 지켜!

『큭······?』

하지만 내가 예상했던 충격이나 폭음은 날아오지 않았다.

『공격 계열이 아니었던 건가?』

넓은 범위를 쓸어버리는 공격 계열 마술이 발동하는 줄 알았지만 그렇지 않았던 모양이다.

마법진 위에 이상한 것이 나타나 있었다.

아무래도 소환이나 전송 계열 마법진인 듯했다.

『저건 뭐지?』

"관?"

『관 중에서도······ 석관인가?』

프란이 중얼거린 대로 큰길 중앙에 관과 비슷한 거대한 돌기둥이 놓여 있었다.

다만 그 크기는 보통 관보다 훨씬 컸다. 세로 5미터, 가로 3미터 정도는 될 것이다. 지구라면 아주 고위 귀족이 들어갈 수준의 크기였다. 이쪽 세계라면 대형 종족용이 되겠지?

아무튼 대형 석관이 직립한 상태로 자리 잡고 있었다.

그 안에서는 공격적이고 꺼림칙한 마력이 뿜어져 나오고 있었다.

명백하게 단순한 오브제가 아니었다.

"저 표면에 그려진 진은 사령 마술의 것인가? 상당한 힘이 느껴지는군."

"저 한가운데 거?"

"그래. 내부에 뭔가를 봉인할 때 쓰인 거다."

에이와스의 말이 확실하다면 안에는 언데드가 봉인되어 있는 건가? 관과 비슷한 게 아니라 진짜 석관이었다는 결말인가?

그렇다면 거인이나 대형 마수의 언데드 등이 들어 있을지도 모른다.

프란과 에이와스, 일부 모험가 등 판단력이 뛰어난 자들이 무기와 지팡이를 들었다.

하지만 우리가 움직이는 것보다 빨리 관에서 이변이 나타났다.

관의 문이 조금 움직인 것이다. 그그그 중저음이 울리는 것과 함께 석관과 문의 상부에 틈이 생겨갔다.

그대로 문이 천천히 앞으로 쓰러지자 쿵, 하고 지면이 흔들렸다.

석관의 안이 완전히 열리게 됐다.

"저거, 뭐야?"

"흐음……. 살인가?"

『왠지 기분 나빠!』

안은 보였으나 그것이 무엇인지 이해할 수 없었다.

석관 안에는 새먼핑크색의 무언가가 담겨 있었다. 표면이 매끈하게 빛나고 얼핏 보면 연체 생물처럼 보였다.

그 이상한 광경에 모두가 숨을 삼키는 가운데 모험가들이 압도된 듯이 뒷걸음질 쳤다.

의문의 물체 위쪽에 눈 같은 게 나타난 것이다. 죽은 물고기처럼 탁한 눈동자가 이쪽을 빤히 노려보고 있었다.

동시에 새먼핑크빛 물체의 표면에 무수한 혈관이 떠올랐다.

이쯤 되면 누구라도 알 수 있었다.

관 안에 들어 있는 건 살덩어리다. 거대 석관 안에 꼭꼭 밀어 넣은, 부자연스러울 만큼 깨끗한 살덩어리였다.

"아아아……."

탁한 중저음이 큰길에 울려 퍼졌다. 아무래도 살덩어리가 낸 것인 듯했다.

뿜어진 마력은 사령 속성 특유의 것이었다. 역시 언데드겠지.

그 살덩어리가 꿈틀거리기 시작했고, 안에서 무언가 막대기 같은 것이 튀어나왔다. 통나무처럼 두꺼운 봉이 좌우로 두 개였다.

그 봉 끝에서 다섯 개의 가느다란 봉이 더 생성되고, 그것이 석관의 가장자리를 잡았다.

팔이었다.

"아아아아……."

이번에는 얼굴이다.

살덩어리의 안에 파묻혀 있던 머리가 앞으로 쑥 튀어나와 그 존재를 주장했다. 뭐, 입이나 코는 존재하지 않고 커다란 좌우 눈동자만 보이는데, 이대로 머리가 살덩어리 안에서 더 나오면 다른 기관도 보이게 될까?

『어떻게 생각해도 강적이네.』

플레시 그레이터 골렘이 쓰러졌을 때의 비장의 카드로 소환진이 설치되어 있었던 거겠지.

그렇다면 굳이 등장을 기다려줄 의리는 없다.

에이와스도 같은 생각인 듯했다.

"기다릴 필요가 있나? 얼른 해치우지."

"응."

프란과 에이와스가 동시에 마력을 모으기 시작했다. 움직일 수 있는 모험가들도 마찬가지였다.

그중에서 처음 주문을 날린 건 무영창을 가진 프란과 나였다.

"플레어 블래스트!"

『플레어 블래스트!』

하위 화염 마술이지만 마력을 실어 위력을 늘렸다. 생물이든 언데드든 충분히 대미지를 줄 수 있을 터였다.

우리가 날린 불줄기가 곧장 나아가──살덩어리에 맞기 직전에 사라졌다.

『마력 삭제인가!』

"으으."

"저 정도 마술을 없앨 줄이야! 그렇다면 이건 어떠냐?"

우리의 마술이 막힌 모습을 본 에이와스가 즐겁게 웃으며 마술을 발동했다.

이 영감에게 강적이나 미지의 능력은 연구 대상과 같은 뜻일 것이다.

공격을 하는 것조차 실험의 연장일지도 모른다.

아이처럼 즐거운 표정으로 마술을 날렸다.

"프로스트 제일!"

일정 범위에 냉기를 뿌려서 동결시키는 술법이다. 잔챙이라면 쓰러뜨릴 수 있고, 죽이지 않아도 움직임은 방해하는 것이 가능하다.

그러나 이것도 석관에 도달하기 전에 소멸하고 말았다.

저 살덩어리도 어딘가에 유사 광신검이 꽂혀 있을 것이다.

다시 나와 프란, 다른 모험가가 이어서 마술을 쐈지만 역시 살덩어리에는 닿지 않았다. 모두 사라지고 말았다.

그러는 사이에 살덩어리가 완전히 모습을 드러냈다.

그 모습은 피부가 없는 키 4미터 정도의 사령 거인이었다. 새 먼핑크색 살이 드러나게 되어 모험가들이 신음할 정도의 이상한 박력을 냈다.

게다가 나는 거인이라고 평했지만 정확히는 거수(巨獸)였다.

"호오? 저 머리는 코끼리라는 건가?"

"응. 상족(象族)과 똑같아."

거대한 귀에 긴 코. 그리고 날카로운 상아. 거인의 머리는 어떻게 봐도 코끼리였다. 핑크색 코끼리라고 하면 귀엽게도 들리지만——그 실상은 살과 혈관이 드러난 이족 보행의 거대 코끼리였다.

수인국에서도 봤던 코끼리 수인이 바탕이 됐을 것이다.

악몽에 나올 만큼 기분 나빴다.

『저 거구에 머리. 각성 상태일지도 몰라.』

우리가 만난 상대는 키는 3미터 정도이지만 얼굴 등은 평범한 인간이었다. 다만 각성 상태가 되면 거대화해 머리 등이 코끼리화했다.

"응. 각성 상태일지도 몰라."

"호오? 언데드인 듯하지만 그뿐만이 아니겠지. 뭔가 특수한 방법으로 만들었을 게야. 크크크, 재미있군!"

이 영감은 그 얘기뿐이네!

이 거구에 마력 삭제 능력은 상당히 성가시다고!

하지만 적에게 기대를 품고 있는 건 에이와스 영감뿐만이 아니었다.

"강해 보여."

프란! 너도냐! 뭐, 프란은 싸움을 좋아하니 적이 강해 보여서 기쁜 건 어쩔 수 없지만!

"으아아아아아아아아아아아아!"

위압 스킬을 담은 포효를 지르는 사령 상인.

일반 병사라면 공황에 빠져도 어쩔 수 없지만 프란도 에이와스도 가볍게 머리를 흔들며 귀찮아할 뿐이었다.

이건 상대와 프란 일행의 격이 그다지 차이나지 않는다는 것을 나타내고 있었다. 적어도 저쪽이 압도적으로 강하지는 않을 것이다.

다만 그 외의 모험가들은 너무 무서운 나머지 굳어서 움직일 수 없는 자가 다수인 듯했다.

이거, 프란과 에이와스 이외에는 싸울 수 없는 건가?

사령 상인은 그대로 주위를 노려보고 또 입을 열었다. 다시 포효인가 싶어 대비를 했지만 그렇지 않았다.

"아아아아아아아! 그렇게 둘 수 없다! 이 나라를 지켜보이겠다아아아! 침략자 놈들아아아!"

놀랍게도 말을 한 것이다. 지성이 약간이나마 남아 있는 모양이다.

"말했어."

"흉악한 원령 중에는 가끔 있는 타입이야."

"이 나라? 침략자?"

"의미를 요구해봐야 소용없다. 원령으로 변하고 있어. 생전의 집념에 떠밀리고 있을 뿐, 명확한 사고는 남아 있지 않아."

"오오오오오오!"

사령 상인의 살기가 이쪽으로 향했다.

『온다!』

"후하하하! 되도록 방해하지 마라, 애송이!"

"그쪽이야말로!"

아무래도 개별적으로 공격을 가할 생각인 모양이다.

에이와스가 이쪽에 맞추는 모습은 상상할 수 없고 프란도 연계를 잘하는 편은 아니니 말이다.

즉석에서 연계하다 실패하는 것보다는 나은 선택일 것이다.

"우리도 간다!"

"그래!"

오, 벌레 레인저들도 움직일 수 있군. 역시 실력이 뛰어난 용병이다.

"코르베르트, 움직이지 못하는 녀석들을 피난시켜!"

"알았어!"

부상자나 전력이 되지 않는 모험가들의 피난은 엘리안테 일행에게 맡길 수 있을 듯했다. 나는 전투에 집중하기로 하자.

"우선 이 녀석을 시험해볼까!"

에이와스가 병 여러 개를 던졌다. 효과는 알 수 없지만 상당히 강력한 마법약이 들어 있는 듯했다. 여기에서도 병 안에 담긴 마력의 크기가 느껴졌다.

유사 광신검사에 대한 대응과 마찬가지로 마력을 고갈시키는 거겠지.

하지만 병은 지면에 떨어지지도, 사령 상인에게 부딪쳐 깨지지도 않고 회오리바람에 붙들렸다.

"죽어라아! 오오오오오오!"

무시무시한 속도로 병이 되쏘아졌다. 병에 달라붙은 바람의 효과인지 엄청난 속도였다.

마술을 쓰는 기척도 없었으니 이 바람은 사령 상인의 능력일 것이다.

큰길 지면에 박힌 병이 깨져 각 병에서 독살스러운 연기가 피어올랐다.

"콜록 콜록!"

"눈이!"

"모, 목이……!"

확실히 독이었다. 아주 약간 들이마시기만 했는데 모험가가 픽픽 쓰러져갔다.

에이와스 녀석, 역시 위험한 독을 썼어!

게다가 강렬한 바람이 불어 그 연기를 퍼뜨리려 했다. 연기가 독이라는 것을 알고 이용하려 하는 거겠지.

"쳇! 언데드 골렘 주제에 사고를 제대로 하는 건가?"

에이와스가 신음하며 마술을 영창해 발동했다.

"데인저러스 플레이!"

술법이 완성되자 독 연기가 의사를 가진 듯이 에이와스를 향해 모이기 시작했다.

주위의 독을 모아 합성해서 날리는 주문이다.

나는 쓰러진 모험가들에게 회복 마술을 걸며 에이와스의 행동을 지켜봤다. 열받는 영감이지만 플레시 그레이터 골렘에게도 독은 통했다. 이 술법이 잘 먹히면 저 사령 상인도 순식간에 끝날지 모른다.

하지만 에이와스가 쏜 독의 탄환은 상인이 두른 바람에 막혀 쉽게 흩어졌다. 상당히 섬세하게 바람을 다룰 수 있는 모양이다.

『그건 그렇고 바람을 다루는 상인이라.』

'스승, 왜 그래?'

『십시족의 상인은 자풍상이었지?』

'응? 저 언데드, 혹시?'

『응, 그럴지도 몰라.』

십시족이란 수인 중에서도 특히 오래되고 강하다고 일컬어지는 열 종족을 말한다.

프란네 흑묘족에서 진화하는 흑천호에 더해 수왕과 메아의 금화사 등도 거기에 포함된다. 그리고 자풍상도 그 십시족 중 하나였다.

즉 저 사령 상인이 십시족을 바탕으로 만들어진 경우 각성한 프란에 필적할 우려가 있는 것이다. 게다가 마력 삭제 능력도 가지고 있다.

『방심하지 마! 안 그래도 지금은 정상이 아니니까!』

"응!"

프란은 고개를 크게 끄덕이고 사령 상인의 주위를 돌기 시작했다.

그 상태로 마술을 연발했다. 속성도 범위도 다양한 마술이 연속으로 사령 상인에게 날아갔다.

하지만 대부분은 바람의 벽에 흩어졌고, 관통한 것은 마력 삭제에 사라졌다.

너무 철벽이잖아!

"부오오오오오오!"

그때까지는 에이와스에게 향해 있던 사령 상인의 눈이 프란을 포착했다. 이쪽도 위험성 높은 상대라고 인식한 모양이다.

『빨라!』

"큭……!"

갑작스러운 돌진 공격.

프란은 가까스로 피했지만 위험했다. 엇갈리며 녀석의 상아가 이쪽의 장벽을 깨끗하게 관통했던 것이다.

얕보고 있던 건 아니지만 이쪽의 생각을 뛰어넘은 움직임이었다.

다리를 굽히거나 몸을 비틀어 힘을 모으는 동작이 거의 없었다.

힘을 빼고 직립한 듯한 자세에서 갑자기 고속으로 이쪽으로 돌진해왔다.

아무래도 바람을 뒤로 방출해 추진력을 얻은 모양이다. 바람이 특기라면 공기 저항도 줄였을 가능성도 있었다.

아무튼 저 거구가 예비 동작도 없이 고속으로 달려드는 건 반칙일 것이다.

직격은 절대로 당하지 않도록 조심해야 한다.

『프란, 거리를 더 벌려!』

"응!"

지금의 우리가 저것과 접근전을 벌이는 건 무모하다.

그렇게 생각했지만 원거리 공격은 이쪽의 전매특허가 아니었다.

언데드를 상대로 마술 싸움에서 뒤진다고는 생각하지 않았지만 저쪽의 공격 수단은 마술뿐이 아니었던 것이다.

"부오오오오오오오오오!"

『큭! 윈드 월!』

"지금 건 바람 마술이야?"

『아냐! 바람을 압축해 코로 쏜 거야!』

코끼리의 긴 코를 경화해 뻗어서 포신처럼 다룬 모양이다.

압축된 바람의 포탄은 내 윈드 월을 한 방에 소멸시키는 위력이 있었다. 어떻게든 궤도를 틀었지만 직격했다면 프란이라도 목숨이 위태로웠을 것이다.

바람의 포탄은 집 몇 채의 벽을 깨끗하게 뚫고 20미터 정도 앞에서 폭풍을 뿌리며 집을 산산조각 냈다.

'스승! 접근할게!'

『하지만 근거리는……!』

확실히 사령상인이 저 포탄을 뿌리기 시작하면 주위에 엄청난 피해가 생길 것이다.

그러나 장시간 각성조차 불안한 지금의 프란에게 십시족의 스킬을 구사하는 것으로 보이는 사령 상인과의 싸움은 무모했다.

'갈게. 스승은 장벽을 부탁해.'

『아, 진짜! 알았어! 하지만 공격보다 회피를 중시해!』

'알았어!'

하지만 프란이 달려드는 것보다 먼저 사령 상인의 앞으로 뛰어드는 그림자가 있었다.

"우리를 잊으면 곤란하지!"

"나는 잊어주는 편이 기습을 하기 쉬워서 좋은데!"

벌레 레인저들이었다.

등딱지를 두른 견새우를 선두로 진형을 짜고 있었다.

『프란. 저 녀석들이라면 상인을 상대로도 싸울 수 있을지도 몰라! 지원으로 바꾸자.』

'응.'

우리는 즉시 방침을 바꿔 반충인들에게 보조 마술을 걸어갔다. 방어력이 올라가는 술법이 주체였다.

그것을 알아차린 견새우가 가볍게 손을 들며 머리를 숙였다. 다른 사람들도 각자 인사를 했다.

이걸로 이쪽의 의사도 전해졌을 것이다.

"기대에 부응하도록 열심히 해볼까!"

"""""그래!"""""

그리고 그들의 본격적인 싸움이 시작됐다.

엘리안테가 의지할 만큼 그 움직임은 놀랄 만한 것이었다.

"하아아아아아압!"

선두에 서서 적의 앞에 모습을 드러낸 것은 역시 리더인 견새우였다. 감정에는 로빈이라고 나와 있다.

로빈은 몸에 두른 붉은 등딱지의 방어력과 유려한 체술의 처리 기술을 써서 사령 상인과 정면에서 맞붙었다.

사령 상인은 무기를 들지 않았지만 체술과 코, 상아를 써서 접근전도 충분히 할 수 있는 듯했다. 상당히 날카로운 공격을 펼치고 있었다.

　하지만 로빈은 그 공격들을 직접 받지 않고 반대로 공격을 가했다.

　사령 상인의 주먹을 빠져나가 품으로 파고들더니 눈앞의 무릎에 원투를 먹이고 떨어지는 코를 피하며 뒤로 물러났다. 상아가 추격해 왔지만 등딱지로 받아 흘리고 그대로 사이드로 돌아 다시 무릎을 걷어찼다.

　화려하지는 않지만 아주 견실한 싸움이었다.

　물론 동료들도 보고 있지만 않고 제대로 움직이고 있었다. 대형 적과 싸울 때의 역할 분담이 정해져 있는 듯했다.

　풀무치인 홉스는 조금 전 전투에서 보였듯이 다리를 비대화해 뛰어다니고 있었다. 정면은 로빈에게 맡기고 적의 배후나 좌우를 부지런히 이동하며 발차기로 견제를 날렸다.

　비대화한 다리는 무거워 보이지만 역시 풀무치. 그 점프력은 한 번에 사령 상인의 머리를 뛰어넘을 정도였다.

　지면을 박차고 뛸 때 아주 커다란 소리가 울리고 있는데, 그것도 일부러 내는 소리일 것이다. 적의 의식을 뒤로도 분산시켜 주의력을 빼앗는 역할도 담당하고 있는 것이다.

　"느리군! 그래서는 나는 못 잡아!"

　"도망치지 마라! 메뚜기이이!"

　"안 됐군! 메뚜기가 아니라 풀무치다!"

　"크아아아아아아!"

사령 상인도 상당히 짜증나는 듯하지만 홉스를 붙잡지 못했다. 홉스의 움직임이 좋고 동료의 지원도 훌륭했다.

"……빈틈."

그렇게 중얼거리고 사령 상인의 등에 창을 찌른 것은 하루살이인 에피였다.

트리키한 움직임과 창술이 눈에 띄던 그녀지만 또 하나 특기가 있는 듯했다. 지금의 공격을 시도할 때까지 전혀 그 움직임을 감지할 수 없었다. 은밀 계열 능력도 상당히 뛰어난가 보다.

공격력은 대단하지 않지만 뒤에서 당하면 대응하지 않을 수 없다.

사령 상인은 홉스에게 퍼붓던 공격을 중단하고 에피에게 몸을 돌렸다.

"크오오오오오오오오오오!"

"……단세포."

에피가 날개를 사용해 후방으로 크게 날며 사령 상인을 도발했다.

"기다려라아!"

증오스러운 듯이 외치면서 코를 뻗는 사령 상인이었지만 옆에서 공격이 가해졌다.

"이쪽도 잊지 말라고! 합!"

이빨개미인 안이었다.

로빈, 홉스, 에피에게 의식이 분산된 사령 상인은 완전히 무방비했다. 거기로 기척을 지운 안이 덤벼들었다. 여전한 도끼 이도류로 사령 상인의 다리에 연속 공격을 가했다.

감정으로 본 느낌상 은밀 계열 능력은 가지고 있지 않은 듯했다. 아마 신(蜃), 신겐이 환각으로 모습을 숨겼을 것이다.

안의 쌍도끼에 의해 사령 상인의 무릎이 쪼개지고 살이 사방으로 튀었다. 그곳은 조금 전 로빈이 공격했던 곳이었다.

연계를 취하며 같은 곳을 계속 공격하고 있는 것이다.

바로 재생이 시작됐지만 끝날 때까지는 움직일 수 없을 것이다. 몰아붙일 기회다.

하지만 그들은 공격을 하지 않고 한곳에 모여 방어 태세를 취했다. 신겐이 그 거구를 방패 삼아 동료들을 등으로 가렸다.

직후 사령 상인의 온몸에서 대량의 바람이 방출됐다.

"부오오오오오오오오오오오오!"

이대로 몰아붙이는 것을 저지하기 위해 큰 기술로 주위를 후려친 것이다.

공격 동작 전에 그것을 감지하고 수비 태세에 들어간 게 대단하다. 충인의 피를 이은 존재답게 직감과 감각이 뛰어난 건가? 실제로 전원이 직감 스킬을 가졌다.

울무토의 엘사 등도 직감 덕분에 감정되고 있는지를 판단할 수 있었다. 그만큼 직감을 단련하면 도움이 되는 것이다.

'스승?'

『아, 아무것도 아냐. 그보다 눈치챘어?』

'응. 재생하면 마력이 줄어.'

『공격보다 재생이 더 서툰가 봐.』

마력 삭제나 공격에서는 사령 상인의 마력이 주는지 줄지 않는지 알 수 없었다. 은폐되어 있어서 감지할 수 없다고 생각했는데.

131

재생을 실시한 직후 사령 상인이 가진 마력이 희미하게 감소했다.

아무래도 공격에서는 마력을 그다지 소모하지 않았던 모양이다. 마력 삭제에서도 줄지 않았던 이유는 알 수 없지만, 이 녀석을 쓰러뜨리려면 끊임없이 공격해 재생을 계속 쓰게 하는 것이 가장 좋은 답일지도 몰랐다.

"어떡해?"

『으음.』

마술은 사라져 버리는 이상, 대미지를 주려면 접근전밖에 없다.

하지만 저거랑 접근전을 하라고?

우리의 눈앞에서는 사령 상인이 초가속에 의한 돌진 공격을 벌레 레인저들에게 가하고 있었다.

그 엄청난 위력에 신겐과 로빈이 날아가는 모습이 보였다.

상당한 대미지를 입은 듯하다. 신겐이 등의 조개 부분으로 확실하게 받아낸 것처럼 보였지만 생명력이 반감했다.

역시 사령 상인을 상대로 접근 전투는 위험하다.

가능하면 막고 싶지만 프란은 이미 의욕이 가득했다.

"갈게."

안 된다고는 말 못 하겠군. 그 눈을 보니 프란이 각오를 굳힌 것을 알 수 있었다. 짧은 시간이기는 하나 벌레 레인저를 같이 싸운 동료라고 인식하고 있었다.

그들만 위험에 빠뜨리는 것을 프란이 허락할 리 없었다.

『알았어! 방어는 맡겨!』

"응! 하아아압!"

내 말에 마주 고개를 끄덕인 프란은 타이밍을 계산해 단숨에 파고들었다.

뒤에서 공격을 가해 주의를 끌어서 벌레 레인저에 대한 추격을 방해했다.

자신의 등을 조금이나마 가른 흑묘족 소녀에게 사령 상인이 증오스러운 눈길을 보냈다. 산 사람에 대한 질투와 증오로 탁해진 흉악한 눈이었다.

"죽어라아아아아아아!"

"느려."

『아니, 바람을 조심해!』

발치에 있는 프란에게 발끝차기를 날리는 사령 상인. 그것을 피한 프란이 카운터를 날리려 했지만 이 틈은 일부러 만든 것이었다.

앞으로 나서려 한 프란에게 바람이 창이 되어 떨어졌다.

위력은 물론이거니와 이 타이밍에 대미지를 받으면 무방비해질 것이다.

사령인 주제에 머리가 꽤 잘 돌아가는 듯했다.

바람의 창, 코의 후려치기라는 연속 공격을 피한 프란은 나를 사령 상인의 다리에 박았다. 공기 발도술로 가속한 내가 상인의 무릎을 덮쳤다.

하지만 내 칼날이 상인에게 닿는 일은 없었다.

"오오오오오!"

『바람인가!』

'단단해!'

몇 겹이나 되는 회오리바람이 단단한 벽이 되어 나를 막고 있었다.

프란이 힘을 바짝 실었지만 벨 수 없었다.

프란의 공격을 위험하게 보고 방어를 집중시켰을 것이다. 첫 공격 때는 바람의 벽이 얇았으니 말이다.

『물러나!』

"!"

다시 긴 코가 프란을 덮쳤다. 옆으로 뛴 프란이 지금까지 있던 곳에 위에서 펼쳐진 코가 꽂혔다. 지면에 큰 구멍이 뚫릴 정도의 위력이었다. 게다가 그것으로 그치지 않았다.

놀랍게도 코가 채찍처럼 변해 불규칙한 구도로 프란을 쫓아 왔다.

아무리 길고 부드럽다 해도 너무 잘 다루잖아!

마치 흉악한 아나콘다처럼 프란에게 달려드는 상인의 코.

하지만 프란은 그 공격을 무난하게 피했다.

'아만다의 채찍에 비하면 완전 느려.'

『그러네!』

알레사에서 한 모의전이 도움이 된 모양이다. 그야 아만다의 채찍을 피하는 것에 비하면 이 정도 공격은 아무것도 아니겠지.

되돌아간 코에 프란이 참격을 가했지만 단단한 근육이 방해해 변변한 대미지를 주지 못했다.

"웃."

프란이 불만스럽게 신음했다.

각성조차 하지 않은 지금의 자신으로서는 공격력이 부족하다는 걸 이해하고 있을 것이다.

하지만 바로 마음을 다잡고 그 자리에서 뒤로 뛰었다.

『에이와스 녀석, 엄청난 마력이야!』

"응!"

지금까지 기척을 지우고 숨어 있던 에이와스에게서 막대한 마력이 피어오르고 있는 걸 감지한 것이다.

싸움을 이쪽에 맡기고 관찰이라도 하고 있나 했는데, 시간이 걸리는 스킬이나 마술을 준비하고 있던 모양이다.

프란이 떨어진 것을 확인하고——아니, 떨어졌을 때 마침 준비가 끝난 건가? 저 영감이 이쪽을 배려할 리도 없다. 그래도 귀중한 흑천호의 샘플이니까 조금은 신경 쓰려나?

아무튼 프란이 떨어진 타이밍에 에이와스가 모은 마력을 단숨에 해방했다.

"블리자드! 자이언트 베인!"

놀랍게도 빙설 마술과 사독 마술을 동시에 날렸다.

프란조차 같은 계통의 마술을 동시 영창하는 게 한계인데 다른 속성의 상위 마술을 동시에 행사한다고?

역시 우습게 볼 수 없는 녀석이었다.

게다가 그저 동시에 날리기만 한 게 아니다.

블리자드는 상대의 주위에 세찬 눈보라를 발생시켜 얼리는 동시에 얼음 칼날로 잘게 다지는 흉악한 술법이다. 그리고 자이언트 베인은 거인조차 죽이는 맹독의 연기를 발생시켜 적에게 엉기는 술법이다.

동시에 발동한 두 술법은 서로 간섭해서 맹독의 눈보라가 되어 사령 상인을 덮쳤다.

두 술법이 서로의 효과를 강화한 것이다.

눈보라에 의해 더 격렬하게 독이 부딪치고 독에 의해 문드러진 피부는 더 얼어붙게 됐다.

게다가 어째서 마술이 사라지지 않은 거지?

프란의 시선을 깨달았는지 에이와스가 씩 웃었다. 큰 마술을 동시에 행사한 탓인지 꽤 지친 듯했다.

이 영감이 다소나마 약한 모습을 처음 봤을지도 모른다.

"네놈이 극대 마술로 검 꽂힌 녀석을 쓰러뜨린 걸 참고했지. 역시 일정 이상의 마력이 담긴 술법이라면 완전히 사라지지는 않는 것 같군. 크크크, 범위도 잘 설정됐어."

우리가 칸나카무이로 유사 광신검을 쓰러뜨린 것을 참고해 마력을 과도하게 주입한 술법을 날린 모양이다.

본래라면 넓은 범위를 공격하는 블리자드지만 삭제 효과로 인해 약해져서 사령 상인의 주위만을 공격하는 데 그쳤다. 이것도 에이와스의 계산에 들어 있는 듯했다.

"이판사판이었는데 성공했나. 뭐, 실패해도 벌레들이 휘말리는 정도였겠지만."

계산이 아니라 도박이었냐! 역시 방심할 수 없네!

"오오오오오오오오오오오!"

"쳇. 용조차 한동안은 움직일 수 없게 되는 복합 마술인데. 그게 발도 못 묶을 줄이야……."

다만 사령 상인의 힘은 에이와스의 예측을 훨씬 뛰어넘었나 보다.

용박이라는 이명을 가진 에이와스가 신음하고 있었다. 그렇다, 에이와스는 용전의 디아스나 용잡이 펠무스, 용추의 검드와 나란히 용박이라고 불렸다. 용을 옭아맬 정도로 마술의 명수라는 뜻이다.

그 에이와스의 마술이 대단한 효과를 올리지 못했다.

끝내는 사령 상인이 온몸에서 방출한 바람에 의해 복합 마술이 사라지고 말았다. 몸 여기저기가 얼음에 둘러싸이는 것과 동시에 거무죽죽하게 변색되었지만 바로 재생이 시작됐다.

"크크크, 재미있군!"

약도 마술도 통하지 않으면 상당한 위기일 텐데 말이야.

그 밖에도 비장의 수가 있는 건가?

휘말리지 않도록 이 영감에게도 주의를 기울이자.

에이와스의 마술이 생각만큼 통하지 않는 모습을 보고 프란도 마술 공격은 완전히 포기한 모양이다.

나를 쥐는 손에 힘이 들어갔다.

'스승. 위에서 갈게.'

『알았어.』

위에서라는 말은 하늘에서 낙하 공격을 한다는 의미다. 힘을 소모한 상태라도 낙하 에너지를 이용하는 것이 가능하다. 어떤 의미에서 우리의 주특기라고 해도 좋았다.

나는 전이로 단숨에 상공으로 이동했다.

프란의 목적을 알아차렸는지 자세를 가다듬은 벌레 레인저들이 사령 상인에게 공격을 가하는 모습이 보였다. 지면으로 주의를 끌어당기려 하고 있는 모양이다.

순간 리더인 로빈과 눈이 마주쳤다.

씩 웃는 그 모습은 잘생긴 호청년이었다. 팔이나 얼굴 절반이 붉은 딱지로 뒤덮여 있는데도 저렇게 멋져 보이다니! 꽃미남 자식!

"후우우우우……."

그동안에도 프란은 힘을 모아갔다.

솔직히 지금의 우리에게 일격필살의 공격은 무리다.

프란은 섬화신뢰는커녕 각성조차 여전히 쓰지 못한다.

나는 아슈트너 전의 영향으로 내구도가 돌아오지 않았고 마력도 절반이 준 상태다.

평소처럼 상대의 모든 것을 가르는 참격을 펼칠 수는 없다.

하지만 그래도 우리는 해야 한다.

"모두를 지킬 거야."

『그래.』

가르스를, 모험가들을 지킨다. 프란이 그렇게 결심했다. 나도 모든 영혼을 걸고 그 마음에 응해야 한다.

나는 프란의 검이니 말이다.

"응?"

『푸른빛이네.』

나와 프란을 연결하는 푸른빛.

아무래도 소모나 파손은 상관없는 모양이다.

나와 프란의 전의가 고조되면서 일치하여 발동한 거겠지.

"……가자."

『그래!』

프란이 공중 도약을 사용해 하늘을 박찼다. 나아가 다양한 스킬과 마술을 써서 가속해갔다.

모든 힘을 한 점에 집중시키기 위해서 오늘은 참격이 아니라 찌르기 자세를 취했다.

나를 오른쪽 옆구리에 대고 힘을 싣는 자세로 프란은 속도를 더욱 늘려갔다. 이미 육안으로는 제대로 볼 수 없는 속도였다.

푸른빛을 길게 뻗친 프란이 하늘에서 내리꽂혔다. 한 자루의 창이 되어 위에서 사령 상인에게 돌격했다.

"흐아아아아아아압!"

"부아아아아아!"

이것도 똑바로 보고 있던 거냐!

사령 상인은 벌레 레인저들에게 대응하면서도 두른 바람을 머리 위로 집중시켰다.

웅웅 신음하는 바람의 소용돌이에 내가 막혔다.

그저 벽을 만들었을 뿐이라면 분명 관통할 수 있었을 테다. 그러나 사령 상인은 바람을 부려 내 도신을 끼우듯이 받아냈다.

바람에 의한 칼날 잡기 같은 상태다.

설마 언데드가 이렇게까지 정밀하고 섬세한 행동을 할 수 있을 줄은 몰랐다.

"크으으……!"

프란이 이를 가는 소리가 들릴 만큼 힘을 줬지만 칼끝은 그 이상 나아가지 않았다.

하지만 이것도 예상했다. 최초의 공격으로 잘 풀리면 좋았겠지만, 막혔을 때도 확실하게 생각했다.

되도록 이 방법은 쓰고 싶지 않았지만…….

『프란! 괜찮겠어?』

"응!"

『간다아아아!』

나는 순식간에 형태를 바꿨다.

그것은 갑옷도 장식도 아닌 얇은 나선 형상이었다. 드릴 같다고 할 수 있을 것이다.

그런 나는 마력 방출을 써서 엄청난 기세로 회전하기 시작했다.

내 자세를 안정시키기 위해 자루를 계속 쥐고 있는 프란의 손은 조금씩 피가 맺히고 도중부터는 쩍쩍 갈라지기 시작했다. 초회전하고 있는 드릴을 맨손으로 잡고 있으니 당연하다.

계속 손바닥이 파이는 프란에게 얼마나 큰 격통이 몰려오고 있을까…….

하지만 나는 멈추라고 하지 않았다.

사령 상인에게 대미지를 주려면 무리나 무모함이 필요하기 때문이다.

"아아아아아아아아아아아!"

『으랴아아아아아아아압!』

그리고 내가 모든 힘을 폭발시켰다. 파나틱스가 썼던 마력 방출에 의한 가속과 염동에 의한 가속을 동시에 발동한 것이다.

격렬한 폭음이 울리고 나는 바람의 벽을 관통했다. 동시에 프란이 엄청난 기세로 날아가는 모습이 보였다. 내 마력 방출을 고스란히 받았기 때문이다.

내가 회전하고 있기에, 방출되는 마력도 나선형으로 회전했다.

그 바람에 프란은 엄청난 기세로 회전하며 집 반대편으로 모습을 감췄다.

걱정이 됐지만 나는 멈추지 않았다.

『하아아아아아아앗!』

저 정도로 프란이 큰 부상을 입을 리가 없다. 그보다 프란을 위해서라도 여기서 결판을 내겠어!

나는 푸른빛을 두른 채 초고속으로 상인의 오른쪽 어깨에 꽂혔다.

『젠장! 궤도가 바뀌었나!』

내 전진을 저지할 수 없다고 파악한 사령 상인이 즉시 받아 흘리는 요령으로 내 궤도를 변화시킨 것이다. 본래는 머리를 노렸지만 살짝 겨냥이 빗나갔다.

『뭐, 됐어! 이래도 충분해! 안쪽부터 노릇노릇하게 익어라!』

나는 몸속에서 화염 마술을 발동했다. 아무리 튼튼해도 몸속에서 대폭발이 일어나면 무사하지 않을 거라고 생각했기 때문이다.

하지만 마술은 불발됐다. 아니, 발동했지만 사라졌다.

어딘가에 묻혀 있는 유사 광신검의 힘으로 몸속까지 지키고 있는 듯했다.

『그러면 직접 유사 광신검을 찾아주마!』

어디에 있는지는 모르지만 온몸을 내 도신으로 헤집으면 언젠가 맞힐 것이다.

"우오오오! 이노오옴!"

내가 날카로운 침처럼 형태를 바꿔 몸속을 침식하기 시작한 것을 안 모양이다.

사령 상인이 자신의 몸을 마력을 강화하는 것을 알 수 있었다.

살과 마력의 압력이 엄청나게 늘어나서 마치 강철을 가르며 나아가고 있는 듯한 상태였다. 그래도 나는 천천히 사령 상인의 몸속으로 침을 뻗어갔다.

사령 상인이 증오스러운 듯이 신음하며 내 자루로 손을 뻗었다. 하지만 어설프게 해서는 못 뽑는다!

"크우아아아아!"

게다가 그 행동을 다른 녀석들이 방해했다.

"다들 일제히 몰아붙인다!"

"알았어!"

사령 상인의 압력이 약해진 벌레 레인저가 그 틈을 놓치지 않고 단숨에 공세를 가했다.

지금까지와 같은 연계가 아니라 각각이 건곤일척의 큰 기술을 펼쳤다.

"하아아압! 중격권!"

견새우가 날린 것은 자세를 낮춘 정권 찌르기였다. 격투 계열 무기(武技)일 것이다. 일반적인 무기와 다른 건 주먹이 단단한 등딱지에 뒤덮였다는 점.

평범한 인간 권법가가 날리는 것보다 몇 단계나 높은 위력이 있는지, 한 방에 사령 상인의 오른쪽 허벅지를 파고들어서 자세를 무너뜨리는 데 성공했다.

"크오오오오오오오오오!"

"……영섬."

"크헉?!"

에피는 여전히 은밀했다.

그녀의 비기는 그림자 마술인지 스킬로 그림자 전이해 급소에 일격을 날리는 것인 듯했다.

갑자기 사령 상인의 배후에 나타난 에피가 마력을 끝에 집중시킨 창으로 심장을 꿰뚫었다.

언데드인 사령 상인에게는 치명상이 되지 않겠지만 대인전이라면 가장 무서운 건 이 소녀일지도 모른다.

이빨개미인 안의 공격은 아주 알기 쉬웠다.

"으랴랴랴랴랴랴아아~!"

양손에 든 도끼에 모든 마력을 실어 힘이 다할 때까지 연속 공격. 그런 콘셉트인가 보다.

에피에게 정신이 팔린 사령 상인에게 다가가서 그 다리에 눈에도 보이지 않는 속도로 쌍도끼를 휘둘렀다.

다리가 너덜너덜해진 사령 상인의 코에 날아갈 때까지의 한 호흡에 열 방 가까이는 들어갔을까?

게다가 날아가면서도 독액을 토해 눈을 못 뜨게 하는 덤까지 추가했다. 피를 토하면서도 대단한 근성이다.

이어서 신(蜃), 신겐이 달려들었다.

"으랴아아아아아아아아!"

마술사 겸 탱커라는 신기한 위치의 거한이지만 맨손 격투도 못 하지 않는 듯했다.

마력을 실은 주먹으로 정면에서 상인과 맞서 싸웠다.

사령 상인은 두 다리를 공격당해 재생이 따라잡지 못했다. 그 탓에 공격은 두 손을 쓰게 되어 신겐을 뿌리치지 못했다.

잠시 동안 중량급 타격전이 펼쳐졌다.

솔직히 신겐의 공격의 위력은 대단하지 않으니 사령 상인이 받은 대미지는 적었을 것이다. 하지만 그 존재감은 무시할 수 있는 것이 아니었다.

아무래도 이 뒤 나올 동료의 공격을 확실하게 성공시키기 위해서 미끼가 되는 게 주된 목적인 듯했다.

마지막은 풀무치인 홉스였다. 그 공격은 단순 명쾌했다.

"받아라! 블래스트 킥!"

속도를 중시한 묵직한 발차기였다.

일단 크게 거리를 벌리고 일직선으로 대시. 그 기세로 날아 차는 심플한 것이었다.

잔재주가 없기 때문에 그 위력은 무시무시했다.

그보다 풀무치가 날아차기라니⋯⋯.

홉스가 날린 라ㅇ더 킥은 바람의 벽을 멋지게 뚫고 그 가슴팍을 걷어찼다.

"크가아아아!"

사령 상인이 헛발을 디디며 그대로 뒤로 쓰러졌다.

거구가 지면에 처박혀 큰 충격음이 울려 퍼졌다.

싸움이 시작되고 처음으로 물리 공격으로 큰 대미지를 줬나 보다.

"침략자 놈드으으을! 용서 못 한다! 부오오오오오오오오오오오오오오오오오오오오!"

사령 상인은 바람을 써서 즉시 일어나며 원한에 찬 소리를 질렀다.

그 고함에 호응하듯이 온몸에 두른 바람이 거칠게 날뛰었다. 마치 회오리처럼 무시무시한 기세의 바람이 주위를 파괴했다.

이래서는 다가가지도 못할 것이다. 자칫 휘말리면 갈기갈기 찢어져 목숨을 잃게 될 것이다.

하지만 진짜 위협은 이 뒤에 찾아왔다.

"우오오오오오! 자풍노도오오오오!"

자, 자풍노도라고?

수인국에서 들은 자풍상의 고유 스킬 이름이야!

"으으으으으으으으으으으으으오!"

사령 상인이 외치자 그 주위를 보라색 바람이 뒤덮었다.

그렇다, 바람이 보라색을 띠었다. 연기와 빛에 의해 바람의 흐름이 보이는 것과는 다르다. 그야말로 바람에 색이 입혀졌다고밖에 말할 방법이 없는 광경이었다.

보이지 않는다는 이점을 잃었지만 거기에 실린 마력은 방금까지가 얌전했다는 생각이 들 만큼 강대했다.

사령 상인이 그 손을 크게 옆으로 휘둘렀다.

그러자 보라색 바람이 파도가 되어 좌우로 밀려들었다.

"크아아아!"

"꺄아아악!"

보라색 강풍은 터무니없는 풍압으로 반충인들을 날려 보냈다. 그들이 전혀 버틸 수 없을 정도의 위력이었다.

구형으로 더욱 압축된 보라색 바람이 사방으로 보내졌다.

한 방 한 방이 집을 소멸시킬 정도의 위력이 있었다.

『위험해! 이 자식, 하지 마!』

아직 프란이 돌아오지 않는다는 건 움직일 수 없거나 의식을 잃었다는 뜻이겠지.

그 상황에서 이 보라색 바람 탄환을 맞는다면?

위험하다.

"크우우우우우! 지지 않는다아아아!"

『언데드 주제에 근성을 발휘하고 난리야!』

"나는 방패! 나라를! 백성을! 동료를 지켜야 한다아아아!"

죽어서도 나라를 위해 최선을 다하겠다는 그 마음은 존경하는데 말이야!

나 역시 질 수 없는 이유가 있어!

『내가 프란을 지킨다!』

"가아아아아!"

나는 모든 마력을 실어 형태 변형을 계속 발동했다.

식물이 흙 안으로 뿌리를 뻗듯이 도신이 가늘게 나뉘어 사령 상인의 몸속으로 점점 뻗어갔다.

하지만 사령 상인도 필사적이었다.

어깻죽지에서 튀어나온 내 날밑 주변에 보라색 바람이 모이기 시작한 것이다.

공격당한다고 생각했지만 그렇지 않았다. 보라색 바람이 물리적인 힘을 가지고 나를 잡아당기기 시작했다. 그 힘은 상상 이상이어서 방심하면 순식간에 뽑힐 듯했다.

『크으으으!』

"크오오오오오오오오!"

위험해, 힘을 겨루면 질 것 같아!

역시 프란의 흑뢰에 비견되는 십시족의 고유 스킬이야!

아주 살짝 내 날밑이 떴다. 이 이상은 마력도 지속되지 못할지도 모른다.

하지만 여기서 질 수는 없어!

게다가 이쪽이 불리하기만 한 건 아니었다. 사령 상인의 마력이 조금씩 줄기 시작한 것이다.

프란의 섬화신뢰나 수왕의 금염절화도 그렇지만, 십시족의 고유 스킬은 육체적, 마력적으로 엄청난 부하가 걸린다.

사령 상인의 자풍노도도 그 예에서 벗어나지 않는 듯했다.

그렇겠지. 부담 없이 쓸 수 있다면 처음부터 썼을 테다.

자풍노도를 쓴다는 건 그만큼 몰리고 있다는 뜻일 것이다.

그때 지원이 더 있었다.

"간다아아아아아아아!"

로빈 파티다. 그만큼 심한 공격을 받았는데 아직 전의를 잃지 않았다.

다시 집결한 그들이 이상한 진형을 짜고 있었다.

신겐이 크라우칭 스타트 같은 자세로 선두에 서고 그 뒤에서 네 명이 자세를 잡았다.

그대로 일제히 달려나간 네 명이 신겐의 등을 차고 잇달아 공중으로 날았다. 신겐이 대단한 건 동료가 도약하는 순간에 맞춰 몸을 살짝 띄워 점프를 도운 점일 것이다.

어지간히 호흡이 맞지 않으면 실패할 텐데.

앞으로 뛴 에피와 안이 공중에서 돌려차기 같은 동작을 취했다.

타이밍을 맞춘 로빈과 홉스가 따라붙었다. 에피와 안이 날아

찬 발이 남성 콤비의 발바닥과 직접 맞닿았다.

여성들의 정강이를 딛고 남성들이 한층 더 올라가는 형태다.

더욱 도약한 로빈과 홉스의 고도는 상공 100미터에 가까울 것이다.

우리처럼 공중 도약이나 바람 마술을 가지지 않았는데 여기까지 뛸 수 있는 건 정말 한 줌밖에 안 되는 강자뿐이다. 그렇게 생각하면 연계로 이만한 도약을 가능하게 하려면 엄청난 수련이 필요할 것으로 보였다.

게다가 이게 끝이 아니었다.

"간다, 홉스!"

"되도록 죽지 마라, 로빈!"

로빈이 쭈그려 앉는 자세로 무릎을 안고 자신의 몸을 꽉 말았다.

반면에 홉스는 다리를 크게 치켜들어 마치 축구 만화의 슛 자세 같은 포즈를 취했다.

""하아아아아아아아아아아압! 성문 무너뜨리기이이!""

두 사람의 목소리가 합창으로 울려 퍼지더니 홉스가 진짜로 그 다리를 로빈에게 내리쳤다.

놀랍게도 그 무시무시한 각력으로 로빈을 대지를 향해 내려친 것이다.

『지, 진짜 슛했어아아아아!』

마력의 반짝임을 두른 로빈은 진짜 만화에 나오는 필살 슛의 공 같았다.

초고속으로 하늘에서 날아가는 로빈은 터무니없는 위력을 간직하고 있을 터였다. 저런 역할이면 로빈도 무사하지는 않을 것이다.

성문 무너뜨리기라는 이름으로 보아 본래는 공성전 때 쓰는 비기인 듯했다.

"부오오오오오오오오오오오오!"

보라색 바람이 로빈을 향해 불어 닥쳤다. 그러나 로빈의 기세를 죽이지는 못했다.

다만 사령 상인도 평범한 언데드는 아니었다. 위력을 죽일 수 없다는 것을 깨닫자 즉시 회피로 행동을 바꿨다.

돌진 공격의 요령으로 보라색 바람을 방출하자 한순간에 사령 상인의 거구가 옆으로 비켜났다.

이건 빗나가겠어!

나마저도 그렇게 생각했지만 로빈 일행의 공격은 끝이 아니었다.

놀랍게도 로빈이 급격하게 코스를 바꿨다. 도망치는 사령 상인을 추적해 방향을 튼 것이다. 아무래도 로빈이 그 상태로 마력을 방출해 자신의 코스를 바꾼 모양이다.

그리고 사령 상인이 만든 보라색 바람을 돌파해 로빈은 거의 바로 옆에서 그 머리를 직격했다.

둔탁한 소리가 울리고 사령 상인의 머리가 부서졌다. 목 위가 완전히 사라졌다.

"크아……."

예상대로 로빈도 멀쩡하지 않았다.

온몸의 등딱지가 부서지고 오른손은 뜯겨 날아갔다. 전신 골절 상태일 것이다.

다만 저 공격을 펼치고 이 상태로 그친 게 행운이다. 스킬이나 수련으로 대미지를 경감했기 때문에 살아남은 거겠지.

나는 아주 약간 마력을 나눠 힐을 날렸다. 지금 상태로 완전 회복은 시킬 수 없지만 적어도 죽지 않을 정도로는 치료해주고 싶었다.

그건 그렇고 프란이 상공에서 공격하려 했을 때 즉시 이쪽의 의도를 파악한 이유를 알았다. 이런 공격을 비기로 가지고 있기 때문에 프란이 하려는 행동을 알아차리고 지원했던 거구나.

다만 감탄만 하고 있을 수 없었다.

놀랍게도 부서진 머리가 재생을 시작했다. 목의 단면이 부풀어 오르고 살과 뼈가 무시무시한 속도로 돌아갔다.

로빈의 목숨을 건 공격으로도 사령 상인을 쓰러뜨리지는 못했다. 나를 쥐고 뽑으려 하는 보라색 바람이 아직 건재했다.

그리고 몸통 중심에서 마력이 소용돌이치고 있는 것을 알 수 있었다. 느낀 것만으로 기분이 나빠지는 듯한 불쾌한 분위기의 마력이다. 이것으로 알았다.

역시 이 사령 상인에게도 유사 광신검이 파묻혀 있었다. 게다가 마석 같은 것과 연결되어 있었다.

이것이 마력 삭제를 써도 본체의 마력이 줄지 않는 이유였을 것이다. 마력 탱크를 따로 싣고, 유사 광신검의 능력은 그 마력을 소비해 행사하고 있었던 것이다.

하지만 사령 상인 본체의 마력을 다 써서 마석이나 유사 광신검의 마력을 사용해야만 하게 됐다.

쓰러뜨리지는 못했지만 덕분에 약점인 곳은 알 수 있었다.

이 녀석의 경우 등이 아니라 몸통의 중심부에 유사 광신검이 들어 있는 듯했다.

나는 단숨에 결판을 내기 위해 형태 변형에 마력을 더 주입했다.

하지만 사령 상인도 내 움직임을 눈치챘나 보다. 만신창이인 주제에 보라색 바람에 들어가는 힘이 더 늘어났다.

『떨어져! 이 자식아!』

"으가아아!"

나는 마력을 더 쥐어짰다. 내 안에서 한 조각까지 모든 힘을 쥐어짜겠어!

『크, 아아……!』

둔탁한 통증이 퍼졌다. 전에 경험한 통증과 아주 비슷했다.

혹시 또 한계를 넘은 건가?

아리스테아가 수복한 부분이 또 파손되기 시작했어……?

『젠……자아아아아아앙!』

알 바 아냐!

프란을 위해서라면 이 정도 통증쯤은!

오히려 아픈 정도로 이 녀석을 쓰러뜨릴 수 있다면 싸지!

『더야! 힘을 더!』

『……것 ……라.』

『으랴아아아아아아!』

『……것을 ……켜라.』

『어?』

무슨 소리가 들렸는데?

누군가가 근처에서 말한 거 같은데? 사령 상인과도 다른 목소리가…….

아니, 그런 게 아니다. 감지에도 아무것도 걸리지 않았다.

혹시 통증에 이어서 환청까지?

하지만 이제 조금 남았어! 이 녀석의 배 안에 있는 유사 광신검까지 이제 조금 남았어!

부탁해! 내게 더 힘을 줘!

내가 기합을 더 넣자 내 힘이 약간 늘어난 것 같았다. 형태 변형이 더 진행됐다.

그때였다.

'……승!'

『또 환청인가……?』

'스승!'

『프란? 무사했구나!』

'응. 지금 도우러 갈게!'

프란의 목소리가 들렸다. 이번에는 환청이 아니었다. 혹시 방금 목소리도 프란이었던 건가?

내가 집중하고 있어서 들리지 않았을 뿐일지도 모른다.

최근에는 무의식적으로 염화를 프란과 연결하고 있지만 이렇게까지 집중한 건 오랜만이니 말이다. 염화가 자연히 서툴어진 탓에 프란의 목소리를 감지할 수 없게 된 모양이다.

"으야아아아아아아압!"

프란이 용맹한 소리를 지르면서 사령 상인에게 달려들었다.

장벽도 펼치지 않고 무방비한 모습으로.

『프, 프란! 무리하지 마!』

'괜찮아!'

아니! 전혀 괜찮지 않다고!

프란을 지키고 싶지만 지금의 나로서는 어쩔 수가 없다. 순간 전이해 프란에게 돌아갈까도 생각했지만, 그러면 천재일우의 기회를 놓치게 될 것이다.

사령 상인이 프란을 시야에 포착했는지 숨을 가볍게 들이마셨다. 코끝이 프란에게 향했다.

잠깐 사이에 바람의 포탄이 쏘아졌다. 게다가 이번에는 보라색 바람을 압축한 것이다. 위력은 아까와 차원이 다를 테다.

장벽도 결계도 몸에 두르지 않은 프란이 저것을 그 몸에 맞으면——.

"소용없다!"

『뭐?』

"부오?"

사령 상인도 해냈다고 생각했던 거겠지.

프란의 앞에 나타나 포탄을 막은 얼음벽을 보고 당황한 기색을 보였다.

그렇군, 프란의 자신감의 근원은 이건가! 에이와스가 어디선가 프란을 지원하고 있는 듯했다.

이 도시에서 믿어서는 안 되는 그랑프리 당당히 1위인 인간이지만 프란은 저 영감에게 목숨을 맡기기로 한 모양이다.

확실히 능력만 보면 신뢰할 수 있지만…….

속이 좀~.

다만 이렇게 되면 어쩔 수 없다. 지금은 에이와스를 믿기로 하자.

『하느님 부처님 에이와스 님! 부디 프란을 지켜주세요!』

지금의 내 기도는 역사상 가장 진지할 것이다.

그 기도가 통했는지는 알 수 없지만 프란은 몇 번에 걸친 사령 상인의 공격 전체를 막고 무사히 그 눈앞에 도달했다. 하지만 거기로 보라색 바람이 덮쳐들었다.

점이 아니라 넓은 범위를 쓸어버리는 면의 공격이다.

"스승! 끈!"

프란이 나를 향해 손을 뻗으며 외쳤다. 나는 그 목소리에 반응해 거의 무의식적으로 장식끈을 뻗어서 여전히 깊은 부상이 남은 프란의 손에 휘감았다.

그 장식끈을 단단히 잡은 프란은 보라색 바람에 날아가면서도 비어 있는 왼손을 입으로 옮겼다. 그 손에는 검고 작은 무언가가 쥐어져 있었다.

저건 뭐지?

내가 감정할 새도 없이 프란은 그 검은 무언가를 입에 털어 넣고 단숨에 씹었다. 검은 환약 같은 것을 왼손에 숨겨두고 있었던 모양이다.

그리고 프란이 그 몸에 흑뢰를 품었다.

"각성! 섬화신뢰!"

『뭐, 뭐라고?! 프란은 후작전의 기력 소모로······!』

"하아아아!"

"부아아아아아아!"

프란이 나를 통해 흘린 흑뢰가 사령 상인의 몸속을 태웠다.

유사 광신검 때문에 위력은 대폭 줄었지만 흑뢰의 직접 공격이다. 상당한 대미지를 사령 상인에게 줬다.

『이건……! 기회다!』

프란에게 묻고 싶은 게 여러 가지 있지만 지금은 공격하는 것이 가장 중요하다.

나는 사령 상인의 구속이 느슨해진 것을 확인하고 단숨에 유사 광신검을 향해 형태 변형으로 돌진했다.

지금까지 했던 고전이 거짓말이었던 것처럼 내 끝이 상인의 몸속을 가르며 나아갔다.

『잡았다아아아!』

내 칼날이 분명하게 단단한 무언가를 갈랐다.

"르아아아아아아아아아아아아아아아아아아아아아아아아아아아아아아아아아——."

마력을 흡수하는 동족상잔의 발동. 그리고 사령 상인은 엄청난 단말마의 외침을 지르며 그 자리에 쓰러졌다.

『이겼다…….』

역시 십시족.

언데드였어도 강했어.

'스승! 괜찮아?'

『응……. 어떻게든.』

프란이 사령 상인에게 달려들어 시체로 돌아간 그 고깃덩어리에서 나를 뽑으려고 힘을 줬다.

"으으으……!"

형태 변형을 푸니 뽑는 건 그리 어렵지 않았다. 나를 되찾은 프란은 물로 내 온몸을 씻으며 쓱쓱 문질렀다.

'스승, 아까 왠지 까맸어.'

155

『까맸다니, 내가?』

'응. 내가 말을 걸기 전. 왠지 스승의 마력에 검은 아지랑이 같은 게 섞여 있었어.'

『으음, 검은 아지랑이?』

무슨 소리지? 내 마력에 뭔가 이상이 있었다는 건가?

그때는 무아지경이어서 나도 잘 모르겠는데…….

'걱정이야. 스승, 괜찮아?'

『아니, 나보다 프란이 더 걱정이야! 그쪽이야말로 괜찮아?!』

지금은 이미 각성을 풀었지만 방금까지 섬화신뢰를 썼단 말이야!

분명히 무리를 했을 거다.

'안심해. 그건 에이와스의 약 덕분이니까.'

『전혀 안심 못 해! 어떻게 된 거야!』

에이와스의 비기 중 하나에 생명력을 일시적으로 증폭시켜 최고 상태 때의 힘을 되찾는 작용을 하는 약이 있다고 한다. 프란은 그것을 썼다고 한다.

『부, 부작용은 없어?』

'괜찮아.'

『지, 진짜지?』

'응. 나중에 좀 졸려질 뿐이야. 평소보다 오래 잘 뿐이래.'

『역시 안 괜찮네! 오래 잔다니! 얼마나!』

'어어, 잔뜩?'

아, 전혀 모르네!

내가 말을 해도 된다면 에이와스 녀석한테 따질 텐데!

머리를 쥐어뜯고 싶은 충동을 억누르고 있는데 당사자인 망할 영감이 다가왔다.

"어떻게든 이겼나."

"응."

"마지막 공격은 네가 한 건가? 검을 조종하는 능력이라니, 희귀하군."

에이와스가 나를 응시하며 중얼거렸다.

확실히 밖에서 보면 프란이 나를 조종한 것처럼 보이겠군. 멋대로 움직이는 마검은 아무리 에이와스라도 쉽게 상상할 수 없을 테고.

"그건 그렇고 어떻게 된 거지? 이런데 랭크가 C라고……? 길드의 눈은 그렇게까지 옹이구멍인 건가……?"

이번에는 프란의 너무나도 부자연스러운 힘을 눈치챘나. 어떻게 생각해도 랭크 사기이니 신경 쓰는 사람도 있을 것이다.

"아니, 어린아이이기 때문인가? 참고로 너는 어디 길드 소속이지?"

"소속?"

"방랑하고 있는 건가? 그러면 클림트나 아만다라는 이름을 아나? 아니면 알레사와 관련이 있는 건가?"

설마 이 영감의 입에서 그 이름이 나올 줄은 몰랐다.

에이와스와 아만다는 절대로 맞을 리가 없다. 어쩌면 사생결단을 낸 적이 있다고 해도 놀랍지 않다.

"둘 다 알아. 알레사는 모험가가 된 곳."

"그래서인가."

에이와스가 어째선지 납득했다.

"무슨 소리야?"

"아만다도 클림트도 어린아이를 전장에 내보내는 데 부정적이니 말이다. 게다가 이 나라에서는 힘을 크게 가지고 있지. 녀석들의 그림자가 보일락 말락 하면 네 랭크를 억지로 올리려 하는 무리도 많지는 않을 게야."

굳이 프란의 랭크를 올리지 않도록 손을 쓴 건 아닐 것이다. 하지만 알레사에서 등록하고 아만다와 사이가 좋다는 정보가 있는 아이라면, 일반적인 길드 마스터가 섣불리 이용하려고 생각하지는 않는 모양이다.

"랭크 B 이상이 되면 귀족들이 시끄러우니 말이다. 나도 그게 귀찮아서 모험가를 그만둔 몸이지."

이 방약무인을 그림에 그린 듯한 에이와스가 귀찮다고 느낄 정도라고?

"귀족이 그렇게 시끄러워?"

"음. 녀석들의 정보망을 무시하지 마라. 랭크 B에 오른 것을 어디서든 듣고 녀석들의 사자가 밀어닥친다. 저자세인 자, 고압적인 자, 다양하지. 다만 자기 밑으로 들어오라고 명령하는 점이 공통적이야. 아무리 거절해도 녀석들은 포기하지 않아."

"거절해도?"

"안 좋은 것만 흘려듣는 특제 귀라도 달려 있는 거겠지."

동족 혐오인가? 마치 에이와스 같은데?

그러나 에이와스는 자신의 방약무인함을 제쳐두고 기분 나쁜 듯이 계속 말했다.

"어느 도시에 가도 나라를 나가도 마찬가지 상태다. 어느 나라든 귀족이 있어. 특히 우리는 용 사냥꾼으로 유명했으니 말이야……. 역시 강자라면 강자일수록 권유는 심해져. 너 정도 전투 경력이라면 엄청난 쟁탈전이 일어날 게다."

"귀족을 섬길 생각은 없어."

"네 의사는 상관없어. 녀석들은 귀족이야. 거절당하는 건 생각하고 있지 않아. 그리고 거절하면 반대로 원한을 사지. 흥, 어처구니가 없어."

그렇게 매일 귀족의 상대를 해야 하는 게 염증이 나서 에이와스는 모험가를 그만뒀다고 한다. 검드나 디아스처럼 길드 마스터가 되는 길도 있었지만, 그는 그것을 거절했다.

"그래서는 실험을 할 새도 없어지니 말이야."

그 이외라면 아만다나 포룬드처럼 적당히 귀족과 어울리고 적당히 지원을 받으며 다른 귀족에 대한 방패로 삼는 게 보통이라고 한다.

하지만 에이와스가 그런 짓을 할 수 있을 것 같지는 않았다. 그리고 프란도 무리일 것이다. 날려버려서 문제가 일어나는 미래가 쉽게 그려졌다.

프란이 좀 더 성장할 때까지는 지금 이대로 괜찮을지도 모른다. 아니, 꼭 지금 이대로가 좋다.

그건 그렇고 클림트가 그렇게까지 영향력이 있나? 확실히 강했지만 랭크 A 모험가로서는 상위라고 할 수 없는 느낌이었는데…….

길드 마스터로 오랫동안 일하고 있어서 경의를 받고 있는 건가?

프란이 그 의문을 입에 담자 에이와스가 코웃음을 쳤다.

"흥. 고위 정령사를 단순한 스테이터스로 따질 수 있겠나. 무색 투명한 은밀성에 우수한 마수를 몇십 마리나 자유자재로 부리는 존재인데."

에이와스는 그렇게 말했지만 정령은 잘 모른단 말이지.

클림트 일행이 사역하는 정령을 몇 번 본 적이 있을 뿐이다. 은밀성도 힘도 그다지 실감하지 못했다.

에이와스가 말하기로는 탐지에 걸리기 어려운 정령을 부려 변환이 자유로운 전법이 가능하다고 한다.

특히 클림트는 국내뿐만 아니라 이 대륙에서도 유수의 실력 좋고 민첩한 정령술사라고 한다.

"애초에 녀석의 이명을 아나? 재액이다. 재액의 클림트."

"재액?"

『왠지 엄청 위험한 이명이로군.』

"적 아군 가리지 않고 멸망과 재앙을 불러오는 파괴의 권화. 크크크. 뭐, 그 이명도 진실은 아니지만……. 그래도 녀석의 실력은 랭크 A 중에서도 뛰어나. 아니, 지금은 은퇴해서 전 랭크 A였나? 아무튼 전법에 따라서는 랭크 S와도 충분히 맞설 수 있을 게야."

그, 그렇게까지 대단한 모험가였던 건가? 정령 마술은 상상 이상으로 위험한 것일지도 모르겠다.

생각해보면 A급 마경인 마랑의 평원에 던전. 그리고 레이도스 왕국. 알레사는 사방이 골칫거리로 둘러싸여 있다. 상당한 실력이 없으면 알레사의 길드 마스터를 수행할 수 없을지도 몰랐다.

"뭐, 그 얘기는 아무래도 좋아. 그보다 네놈이다."

그렇게 말하고 에이와스가 프란을 응시했다.

"그 나이에 이 실력. 크크크, 엄청나군. 어떤가? 내게 잠시 해 부당해보지 않겠나? 100만을 내지. 목숨도 보장하고."

"싫어."

"200! 200은 어떤가? 머리를 잠시 열어 뇌의 마력 전달을 관찰 할 뿐이야!"

"무리야."

"도, 도저히 안 되겠나?"

"응."

그런 대화를 하고 있는데 엘리안테가 달려왔다.

"프란, 여기는 이제 괜찮아. 너는 왕성으로 갔으면 하는데, 가 주지 않을래?"

"왕성?"

"응, 기사단과 연락이 되지 않아. 상황을 보고 피난을 도와주지 않을래?"

왕성 방면에서는 큰 마력의 파동이 느껴졌다.

자칫하면 가장 격렬한 싸움이 펼쳐지고 있을지도 몰랐다.

"알았어."

싸움은 무리라도 미처 도망치지 못한 사람을 찾는 정도는 할 수 있을까?

사실은 이제 쉬기를 바라지만 프란은 의욕이 가득했다. 아마 아드레날린이 나오고 있는 탓에 피로를 잊었을 것이다.

"나도 가지!"

"안 돼. 당신은 길드의 마법사대에 가담해줘야겠어."

에이와스가 바로 그렇게 외쳤지만 엘리안테가 그것을 승낙하지 않았다.

"마술사의 수가 부족해. 당신은 마술사들에게 광신 검사들에 대한 대처 방법을 지도해줘."

"길드가 마술사 부대를 만들지 않아도 왕성의 궁정 마술사가 있을 거 아닌가! 아니, 잠깐만. 지금이 그 시기인가?"

"그래. 아슈트너도 왕도의 병력이 주는 시기를 노리고 있었을 거야."

"시기? 무슨 시기인데?"

"마경 토벌이야."

무려 기사단과 마술사단의 절반이 왕도 근처에 있는 마경으로 파견되어 있다고 한다. 마경 자체는 C급이라니까 그렇게까지 위험한 곳은 아니지만 4년에 한 번 메뚜기형 마수가 대발생한다는 모양이다. 그 메뚜기를 박멸하기 위해 왕도의 전력이 반감되어 있었다.

아슈트너 후작도 당연히 그 이야기를 알고 반란을 그 기간에 맞춰왔을 것이다.

"보수로 당신에게 걸려 있던 현상금을 해제할게."

"현상금?"

"이만한 자유인이야. 상금 한둘은 걸려 있는 게 당연하잖아?"

"그렇겠네."

나도 프란과 같은 타이밍에 그렇겠다고 생각하고 말았다.

오히려 이 녀석이 현상범이 아닌 게 더 부자연스러울 것이다.

"길드 경유 현상금은 철회할게."

"흥. 딱히 영향도 못 느꼈으니 그대로 둬도 상관없는데? 하지만 그렇군……. 이 소동이 끝나면 압수한 자료를 내게도 넘겨라. 그리고 샘플도 받겠어."

"……최대한 편의는 봐줄게."

"크크. 좋아. 마술사들은 내가 써주지."

"모쪼록 무모한 짓은 하지 마."

"알고 있어."

"……알고 있는 것 같지 않으니까 계속 확인하는 거야."

엘리안테는 아직 구호가 계속되고 있는 길드 주변을 보면서 가볍게 한숨을 토했다.

사실은 에이와스를 쓰고 싶지 않겠지만 이 정도 실력자를 이 상황에서 쓰지 않을 방법은 없다. 결국 이익으로 낚아서 다짐을 받는 정도밖에 할 수 없을 것이다.

"제발 부탁할게."

"크크. 알고 있네 알고 있어."

이거 절대로 모르네.

『뭐, 에이와스와는 여기서 헤어지네. 음, 전혀 아쉽지 않아.』

'응. 그보다 가르스를 보러 갈래.'

『그러네. 다시 가르스를 길드에 맡겨야 하고 말이야.』

부상자 구호로 전장 같은 길드 안으로 들어가자 스테리아가 재빨리 프란을 알아봤다.

"네 덕분에 살았어! 가르스 님은 안에 있어."

"응. 고마워."

"인사는 이쪽에서 해야지!"

스테리아가 지휘를 부하에게 맡기고 프란을 안내해줬다.

침대에 누운 가르스는 여전히 혼수상태지만 부상은 없었다. 확실히 지켜준 거겠지. 그것을 보고 프란이 다시 스테리아에게 부탁했다.

"가르스를 맡길게."

마약 때문에 눈을 뜨지 못하는 것, 치료가 필요한 것. 그리고 경우에 따라서는 적이 다시 빼앗으러 올 가능성이 있다는 것을 프란은 말했다.

스테리아가 눈살을 찌푸리며 신음했다. 모험가 중에 부상자가 많이 나오고 있는 이 상황에서 맡아도 될지 고민하고 있을 것이다.

거기서 짜증 난 듯이 말을 한 것은 프란이 아니었다.

"뭘 계속 생각하고 있나? 얼른 승낙해."

프란의 뒤를 쫓아온 에이와스다. 프란은 이 영감의 호기심을 자극하는 존재의 필두가 된 모양이다. 전혀 기쁘지 않아!

당연하지만 스테리아는 불쾌한 듯이 에이와스를 노려봤다.

엄청난 박력이야!

스테리아 아줌마 VS 에이와스! 대결전 느낌이 드는데!

"뭐어? 누구야 당신."

낮은 목소리로 불쾌함을 숨기려 하지 않고 입을 여는 스테리아.

여기선 싸우지 않았으면 하는데!

하지만 바로 스테리아의 태도가 돌변했다.

"나는 전직 모험가인 에이와스라는 사람이다."

에이와스에게 그 말을 들은 스테리아의 변화는 극적이었다. 수상쩍은 표정이 바뀌어 마치 사랑에 빠진 소녀 같은 얼굴이 됐다.

아니, 아줌마지만 말이다.

"에, 에이와스 님? 호, 혹시 용박의 에이와스 님이세요?"

스테리아가 한 옥타브 높은 목소리로 에이와스에게 물었다. 그러자 에이와스는 여전한 태도로 품에서 뭔가를 꺼냈다.

"그래. 이게 옛날에 쓰던 길드 카드지."

"자, 잠시 보겠습니다!"

스테리아가 희미하게 떨리는 손으로 에이와스의 길드 카드를 잡았다. 진지한 얼굴로 진위를 체크했다. 그리고 가짜가 아니라는 것을 안 모양이다.

"지, 진짜야! 진짜 에이와스 님이야! 왕도에 있다는 건 알았지만 진짜로 만나 뵙게 되다니!"

높은 목소리로 비명을 지르고 길드 카드를 응시했다. 그 직후 황급히 길드 카드를 되돌려줬다.

"마, 만나 뵙게 되어 영광이에요!"

"음."

넉살 좋은 아줌마에서 아이돌 팬으로 클래스 체인지했다. 스테리아는 반짝거리는 눈으로 에이와스를 바라봤다. 목소리 톤은 한 옥타브 높아졌을 것이다.

그 변모를 다른 접수원들도 멍하니 응시하고 있었다.

"그런데 이 드워프를 맡아서 치료할 수 있나?"

"아, 네! 물론이에요!"

정말 동경하는 존재인가 보다. 그녀는 에이와스의 거만한 태도에 기분 나빠하기는커녕 볼을 붉히며 기쁜 듯이 고개를 끄덕였다.

하지만 그렇게 경솔하게 맡아도 되나?

"괜찮아? 적이 올지도 몰라."

"괜찮아! 내게 맡겨! 이래 봬도 나는 전 랭크 B 모험가야! 그리고 이번 소집에 응하지 않았던 고랭크 모험가를 바로 부를 거야! 치료도 바로 치료술사와 연금술사를 부를게!"

소집에 응하지 않았던 모험가가 말을 들을까?

"흐흥. 내가 이 길드 접수대에 몇 년 있었던 줄 아니? 모험가의 약점 서너 개 정도는 쥐고 있어. 귀족들을 위해 일하게 할 생각은 없었지만 에이와스 님을 위해서라면 이야기는 다르지!"

스테리아 아줌마는 상상 이상으로 숨겨진 권력자였던 모양이다. 뭐, 이쪽은 맡겨둬도 괜찮을 것이다.

그리고 생각해보면 유사 광신검이라는 터무니없는 물건을 만들 가능성이 있는 대장장이다. 나라에 맡기는 건 위험할지도 모른다. 주로 가르스의 자유를 생각했을 때.

그 점에서 모험가 길드라면 나라에도 강하게 말할 수 있다. 다만 못을 박아두자.

프란은 카운터로 돌아가 돈을 쌓아 올렸다.

전부 해서 100만 골드. 이것을 놀라는 스테리아 쪽으로 밀었다.

"의뢰할게. 가르스의 신병의 안전 확보와 치료를 부탁해. 그리고 우리 외에는, 특히 국가에는 멋대로 가르스를 넘기지 마. 보수나 경비는 이걸로 써."

"나도 이름을 같이 적지. 국가가 옆에서 가로채는 건 피하고 싶으니까."

"에이와스 님의 의뢰라면 무슨 일이 있어도 달성할게요! 보수도 듬뿍 있고요."

모험가 길드에 직접 한 의뢰다. 이로써 가르스를 빼앗기면 길드의 체면이 상한다. 분명 지켜줄 것이다.

"전황은?"

"아아, 그게 말이지. 지금은——."

프란이 현재 상황을 묻자 스테리아가 다양하게 가르쳐줬다. 역시 귀족가가 격전지가 됐다고 한다.

뭐, 프란은 전혀 듣고 있지 않지만!

자기가 질문했으면서 졸음과 한창 싸움 중이다. 한 번 눈을 떴지만 이미 한계일 것이다. 대화 중에 고개를 꾸벅이기 시작하더니 도중에 완전히 잠들고 말았다.

"흑뢰희? 듣고 있니?"

스테리아도 도중에 알아차렸나 보다. 말을 걸었지만 프란에게서 돌아오는 것은 작은 숨소리뿐이었다.

"새근새근……."

『이런!』

프란이 앉아 있던 의자에서 미끄러지고 말았다. 다만 스테리아를 비롯한 사람들 앞이라 그것을 받을 수 없었다.

쿵, 하는 둔탁한 소리가 났는데, 괜찮은가?

"아이고…… 어쩔 수 없네."

스테리아 아줌마는 화도 내지 않고 상냥하게 웃으며 프란을 안아 일으켜주었다.

그 눈은 손녀를 보는 노파 같았다. 착한 사람이다.

"크크크, 자는 모습은 여느 꼬마와 다르지 않군."

이런 때도 실험동물을 보는 눈인 에이와스와는 전혀 달라!

"어, 어쩌죠?"

거기서 에이와스한테 묻는 거야? 아니지, 위험하잖아!

"흥. 자게 둬. 그래서는 전력도 안 될 테니."

"그러네요. 알겠습니다."

지, 진짜야? 해부할 테니 거기 누이라고 할 줄 알았는데!

생각해보면 일단 그 분야의 법률이나 규칙은 지켰나? 뭐, 여기서 이 녀석과 사생결단을 내지 않고 넘어가서 다행이다. 여차하면 내 정체가 드러날 각오로 에이와스를 배제해야 한다고 생각했다.

"그러면 나는 가지. 귀중한 관찰 대상이야. 그 애송이를 죽이지 마."

"아, 알겠습니다! 맡겨주세요! 무운을 빌어요!"

"음."

뭐지. 아줌마와 영감의 로맨스? 아니, 에이와스는 전혀 흥미가 없는 것 같지만…….

이 분위기 좀 어떻게 해줘!

잠시 있자 방에 아무도 없게 됐다. 싸울 수 있는 사람은 출격했고 남은 사람들도 구호하러 돌아다니고 있기 때문이다.

"새근새근."

『……프란의 안전을 생각하면 이 소동의 원흉을 어떻게든 해야 해.』

아슈트너 후작을 조종했던 신검 파나틱스.

그 근본이 남아 있는 한 왕도 안에 일어난 혼란은 계속될 것이다.

프란의 안전을 확보하기 위해서는 소동을 막아야 했다. 언제 신검 개방 상태의 검사가 덤빌지도 모르기 때문이다.

솔직히 프란의 곁을 떠나는 건 걱정된다. 하지만 파나틱스를 방치할 수도 없다.

아슈트너 후작을 쓰러뜨린 게 프란이라는 게 상대에게 알려졌을 테니 노릴 가능성도 있다.

『……으음. 어떻게 해야 할까.』

무엇보다 내 안에서 날뛰는 감정이 파나틱스를 쓰러뜨리라고 외치고 있다.

그 신검은 존재를 허용해서는 안 된다. 파괴해라! 확실히 소멸시켜라! 그런 환청이 들리는 것 같은 마음이 들 만큼 파나틱스에 대한 적개심이 소용돌이치고 있는 것이다.

내가 폐기 신검인 것과 관련 있는 건가? 아마 유사 광신검에 대해 느끼는 혐오감의 근원은 이 파괴 충동일 것이다.

사령 상인을 쓰러뜨리고 그 파괴 충동이 커진 것 같았다. 어째서지?

하지만 그래도 나는 결단을 내릴 수 없었다.

『프란의 방비를 소홀히 할 수 없어!』

내 정신을 괴롭히는 미칠 것 같은 증오.

이대로 방치하면 내가 어떻게 될지 불안해졌다.

한번 자각하자 마음속의 부정적인 감정이 끝없이 늘어나는 듯한 기분마저 들고 있었다.

그래도 나는 여기서 움직이지 않는다.

왜냐하면 나는 프란의 검이기 때문이다. 프란의 신변의 안전이 제일이다.

『프란을 혼자 둘 수는…….』

그렇게 고민하다가 나는 방구석에서 이변을 감지했다.

햇빛이 비치지 않는 그늘에 미약하게 마력이 소용돌이쳤다.

전이의 전조다. 그것이 확실하다고 이해했지만 나는 그대로 지켜봤다.

"윙⋯⋯."

역시 전이해온 것은 울시였다. 감지할 수 있었기 때문에 초조해지는 않았지만.

『다, 다쳤잖아!』

"워후⋯⋯."

그 모습을 보고 다시 놀라고 말았다. 놀랍게도 많은 피를 흘리고 있었던 것이다.

나는 그 상처를 치료하면서 무슨 일이 있었는지 물었다.

『프레드릭과 베르메리아는 어떻게 됐어?』

"윙⋯⋯!"

그러자 울시가 한심한 얼굴로 짖었다. 베르메리아의 구출은 실패한 모양이다.

"크르르──윙!"

울시가 어둠 마술의 브레인 트릭을 써서 그때의 영상을 보여줬다. 정신 안에 흘러가는 울시의 기억.

『이봐⋯⋯ 베르메리아가⋯⋯!』

"윙."

『그리고 프레드릭이 막으려고 남은 건가.』

파나틱스가 베르메리아를 조종하고 있었나 보다. 게다가 엄청난 힘이 있는 듯했다. 단순히 몸만 빼앗은 게 아닌 것 같았다.

파나틱스의 본체로 짐작되는 부러진 마검을 들고 있으니 아슈트너처럼 특수한 조정을 했을 가능성이 있어 보였다.

"윙!"

『이게 그때 발견한 금속 조각인가…….』

울시가 그림자 속에서 손바닥 크기의 금속 조각을 꺼냈다.

칼끝일 것이다.

근데 이 마력은 뭐지? 강하지는 않지만……. 친근감이라고나 할까? 묘하게 끌리는 점이 있었다. 이 칼끝을 보고 있기만 해도 기분이 진정됐다.

유사 광신검이나 파나틱스를 생각했을 때 솟구치는 부정적인 감정과는 정반대의 감정이었다.

『이건──하아아아?!』

"워, 웡?"

『미안. 나도 모르게 큰 소리가 나오고 말았어. 그도 그렇게, 이거 홀리오더의 칼끝이야.』

"웡?"

『그래, 진짜야.』

성령검 홀리오더. 그건 파나틱스와 비겨 사라진 또 다른 신검의 이름이다.

자세한 능력은 모르지만 최초의 신급 대장장이가 파나틱스를 없애기 위해 만든 신검이다.

왜 그 조각이 이런 곳에 있는 거지? 그러고 보니 파나틱스는 어딘가의 유적에서 발굴됐지? 격렬한 전투 끝에 무승부가 났으니 파나틱스의 발굴 현장에서 같이 발견돼도 이상하지는 않은데.

『홀리오더의 능력은 대체 뭐지……?』

감정을 해도 홀리오더의 조각이라는 표시밖에 나오지 않았다. 만약 홀리오더의 힘을 얻을 수 있다면 파나틱스에게 이길 수 있을지도 모르는데…….

아니, 잠깐만. 얻을 수 있는 것 아닌가?

동족상잔 스킬이다. 이 검 조각에서 약간이라도 홀리오더의 힘을 흡수할 수 있다면? 대 파나틱스 전에 도움이 될 힘을 얻을 수 있을지도 모른다.

조금이라도 힘을 회복시키고 싶으니 동족상잔을 시험해볼 가치는 있을 듯했다.

『울시, 이 조각은 내가 가져도 될까?』

"웡!"

『좋아! 그럼 간다!』

나는 홀리오더의 조각을 들어 올려 일도양단했다.

그 직후 기대대로 힘이 흘러들어왔다.

『크으으으으으으으으으아아아아아아아아아아앗!』

"워, 웡웡!"

『괜찮, 아!』

파나틱스처럼 기분 나쁘지 않다. 다만 흘러들어오는 힘의 크기에 압도됐을 뿐이다. 이 작은 조각에 이 정도 힘.

역시 신검이다. 분하지만 상위 존재임을 인정하지 않을 수 없었다.

하지만 이 힘은!

『마력이 꽤 회복됐어!』

아슈트너 후작전, 사령 상인전에서 소모했던 힘을 상당히 회복할 수 있었다.

다만 새로운 스킬은 익히지 못했다. 아쉽다. 능력이 상승하지도 않았다.

『회복한 것만으로 다행이라고 해야 하나. 묘하게 기분도 좋고.』

이거라면 파나틱스와 싸울 수 있을지도 모른다. 적어도 일방적으로 당하지는 않겠다고 생각했다.

나는 파나틱스가 있는 곳을 찾기 위해 범위를 넓혀 마력을 찾아봤다.

그러자 신경 쓰이는 마력이 몇 개 있었다. 아무래도 유사 광신검의 마력을 지금까지 이상으로 강하게 감지할 수 있는 듯했다.

혹시 홀리오더의 힘을 흡수한 덕분인가?

나는 최대한 신경 쓰이는──즉 파나틱스의 것으로 보이는 마력에만 집중해 탐지를 해갔다. 그러자 왕성 앞에서 한층 큰 반응을 포착할 수 있었다.

이게 틀림없지 않을까?

그런 생각을 하는데 방으로 사람이 들어오는 기척이 있었다. 스테리아일 것이다. 묘하게 초조한 기색의 발소리인데, 무슨 일이 있었나?

"뭐, 뭐야. 흑뢰희의 늑대인가⋯⋯. 괜히 놀랐어."

"끄응."

울시 탓이었습니다. 그야 모르면 갑자기 마수의 기척이 나타났다고 생각하겠지.

"뭐, 지금은 고마워해야 하나. 부상자와 비전투원을 도시 밖으로 피난시키게 됐어. 흑뢰희는 네게 맡겨도 되겠지?"

"윙!"

"좋아. 착하구나."

"윙?"

"응? 무슨 일이 있었는지 알고 싶니? 뭐, 너는 뇌에 근육이 들어찬 모험가들보다 머리가 훨씬 좋은 것 같으니 가르쳐줄게."

스테리아가 그렇게 말하고 요약해 상황을 설명해줬다.

용인 소녀가 왕성 주변에서 날뛰어서 기사단에 큰 피해가 나오고 있다고 한다.

그 전투력이 엄청나서 손쓸 방법이 없는 모양이다.

현장에는 포룬드가 있었다고 하지만 용인 소녀의 공격에 휘말려 생사불명이라고 한다.

랭크 A 모험가 '백검'의 포룬드.

무수한 검을 생성해 조종하는 그 모습은 그야말로 강자라는 말이 어울렸다.

볼 때마다 압도적인 힘을 보여주는 포룬드는 내 안에서 싸우고 싶지 않은 상대 랭킹 상위에 위치한다.

솔직히 말해서 우리보다 위일 것이다. 지는 광경을 상상할 수 없었다.

하지만 그 포룬드도 5분도 버티지 못하고 나가떨어졌다고 한다.

게다가 사태는 그것으로 끝나지 않았다.

놀랍게도 랭크 S 모험가가 갑자기 나타나 용인 소녀와 싸우기 시작했다고 한다.

『랭크 S 모험가? 그런 녀석이 이 나라에 있었나?』

확실히 질버드 대륙에는 데미트리스라는 랭크 S 모험가가 있었을 터다. 코르베르트의 스승이자 데미트리스류의 개조(開祖)인 천재 격투가.

하지만 왕도에 나타난 사람은 데미트리스가 아니라고 한다.

"자중지란이라고 하면 알겠니?"

『자중지란! 아스라스가 여기에 와 있는 건가!』

"웡? 웡웡!"

랭크 A 모험가를 가볍게 물리치는 용인 소녀──틀림없이 파나틱스에게 조종당한 베르메리아일 것이다. 그것과 아스라스가 전투를 벌이고 있는 건 상당히 위험하지 않을까? 주변의 피해가 장난 아닐 텐데.

그리고 피해 언급 이상으로 무시할 수 없는 문제가 있었다.

아스라스는 전투를 하면 할수록 폭주할 위험이 있다. 폭주한 아스라스는 적과 아군을 가리지 않는다.

하지만 그건 모험가 길드도 알고 있는 듯했다.

"아는 사이니? 그러면 자중지란의 무서움도 알고 있겠지? 최악의 경우 왕도가 사라질 수도 있어."

그래서 부상자 등을 최대한 피난시키려 하고 있는 듯했다.

하지만 그걸로 될까? 만약 아스라스가 폭주하면 왕도는커녕 주위의 피해도 무시할 수 없을 것이다. 그 지하 던전과 달리 여기라면 전혀 제한 없이 힘을 휘두를 수 있을 텐데. 부상자를 데리고 도망칠 수 있을까?

최선은 이대로 전원이 탈출하고 아스라스가 베르메리아를 조기에 쓰러뜨려 폭주하지 않는 것이리라. 베르메리아가 살면 더할 나위 없다.

최악은 베르메리아와의 싸움 중에 아스라스가 폭주. 양자의 싸움으로 인해 왕도와 사람들에게 큰 피해가 나오는 것이다. 경우에 따라서는 프란이나 가르스의 목숨도 위험하다.

어떻게 하면 좋지? 내게 가장 쉬운 건 프란만 데리고 울시와 함께 왕도에서 지금 당장 탈출하는 거겠지.

하지만 프란이 눈을 떴을 때 엘리안테나 가르스를 비롯한 사람들을 버리고 자신만 산 것을 알면……. 슬퍼할 것이고, 날뛸 것이다. 프란은 자신을 용서하지 못할지도 모른다.

『이제 베르메리아를 최대한 빨리 쓰러뜨리고 아스라스의 폭주를 막는 게 가장 피해가 적게 끝나는 방법이겠네.』

파나틱스뿐이라면 몰라도 괴물끼리 벌이는 싸움에 프란이 없는 내가 어디까지 끼어들 수 있을까…….

지금의 나는 공격 수단도 위력도 반으로 줄었다고 해도 좋다. 평소보다 우위인 건 은밀성 정도일까?

아니, 이번 경우에는 은밀성이 중요한가. 어차피 정면에서 어떻게 하기는 불가능하다.

그렇다면 몰래 전장에 접근해 베르메리아에게 효과적인 일격을 먹여서 아스라스를 지원하는 게 최선의 방법이다.

『왕성 앞이로군.』

여전히 거대한 마력이 느껴진다.

『울시. 나는 파나틱스를 쓰러뜨려볼게. 너는 프란을 부탁해.』

"웡!"

『여차하면 프란을 데리고 도망쳐. 알았지?』

"워후!"

울시가 맡겨달라는 듯 한 번 울고 고개를 크게 끄덕였다.

믿음직스러운 종마다. 그 누구에게 맡기는 것보다 안심할 수 있다.

『갔다 올게. 프란.』

"새근새근."

이 자는 얼굴을 반드시 지켜 보이겠어.

제4장 초월자 대 초월자

왕성을 향해 날던 나는 왕도 안의 변화를 감지했다.

도시 안에 있던 불쾌한 마력이 거의 사라진 것이다.

신검 개방 상태로 자폭하거나 잠재 능력 각성 상태로 자멸했을 것이다.

남은 건 왕성 부근에서 일어나는, 한기가 들 만큼 강대한 베르메리아의 마력뿐이다.

베르메리아의 현 상황을 확인하기 위해 왕성 앞 광장으로 다가가려 했지만 무리였다. 그곳은 이미 지옥의 양상을 보이고 있었다.

그보다 왕성 앞 광장은 얼마나 넓었지?

원래는 포석이 정연하게 깔린 아름다운 광장이 있었을 테지만…… 현재는 움푹움푹 크레이터가 생겨 드러난 지면이 끝없이 펼쳐져 있었다.

아니, 일부는 마치 로드롤러로 다진 듯이 평평했다. 이건 수인국에서 본 적이 있다. 틀림없이 아스라스의 짓일 것이다.

주위의 큰 저택은 완전히 무너지고 왕성의 성벽도 무너져 있었다. 이미 어디부터 어디까지 광장이었는지 알 수 없었다.

피해는 거기서 그치지 않았다. 강고한 결계로 지켜지고 있었을 왕성에는 거대한 구멍이 뚫려서 무참한 모습을 드러내고 있었다. 아름다운 첨탑은 무너져 사라지고 백아의 벽은 일부가 검게 그을려 있었다.

게다가 현재 진행형으로 파괴가 계속되는 중이었다.

쿠우우우우우우우우웅!

콰아아아아아아아아앙!

흉악한 마력이 부딪치며 접근하는 사람들을 거부하고 있었다. 섣불리 접근하면 순식간에 소멸할 것이다.

"으랴아아아아아아아압!"

아스라스가 개방 상태의 가이아를 휘두를 때마다 파쇄음이 울려 퍼졌다.

넓은 범위가 중력에 짓눌리나 싶더니 거대한 바위 탄환이 하늘을 향해 쏘아졌다. 지상에는 마력과 충격파가 흩어져서 광장에 새로운 파괴 흔적이 새겨져 갔다.

지금도 눈앞에서 귀족의 저택이 큰 바위의 깔개가 된 모습이 보였다.

이미 폭주하고 있나 하는 생각이 들었지만 멀리서는 그 조짐을 확인할 수 없었다. 광귀화가 발동할 때 아스라스를 둘러싸고 있던 피처럼 붉은, 불길하고 꺼림칙한 오라가 보이지 않았다.

주변의 피해를 신경 쓰지 않고 싸워야 할 정도로 상대가 강하다는 뜻일 것이다.

상대하는 베르메리아는——저건 정말 베르메리아인가? 고속 이동을 하고 있어서 움직임을 잠시 멈춘 순간에만 모습을 확인할 수 있었다. 가까스로 본 그 모습은 너무나도 변모해 있었다.

물색 머리카락은 그대로지만 온몸이 머리카락과 같은 색을 한 단단한 비늘로 뒤덮여 있었던 것이다. 팔도 커지고 마디가 생겨서 명백하게 인간의 범주에서 벗어나 있었다.

게다가 등에는 거대한 날개가 돋아 있었다. 용의 날개와 같은 종류의 것이라면 마력을 쏘아 고속 비행도 가능할 것이다.

풀어진 머리 사이로 보이는 눈은 완전히 파충류의 것이었다. 조종당하고 있는 탓인지 살의나 적의가 베르메리아 본인에게서는 느껴지지 않았다. 다만 그 탓에 아무런 감정도 읽을 수 없어 파충류의 느낌이 더 강했다.

대지 마술을 주체로 싸우는 아스라스에게 베르메리아는 다채로운 술법을 날렸다. 왜 하늘을 날지 않는지는 알 수 없지만, 지상을 뛰어다니며 마술을 연발하고 있었다.

양쪽 모두 잔상이 생길 정도의 속도로 움직이며 초위력의 공격을 맞부딪쳤다. 일격 일격에 나를 소멸시킬 정도의 위력이 있었다.

유탄이 주위에 구멍을 뚫고 충격파가 잔해를 뿌렸다. 그런 지옥에 끼어들지도 못하고 나는 멀리서 격전을 지켜볼 수밖에 없었다.

"불타 사라져라아아아!"

베르메리아가 태양을 현현시켰다.

그것은 그야말로 땅으로 떨어진 태양처럼 공기를 태우고 대지를 증발시켰다. 떨어진 곳에 있어도 엄청난 열기가 꽂혔다.

내 옆에 쓰러진 돌기둥의 잔해가 거품을 내며 부글부글 녹아 무너지기 시작하는 모습이 눈에 들어왔다. 아직 거리가 있는데 내 구도가 줄어가는 것을 느끼고 나는 황급히 거리를 벌렸다.

거기에 담긴 마력은 내가 전력으로 날리는 칸나카무이조차 가볍게 뛰어넘을 것이다. 화염의 극대 마술일까? 아니, 지금의 베르메리아라면 레벨 8, 9의 술법이라도 이 정도는 가능할지도 모른다.

어느 쪽이든 나로서는 불가능할 정도의 파괴 마술이다.

이런 공격을 받은 아스라스는——.

"으아아아아아아아아아아!"

소형 태양 속에서 아스라스가 뛰쳐나왔다.

온몸에서 연기를 내고 팔과 얼굴의 일부가 짓물렀지만 목숨은 무사했다. 저 안에서 어떻게 하면 목숨을 잃지 않고 탈출할 수 있을까. 상상도 안 되는군.

아스라스는 중력을 조종해 뛰면서 유사 태양으로 돌아섰다. 직후 아스라스가 가이아를 옆으로 후려치자 유사 태양이 단숨에 수축해 간단히 소멸했다. 초중력으로 유사 태양을 없앤 거겠지.

뒤에는 크레이터와는 좀 다른 구형의 깨끗한 구멍이 남아 있었다. 그 구멍의 크기는 유사 태양의 직경의 몇 배는 됐다. 50미터 이하는 아닐 터였다. 닿던 부분뿐만 아니라 주위의 대지도 깨끗하게 증발시켜 소멸시킨 모양이다.

그 공격을 칼질 한 번으로 없앨 줄이야······.

이번엔 아스라스가 반격에 나섰다.

유사 태양이 있던 장소에 작고 검은 구체가 생성됐다.

정말 작은, 30센티미터 정도 되는 구다. 하지만 바로 이변이 일어났다.

주위의 잔해와 대지가 엄청난 기세로 구체를 향해 모이기 시작한 것이다. 아무래도 초중력으로 주위를 끌어당기고 있는 듯했다.

『위험해!』

나도 강한 힘에 끌려갔다. 그 흡인력은 상상을 뛰어넘었다.

나는 다시 전이를 써서 그 자리에서 벗어났다. 영향 범위로 말하자면 베르메리아의 유사 태양 이상이었다.

그사이에도 각종 물건이 구체로 끌려갔다. 왕성의 벽이었던 잔해나 파여 약해진 대지. 그것들이 서로 부딪치고 깨지면서도 팽창을 계속해갔다.

가라앉지 않는 땅울림은 이 근처뿐만 아니라 넓은 범위에서 대지가 뒤틀려 일어나고 있다는 거겠지.

『베르메리아는…….』

있다! 허공에 모인 초거대 바윗덩이의 바로 밑. 땅에 엎드려 버티고 있었다. 하지만 잇달아 바윗덩이를 향해 끌려가는 잔해에 휘말려 마침내 땅에서 몸이 떨어지고 말았다.

바윗덩이에 부딪힌 베르메리아를 즉시 새로운 잔해가 뒤덮어 그대로 안으로 삼켜갔다. 초중력과 끌려간 바윗덩이의 중량으로 인해 엄청난 압력일 것이다.

이로써 아스라스의 승리라고 생각했지만.

콰아아아아아아아앙!

공중에 뜬 작은 산 같은 바윗덩이가 안쪽에서 폭발했다. 튀어나간 크고 작은 바위가 주변으로 떨어져 갔다. 그 범위는 귀족가 전역에 미쳤을 것이다.

작다고는 하나 압축되어 다져진 바위들이다. 저택의 지붕과 벽은 간단히 뚫릴 테고, 사람에게 맞으면 최소 큰 부상이다.

근처는——원래 황야 상태여서 새삼스럽다는 느낌이로군.

번갈아 공격하고 있는 건 아니겠지만 다음 순서로 베르메리아가 물 마술을 펼쳤다.

머리가 여덟 개인 물의 뱀이 생성돼 아스라스에게 달려들었다.

머리만 해도 10미터에 가까운 물뱀이다. 그 위력은 미루어 알수 있었지만 그것도 가이아의 휘두르기에 흩어지고 말았다. 대량의 물이 비처럼 주위에 쏟아졌다.

그러나 베르메리아의 공격은 그것으로 끝나지 않았다.

머리 여덟 개 달린 물뱀으로 아스라스의 움직임을 제한하고 거기에 진짜 공격을 날린 것이다. 그것은 나도 친숙한 술법이었다.

아니, 저걸 내가 쓰는 것과 같다고 해도 될지는 알 수 없지만⋯⋯.

『칸나카무이인가⋯⋯!』

뮤렐리아와의 싸움에서도 느낀 패배감. 다만 그때는 언젠가 따라잡아 보이겠다는 희망이 있는 패배감이었다.

하지만 베르메리아가 날린 칸나카무이를 본 내게 있는 것은 지금의 나로서는 도저히 따라잡을 수 없다는 허무감이었다. 따라잡을 비전마저 그려지지 않았다.

애초에 패배라 해도 좋을지조차 의문이었다. 처음부터 승부조차 되지 않는 압도적인 차이가 있었다.

뮤렐리아가 썼던 집속 타입의 칸나카무이보다 더 밀도 높고 위력이 강한 극뢰이면서 굵기도 몇 배나 됐다.

거대한 번개 기둥이 대지에 꽂혀 대폭발을 일으켰다. 폭풍이 내가 있는 곳까지 덮칠 정도의 위력이었다.

과연 극대 마술이다. 이것이야말로 극대 마술이다.

단순한 일격으로 군세를 괴멸시킬 정도의, 인간의 극한을 뛰어넘은 마술. 이것이야말로 칸나카무이의 본래 위력이 틀림없다.

나도 나름대로 상식 밖의 존재였을 테지만 눈앞의 싸움은 그런 내가 봐도 상식이라는 것이 통용되지 않았다.

일반적이라면 일격필살인 공격을 서로에게 펼쳤음에도 결판이 날 기미는 없었다.

대미지는 대단할 게 분명하지만, 재생 능력이 너무 높아서 즉사가 아니면 서로의 목숨을 빼앗기 어려운 것이다.

그러나 싸움이 끝날 때까지 지켜볼 수는 없었다. 약간 무리를 하더라도 조기에 싸움을 끝내야 할 이유가 생겼기 때문이다.

『아스라스의 뿔, 흐리지만 붉게 빛나고 있는 것 같은데?』

아스라스에게 폭주의 조짐이 보이고 있었다.

한 번 본 적이 있으니 틀림없다.

『이대로 결판이 나지 않고 아스라스의 폭주가 시작된다면……』

지금도 지옥이지만 그 이상의 지옥도가 왕도 전체에 그려질 것이다.

광범위 대량 파괴 공격을 곳곳에 날리는 두 괴물에 의해 왕도가 모조리 파괴되는 정경이 떠올랐다.

『아스라스가 폭주하기 전에 어떻게든 싸움을 끝내야 해……』

사실 사람들을 왕도 밖으로 피난시키면 피해는 나오지 않을지도 모른다고 생각했지만,

절대로 폭주시켜서는 안 된다. 아스라스가 폭주하면 피해가 왕도 안에서 그칠 리가 없다. 초월자끼리 벌이는 싸움을 본 뒤에 내 희망적 관측은 날아가 버렸다.

『아스라스를 지원해야 하나……』

하지만 두 사람의 싸움을 보고 알았지만 둘 다 방어력과 생명력이 차원이 너무 달라서 약간의 공격으로는 어떻게 할 수도 없었다.

어떻게든 내가 틈을 만든다 해도 그것으로 아스라스가 베르메리아를 쓰러뜨릴 수 있을지 없을지는 알 수 없었다. 애초에 나 따위가 틈을 만들 수 있을 수 있을지도 알 수 없었다.

『그렇다면 목표는——파나틱스인가.』

베르메리아가 가진 이상한 마력을 내뿜는 부러진 마검. 그야말로 개방 상태의 가이아와 비교해도 뒤지지 않을 정도의 존재감을 내고 있었다.

틀림없이 저게 파나틱스 본체다.

본 순간 알았다.

저건 신검이다.

감정할 것도 없다.

스스로도 정체를 알 수 없는 확신이 있었다. 내 안에 있는 알림이 은밀하게 속삭이고 있는 건가? 아니면 받아들인 홀리오더의 힘 덕분인가?

아무튼 저것이야말로 이 일련의 소동의 원흉이었다.

『녀석을 어떻게든 하면…….』

그렇게 생각하고 있는데 어떤 사실을 알아차렸다. 파나틱스가 짧아지고 있다. 내가 두 사람의 격전을 관찰하기 시작한 얼마 안 되는 사이에 파나틱스의 도신이 명백하게 짧아져 있었다.

자세히 보니 풍화되듯이 도신이 슬슬 무너져가는 모습이 보였다.

신검 개방의 반동이 틀림없다. 반동의 강력한 스킬의 영향을 받는 경우가 많은 나이기 때문에 그렇게 확신할 수 있었다.

내가 끼어들 필요는 없나? 저 기세로 붕괴가 진행된다면 그리

멀지 않은 시간에 자멸할 것이다.

하지만 그 전에 아스라스의 폭주가 시작될 가능성도……. 아니, 희망적 관측에 거는 건 너무 위험하다.

『역시 위험한 걸 뻔히 알지만 끼어들 수밖에 없나.』

이전에 가이아를 본 적이 없었다면 분명 신검끼리의 싸움에서 떨 수밖에 없었겠지. 상위 신검끼리 벌이는 싸움은 그 정도 두려움을 내게 줬다.

『하지만 그래도──.』

어떻게든 해야지.

『대체 어떻게 해야 되지?』

대책 없이 저 싸움에 끼어들 수는 없다.

혼신의 일격이 아니면 대미지를 기대할 수 없는 이상 날카로운 일격을 완벽한 타이밍에 넣을 수밖에 없을 것이다.

잠재 능력 해방은 쓸 수 없다. 지금의 나로서는 견디지 못할 테니 말이다.

파나틱스를 쓰러뜨리는 것 이상으로 내가 무사히 프란에게 돌아가는 게 중요하다.

역시 전이로 염동 캐터펄트?

아니, 안 된다. 강적을 상대로는 전이가 감지당할 가능성도 높다. 실제로 과거에 싸운 랭크 A 클래스 상대는 피한 적도 있었다. 베르메리아도 당연히 반응한다고 생각해야 한다.

여기서 프란이 없는 폐해가 나타났다.

내가 전이하고 프란이 겨냥해서, 둘이서 공격. 그렇게 역할을 분담할 수 있었기 때문에 틈을 최소한으로 만들어 왔던 거다.

나 혼자만으로는 진가를 발휘할 수 없었다.

『그렇다면 염동으로 상대를 붙잡을까?』

한순간이라도 좋으니까 염동으로 상대의 움직임을 봉인할 수 있다면 공격을 맞힐 수 있을지도 모른다. 동시에 염동을 길잡이나 레일처럼 쓰면 공격이 빗나갈 가능성은 더 낮아질 테다.

하지만 그만한 염동을 많이 쓰면 염동의 힘을 분산시키게 될 것이다.

중요한 염동 캐터펄트의 위력이 떨어지고 만다.

그리고 구속이 약해지면 쉽게 떨쳐버릴지도 모른다.

『마술을 병용하면──응?』

고민하고 있는데 약간 떨어진 곳에서 인기척이 느껴졌다.

은밀 스킬을 사용하고 있는 듯하지만 근처에 낙하한 거대한 잔해를 피하기 위해서 순간 은밀이 흔들렸다. 장소로 보면 내게서 20미터 정도 떨어진 잔해의 그늘이다.

나는 매의 눈 등의 원시 계열 스킬을 써서 그 장소를 들여다봤다.

고도의 은밀 능력으로 모습을 지우고 있지만 있다는 것만 알면 현혹되지 않는다.

확실히 그곳에는 한 남자가 몸을 숨기고 있었다.

검은 머리를 상투처럼 묶고 검은 옷으로 몸을 감싼 무표정한 미남이다.

『역시 살아 있었나! 이 남자가 쉽게 죽을 리가 없다고는 생각했어!』

기척의 주인은 포룬드였다.

이 남자도 싸움의 전망이 신경 쓰였겠지. 위험한 곳이라는 것을 알면서도 전장에 남아 지켜보고 있는 듯했다.

그건 그렇고 신경 쓰이는 게 하나 있다. 이전에 감정했을 때 포룬드에게는 은밀 계열 스킬이 거의 없었을 텐데.

지금의 은형은 상당한 실력이었다. 상위 척후와 비교해도 뒤지지 않을 것이다.

하지만 바로 그 이유가 판명됐다.

포룬드가 오른손에 장비하고 있는 검이다. 포룬드가 엑스트라 스킬인 검신의 총애로 생성한 마검일 것이다. 장비자에게 은형 스킬을 부여하는 능력이 있는 듯했다. 더 나아가 왼손의 마검도 같은 계통의 은밀 능력이 있었다.

이거 잘 생각해보면 대단하네. 국면 국면에서 최적의 능력을 가진 마검을 생성해서 어떤 상황에도 대응이 가능하다는 거다.

게다가 포룬드는 동시에 백 자루 이상의 검을 생성할 수 있다. 그건 갑자기 스킬이 백 개가 늘어나는 느낌일 것이다.

적의 입장에서 보면 보통 일이 아니다. 뭐, 나와 프란의 스킬 교체도 같은 느낌이겠지만.

여기서는 포룬드와 같이 싸워야 하나? 하지만 분신 창조를 아직 재사용할 수 없는 이상 내 정체를 밝히게 된다.

『포룬드라…….』

믿을 수 있을지 없을지를 말한다면 믿을 수 있는 상대다. 이 남자라면 내 정체를 밝혀도 상관없다고는 생각한다.

지금까지 몇 번이고 만났지만 나쁜 인상을 느낀 적은 없다. 전투 중에 관련된 적이 많아서 대체로 엄청난 위압감을 두르고 있었기에, 무섭다고 생각한 적은 분명히 있다. 하지만 프란이나 내게 부정적인 감정을 향한 적은 한 번도 없었다.

말이 없어서 그렇다는 건 아니지만, 입도 무거워 보이고 말이다.

그래서 프란도 포룬드를 묘하게 따르는 거겠지. 그다지 대화를 나눈 적은 없지만 명백하게 프란은 포룬드를 마음에 들어 했다.

애초에 지금은 긴급 사태다. 망설이고 있을 시간은 없다. 같이 싸워서 서로의 생존률이 올라간다면 같이 싸워야 했다.

나는 결심하고 접촉을 시도하기로 했다.

『포룬드……. 들려?』

'응? 지금 목소리는 뭐지? 누구냐?'

『아, 적은 아냐. 나는 흑뢰희의 스승이야. 염화로 말을 걸고 있어.』

'그런가. 믿도록 하지. 말에서 악의는 느껴지지 않아.'

왠지 쉽게 믿어줬다. 아니, 지금은 쓸데없는 문답을 하고 있을 틈이 없으니 고맙다고 생각하자.

『하나 묻고 싶은 게 있어.』

'뭐지? 뭐든 물어라.'

『베르메리아──용인 소녀를 쓰러뜨릴 수 있는 비기는 있어?』

만약 포룬드에게 강력한 필살기가 있다면 협력해도 좋다고 생각했지만──

'아니, 저걸 해치울 공격력은 내게 없다. 저건 이미 인간의 영역을 넘었어.'

『그런가.』

'아까 싸웠지만 아무것도 못하고 도망치는 꼴이 됐다.'

『부상은 괜찮아?』

189

'죽을 뻔했지만 어떻게든. 그쪽은 어떻지? 뭔가 비기는 있나?'

『있기는 있는데……. 이봐, 검을 날리는 그 스킬. 그건 자신의 장비품이나 지배하에 있는 검이 아니면 의미가 없어?』

'아니, 그렇지는 않다. 원래는 내 스킬로 생성한 검을 조종하기 위한 능력이지만 효과는 일정 범위 안에 있는 검을 조작하는 거니 말이야.'

즉 검에 한정된 염동 같은 건가. 그렇다면 협력할 수 있을지도 모른다.

포룬드의 사출 능력이 있으면 나는 염동을 모두 상대의 구속에 쓸 수 있을 것이다.

그건 그렇고 포룬드는 더 과묵한 녀석 아니었나? 항상 말을 한 마디밖에 하지 않는 남자였을 텐데, 염화로는 평범하게 대화가 가능했다. 평소엔 그저 말주변이 없을 뿐이고 머릿속으로는 이런저런 생각을 하고 있을지도 모른다. 그렇게 생각하자 친근감이 조금 생겼다.

『포룬드의 힘이 필요해. 힘을 빌려주겠어?』

'그래, 좋아. 뭘 하면 되지?'

이것도 즉시 승낙했다. 의지가 되는군.

나머지는 내 존재를 받아들여 주느냐로군.

『우선 합류하자. 내가 그쪽으로 갈 테니까 놀라지 마.』

'?'

나는 한마디 양해를 구하고 전이를 발동했다.

"음?"

『이런, 놀라지 마──라고 해도 무리인가? 내가 스승. 인텔리전스 웨폰이야.』

"……그런가."

『어? 응…….』

"음."

그것뿐? 납득이 너무 빠르지 않나? 우쭐한 얼굴로 '놀라지 말아줘'라고 말한 내가 부끄러워!

그런 냉정한 눈으로 보지 마!

『호, 혹시 나 외에 인텔리전스 웨폰을 아는 거야?』

"아니."

『아, 그러세요…….』

그건 그렇고 염화 때와 말수가 너무 다르지 않나?

『아, 염화로 접촉하고 있을 때는 마음의 목소리로 대화할 수 있어. 당신은 그쪽이 좋지 않아?』

'그래? 그러면 그래도 상관없는데.'

『다들 말이 없다는 얘기 하지 않아?』

'듣는 경우도 많지만 다들 그럴 정도는 아냐.'

아아, 무서워서 지적할 수 없는 사람도 있을지도 모르겠군. 뭐, 협력해준다면 상관없어. 그리고 나는 내 작전을 포룬드에게 전했다.

할 일은 단순하다.

포룬드의 능력과 내 마술과 스킬로 나 자신을 가속. 더 나아가 디멘션 게이트를 사용해 초고속 기습을 시도한다.

목표는 베르메리아가 장비한 파나틱스다.

파괴할 수 있으면 베스트지만, 노리는 건 동족상잔에 의한 약체화다. 죽인 상대의 능력의 일부를 흡수하는 스킬이지만 파나틱스가 상대라면 그렇지는 않을 것이다. 그보다 파괴해서 일부를 죽이고 있다고 해야 할까.

아무래도 파나틱스의 인격은 지금까지 흡수한 사람들의 집합 의식 같은 것인 모양이다. 녀석의 언동과 벤 상대의 정신이나 기억을 빼앗아 자신에게 통합하는 능력을 봐도 그건 확실할 것이다.

그리고 내 공격으로 정신의 일부를 상처 입히면 집합 의식의 일부가 죽고 동족상잔에 의해 내게 흡수되는 듯했다.

유사 광신검이나 파나틱스의 본체를 완전 파괴하지 못해도 동족상잔이 발동했으니까 이건 틀림없을 터다.

그렇다면 내 공격으로 호된 타격을 줘서 파나틱스의 능력을 동족상잔으로 약체화시킬 수 있을지도 몰랐다.

이거라면 아스라스를 도울 수 있다. 잘 풀리면 파나틱스의 자멸을 대폭 앞당길 수 있을 것이다.

문제는 내가 견딜 수 있느냐다. 포룬드와의 합체 공격을 내 도신이 견디기 힘들기 때문은 아니다. 그것도 걱정은 되지만, 동족상잔의 충격에 내 정신이 버틸 수 있느냐가 걱정이다.

그래도. 이렇게 되면 할 수밖에 없다. 내가 파나틱스에 확실히 대미지를 줄 수 있는 방법은 동족상잔밖에 없으니 말이다.

사실은 아스라스에게 작전을 전해 협력하게 하면 이야기는 빠르지만 염화를 보내려면 더 접근할 필요가 있었다. 이 이상 접근하면 베르메리아에게도 들킨다. 그런 위험을 무릅쓸 수 없었다.

『문제는 애초에 대미지를 줄 수 있느냐야.』

그렇다. 적은 신검. 아스라스의 초공격을 받아도 파괴되지 않는 상대다.

『노 대미지면 동족상잔도 발동하지 않아.』

나는 최대 문제점을 포룬드에게 전했다.

이렇게까지 이것저것 이야기한 주제에 한심한 소리지만, 아무리 작전을 다듬었다 해도 확실하게 성공할 수 있다고 단언할 수 없었다.

어이없어할 줄 알았지만 포룬드는 바로 의견을 내줬다. 정말 좋은 남자야! 프란은 안 주겠지만!

'그러면──라면 어때?'

『하지만 그건──.』

'그렇지만──.'

『그야──.』

그리고 서로의 의견을 참고해 우리는 건곤일척의 작전을 세웠다.

'이거라면 가능성은 있을 거다.'

『진짜 괜찮겠어?』

'상관없어. 나 한 명의 희생으로 녀석을 쓰러뜨릴 수 있다면 바라는 바야.'

『……너를 희생할 생각은 없지만 힘도 조절할 수 없어.』

'당연하다. 나는 신경 쓰지 않아도 돼.'

솔직히 포룬드의 부담은 크다. 하지만 내가 세운 작전 원안보다는 광명이 보일 것이다. 성공률은 결코 높지 않지만…….

'이 싸움, 반드시 멈추겠어.'

『그래! 그리고 하나 충고할게. 나를 프란 이외의 사람이 장비하면 죽어. 이건 진짜야. 손에 드는 정도라면 문제없지만.』

'호오? 알았다. 조심하도록 하지.'

『……괜찮겠어?』

'뭐가 그렇지?'

『아니, 들기만 해도 무섭지 않아?』

'장비하지 않으면 상관없잖아? 무슨 문제가 있지?'

역시 랭크 A 모험가. 엄청난 담력이다. 믿음직스럽다.

'나도 하나 충고가 있다.'

『어? 뭔데?』

'나는 검신의 총애라는 스킬을 가지고 있어. 이 스킬에는 마검을 해석하고 복제하는 능력이 있지. 스승의 경우에는 한 번 보기만 해도 복제는 무리라는 걸 알았지만……. 해석은 어느 정도 가능할 거야. 이건 자동으로 실시돼서 나도 어쩔 수 없어. 경우에 따라서는 스승의 비밀이 내게 알려질지도 몰라.'

『그렇군.』

하지만 포룬드에게 검신의 총애가 있는 이상 그것은 각오하고 있었다.

오히려 복제되지 않는 것만 해도 감지덕지일 것이다. 승리할 확률을 조금이라도 높이기 위해서 포룬드의 힘을 빌리지 않는 선택지는 없으니 말이다.

『아, 뭔가 알아내도 다른 사람에게 말하지 않으면 고맙겠어.』

"물론."

허언의 이치를 쓰지 않아도 포룬드의 말은 믿을 수 있었다. 어째서지? 표리부동하지 않은 남자라서 그런가?

이 남자에게라면 내 비밀이 알려져도 상관없다고 생각했다. 그렇다면 나머지는 전력으로 해낼 뿐이다.

『공격 시기는 아스라스가 베르메리아의 움직임을 멈춘 순간이야.』

'그래. 일격에 모든 것을 쏟아붓자.'

『부탁해.』

'그건 내가 할 말이야. 저 소녀를 막아줘.'

『맡겨줘. 나도 모든 걸 걸겠어.』

"음."

우선 포룬드는 마검 열 자루를 새로 생성했다. '보이지 않는 저격수의 마검'이라는 저격 능력 향상 스킬이 부여된 마검을 비롯해 염동을 쓸 수 있게 되는 마검과 바람을 조종하는 능력이 있는 마검들이 그 주위에 떠 있었다.

검신의 총애 스킬 덕분에 손에 들지 않고도 생성하는 것만으로 마검의 능력이 사용 가능해지는 모양이다.

마지막으로 포룬드가 생성한 것은 가장 강력한 존재감을 내는 마검이었다.

칼날은 짧다. 하지만 그것이 초라함이나 약함으로 이어지지는 않았다. 오히려 흉악함이 느껴졌다. 포룬드가 준 것은 등 부분에 짐승의 이빨 같은 돌기가 늘어선 이형의 소드 브레이커였다.

내가 폐기 신검이라는 것을 몰랐다면 경쟁심을 품었을지도 모른다. 칠흑의 소드 브레이커는 그 정도 위압감을 내뿜고 있었다.

『그게 비기야?』

'아아, 그래. 이름은 '마랑의 턱'. 모든 것을 집어삼키는 마랑, 펜리르의 이빨을 깎아 만들었다는 일급 마검이야.'

195

『펜리르…….』

진짜야? 그 말을 듣자 그 마검에 엄청나게 친근감이 솟았다. 이 검이 너무나도 신경 쓰였다.

내 안에는 진짜 펜리르가 있는 건가? 가설에 지나지 않지만 정말 나와 펜리르는 관계가 있을지도 몰랐다.

'왜 그러지?'

『아아, 아니, 아무것도 아냐.』

지금은 아무래도 좋은 일이니 말이다.

'그런가? 이 마검의 능력은 두 가지. 하나는 접촉한 상대의 장벽을 약체화시키는 능력. 또 하나는 접촉하고 있는 무구의 내구도를 흡수해 약하게 만드는 능력이다. 반대로 이 마검은 점점 강해져 가지.'

그것참 야비하군. 안 그래도 강력한 소드 브레이커에 그 두 가지 능력이 있으면 도깨비에게 방망이가 있는 꼴이겠지.

『확실히 그게 있으면…….』

'설마 파나틱스라고는 생각하지 않았지만 저 검에도 유효할 거다. 어디까지 내구도를 깎을 수 있을지는 알 수 없지만 말이야.'

『그래도 희망이 보이기 시작했어.』

"그렇다면."

『응, 가자.』

힘차게 고개를 끄덕인 포룬드가 내 자루를 잡았다.

그러자 현기증이 일어난 듯이 그는 살짝 비틀거렸다.

『포룬드?!』

장비하지 않았는데 어째서야!

"크……."

『괘, 괜찮아?』

'정보량이 좀 많았을 뿐이야……. 지금은 공격에 집중하지.'

『그, 그래.』

다행이다. 신의 저주가 내려진 게 아니었다.

그러나 포룬드 급의 남자가 신음할 정도의 정보량? 뭐가 보인 거지? 싸움이 끝나고 둘 다 살아남으면 물어보자.

'후우우우…….'

즉시 자세를 바로 한 포룬드는 나를 중단으로 들었다.

그대로 포룬드의 마력이 도신을 감싸자 내 몸이 그 손을 떠나 천천히 허공으로 떠올랐다.

타인이 염동을 써주면 이렇게 되나. 신기한 느낌이다.

포룬드는 오른손을 빼고 손바닥치기를 펼치는 듯한 자세를 취했다. 나는 그 손바닥의 연장선에 떠 있는 상태다. 왼손은 반대로 앞으로 나와서 날 똑바로 안정시키듯이 도신에 대고 있었다.

나는 형태 변형 스킬을 써서 공기 저항이 더 적은 원추형으로 변형했다. 속도와 회전과 무게, 모든 힘이 칼끝에 집중되듯이 가늘고 날카롭게. 사령 상인전에서 했던 형태 변형 덕분에 이미지도 충분했다.

지금의 나는 날밑도 자루도 없는 도신뿐인 레이피어 같은 모습이었다.

하지만 내 변화는 거기서 끝나지 않았다. 아니, 끝내려 했는데 멋대로 형태 변형 스킬이 발동하고 말았다.

『어, 어째서……!』

칼날과는 반대편. 원래 자루였던 부분이 십자가 같은 형상으로 모습을 바꿨다. 그것도 단순한 은색 사각 기둥을 교차시켰을 뿐인 투박한 십자가가 아니었다. 표면에는 천사를 의장화한 듯한 신비한 모양이 새겨져 있었다.

이런 모양을 나는 본 적도 없었다. 왜 형태 변형으로 이런 십자가가…….

고민하고 있는데 갑자기 누군가가 문제없다고 말해준 것 같았다. 목소리가 들린 건 아니다. 사념이나 의사라고 부를 수 있을 정도로 분명한 것도 아니다.

그런데도 같은 편이라고 확신할 수 있었다.

그것은 내 안에 있는 홀리오더의 마력이었다.

파나틱스의 존재를 감지해서 홀리오더의 마력이 반응한 것이다. 이 십자가는 그 결과였다. 그렇다면 그 힘을 빌리자. 함께 파나틱스 자식을 쓰러뜨리자.

"스승? 왜 그러지?"

『괜찮아. 문제없어.』

"그런가. 그러면 준비 완료다."

『응.』

왠지 나까지 포룬드에게 이끌려 말수가 적어졌군. 하지만 마음은 서로 통하고 있는 것 같다. 이것도 검신의 총애의 능력인가? 검과 서로 통하는 능력이 갖춰져 있어도 이상하지는 않을 듯했다.

차츰 붉은 기운이 늘어가는 아스라스의 오라를 응시하며 나는 초조함을 억누르고 베르메리아를 계속 관찰했다.

『아직…… 아직이야…….』

"……."

힘을 극한까지 모은 지금의 상태는 무시무시한 부하가 걸릴 것이다. 포룬드의 이마 혈관이 터질 듯이 부풀어 오르고 두 팔에서 삐걱거리는 소리가 났다.

하지만 검은 옷의 남자는 이를 악물고 고통을 견디고 있었다. 이기기 위해서라면 우는소리도 하지 않고 견딜 수 있다. 이런 면도 프란과 비슷하다.

어금니에 금이 가는 소리를 들으면서 우리는 기다렸다.

그렇게 기회를 엿보고 있자 마침내 그 순간이 찾아왔다.

아스라스의 공격에 베르메리아가 땅에 처박혔다. 즉시 일어났지만 위에서 걸리는 초중력에 그 자리에 붙어 있었다.

처음이자 마지막 찬스.

『……지금이다!』

"간다, 스승!"

내가 외친 순간 포룬드의 마력이 단숨에 높아져──폭발했다.

포룬드의 손바닥 안에서 초고속으로 쏘아졌다.

『우오오오오오오오오오오오오!』

그 순간 나는 디멘션 게이트를 열었다. 이어진 것은 내 눈앞과 베르메리아의 상공이다. 바로 위가 아닌 건 가속하기 위한 거리가 필요하기 때문이다.

나는 전력을 쥐어짜 가속했다.

파나틱스에 대미지를 주려면 위력이 필요하다. 빠르게, 아무튼 빠르게.

화염 마술, 바람 마술, 뇌명 마술, 시공 마술에 존재하는 자신

이나 물체를 가속시키기 위한 마술을 동시 발동하고 조염(操炎),
조풍 스킬로 조금이라도 효과를 높였다.

대상을 땅으로 끌어당기는 그래비티 프레셔를 내게 시전했다.
조금이라도 속도와 위력을 늘리기 위해서.

게다가 이것으로 끝이 아니다.

중력 초가, 진동아에 더해 어둠과 빛의 속성검을 동시에 사용
한 것이다. 어둠은 상대의 정신을 공격하기 때문에 조금이라도
동족상잔의 발동률을 높이기 위해 선택했다.

빛은 도박이다. 베르메리아가 기본 네 속성과 복합 속성에 높
은 내성을 가지고 있는 건 보면 안다. 그렇다면 희귀 속성인 빛이
그나마 낫다고 생각했다.

아직 더 있다. 나는 파나틱스가 썼던 마력 방출에 의한 급가속
까지 흉내 냈다.

남이 조종하는 염동에 밀려 나가면서, 순간적으로 제어력의 한
계까지 아슬아슬하게 스킬 다중 기동으로 말도 안 되는 가속력을
얻었다.

평소라면 제어를 잃고 엉뚱한 방향으로 날아가겠지만, 염동 레
일이 있다——아니, 이 경우에는 파이프나 포신이라고 하는 편이
좋을지도 모른다.

아무튼 염동의 인도에 의해 나는 곧장 돌진했다.

마술과 스킬의 동시 사용으로 발생한 엄청난 반동이 내 내구도
를 단숨에 깎아갔다. 다만 이 정도는 예상했다.

포룬드도 목숨을 걸고 있으니 나도 모든 걸 걸어야 해!

『으아아아아아!』

베르메리아의 눈이 나를 보고 있다. 명백하게 반응하고 있다.

그러나 반격은 하지 못했다. 그녀의 앞에는 포룬드가 있었다.

나를 쏘는 것과 동시에 내가 또 하나 연 디멘션 게이트를 지나 베르메리아에게 덤빈 것이다.

갑자기 상공에 나타난 내게 반응했기 때문에 허를 찔러 나타난 포룬드에 대한 대응이 한순간 늦고 말았다.

물론 보통이라면 틈이라고도 할 수 없을 정도의 아주 미세한 경직이기는 하지만……. 포룬드는 그 틈을 놓치지 않고 베르메리아의 움직임을 봉인하는 데 성공했다.

포룬드는 그 손에 든 소드 브레이커의 돌기로 파나틱스를 붙들어 단단하게 고정했다.

포룬드만의 힘이라면 간단히 뿌리쳤을 것이다. 그러나 그녀를 땅에 붙들고 있는 건 아스라스의 초중력. 그 금제를 단번에 뿌리치는 건 무리였다.

아무리 베르메리아라 해도 모든 것을 버릴 각오로 도전한 포룬드를 그 상태로 뿌리치지는 못했다.

"크아아아아아아!"

"안 놓친다!"

베르메리아가 포룬드를 뿌리치려고 했다. 그러나 이미 늦었다.

『으아아아아아아아아!』

초고속 탄환으로 변한 내가 포룬드의 팔과 마검과 함께 파나틱스를 꿰뚫었다.

포룬드의 소드 브레이커, 마랑의 칼날 덕분일 것이다. 나머지는 홀리오더의 힘이 발휘된 듯했다. 역시 대 파나틱스 특화형 신검답기는 했다.

홀리오더의 마력이 내 표면을 덮고 파나틱스의 마력을 중화하는 작용을 하는 것을 알 수 있었다.

포룬드와 홀리오더. 양쪽의 힘이 합쳐져서 파나틱스의 방어력이 대폭 떨어졌다.

저만한 방어력을 자랑했던 파나틱스가 멋지게 부서졌다.

동시에 내 일격을 정면에서 받고 포룬드가 대량의 피를 뿌리며 날아갔다.

그래도 교차하는 순간 포룬드는 확실히 미소 짓고 있었다.

그러나 그를 배려할 여유는 내게 없었다.

『키이이이이이이이이이이이이이——!』

그 비명은 내 것일까, 파나틱스의 것일까, 아니면 양쪽의 비명이 합쳐진 것일까.

내 안에 흘러 들어오는 무시무시한 마력의 분류에 나는 어느새 절규를 터뜨리고 있었다.

위험해!

위험해위험해위험해위험해!

『이이이이이이이——!』

이건 뭐야!

말도 안 될 정도의 마력이!

타오른다!

뜨거워!

뜨거워뜨거워! 타올라 터질 것 같아!

『크아아아아아아아아아아아아아이이이이이이!』

기분 나빠!

머릿속을, 몸속을, 온몸을 무수한 벌레가 기어 다니는 듯한 이상한 감각.

누군가가 정신을 만져서 형태를 바꾸는 듯한 공포.

『으아아아아아아아아아아!』

도와줘! 도와줘! 누구라도 좋아! 도와줘어어어!

내가! 내가 부서져……!

『가, 가…….』

빠지이이이이이이이이이이익!

『?』

문득 무언가가 깨지는 소리가 났다.

뭐지? 뭔가가 부서지──.

『으아아아아아아아아아아아아아아아아아아아아아아아아아아아아아아아아아아아아아아아!』

내 안의 깊은 부분에서 검은 것이 넘쳐흘렀다.

아프고 뜨겁고 차갑고 괴롭다. 어느 것과도 다르다. 그저 내 안을 검은 무언가가 뒤덮고 침식해갔다.

아니, 이것도 역시 나다. 나를 구성하는 존재다.

그것은 직감적으로 이해할 수 있었다.

『삼켜라.』

『크아아아아……!』

『삼켜라.』

그 검은 무언가가 호소했다.

『아아아아아 크으……?』

203

『삼켜라 삼켜라!』

『크으으…… 뭐지? 크아아아!』

삼키라고?

『삼켜라아! 모든 것을 삼켜라!』

삼키라니, 뭐를……? 모두……?

내 일부이면서 내가 아닌 무언가.

너는 누구야? 뭐냐고?

하지만 그것은 내 질문에 대답하지 않고 그저 자신의 욕망을 호소할 뿐이었다.

다만 나는 어떤 것을 떠올렸다. 사령 상인과의 싸움의 마지막. 환청이라고 생각했던 그 의문의 목소리. 그 정체는 이 녀석이다. 그때부터 이 녀석이 곁으로 나와 있던 것이다.

『내 목소리에 귀를 기울여라! 내게 몸을 맡겨라! 내게 그 몸을 넘겨!』

머릿속에 직접 울리는 목소리

그 이미지는 검정.

사악하고 역겨운 것이 내 안에서 소리를 지르고 있었다.

『삼켜라! 하늘도 땅도, 신도 마도, 사람도 짐승도, 모든 것을 삼켜서 양분으로 삼아라!』

목소리에서 전해지는 것은 강렬한 허기였다.

삼키라는 것은 말 그대로의 의미였다.

고기를 먹고 피를 마시고 대지를 집어삼키고 하늘조차 물어뜯는다.

이 검은 것은 그게 가능했다.

어째선지 그것을 이해할 수 있었다.

『큭!』

그래서 나는 강한 분노를 느꼈다.

머릿속이 분노 일색으로 물들었다.

『삼키라고?』

『그래! 삼켜라아!』

멋대로 떠들지 마! 애초에 모든 것이라니! 사람도 삼키라는 건! 모두라는 건! 프란도 삼키라는 거냐!

웃기지 마! 설령 나 자신이라도 프란을 해치는 녀석은 용서 못 해! 프란을 죽이려면 나를 먼저 죽여, 나! 아아 젠장! 영문을 모르겠어! 사고가 뒤죽박죽이어서 내가 무슨 말을 하는지도 모르겠어!

『삼켜라아!』

『아아아아아아아아아아!』

『삼켜라아아아아!』

『아아아아아! 시끄러워! 닥쳐어!』

분노 탓인지 고통도 나쁜 기분도 어딘가로 가고 말았다.

『왜 따르지 않나! 나를 따라라!』

『닥치라고 했어!』

『……!』

어라? 다물었어? 말해봤을 뿐인데.

목소리의 주인이──검고 사악한 것이 명백하게 당황하고 있는 것을 알 수 있었다. 그리고 급격하게 힘을 잃어갔다. 소멸한 것도, 내 안에서 나간 것도 아니지만 속으로 들어가는 게 느껴졌다.

일단…… 어떻게든 된 건가?

그렇게 생각한 직후였다.

지금의 영문을 알 수 없는 목소리와는 다른, 귀에 더 거슬리는 새된 목소리가 들리기 시작했다.

『케히히히히! 우리를 먹은 녀석이 어떤 건가 했더니 재미있군!』

『다음은──.』

그 정체도 어째선지 알 수 있었다. 폐기 신검끼리 통하는 무언가가 있을지도 모른다.

『파나틱스냐?』

『키히히히히! 글쎄에? 우리는 우리다! 다만 네가 그렇게 말한다면 그럴지도 모르지! 그건 그렇고 터무니없는 걸 키우고 있잖아!』

파나틱스가 떠들 때마다 그 음색이 바뀌었다. 남자였다가 여자였다가, 노인이었다가 어린아이였다가.

하지만 파나틱스가 내 안에 있었다.

동족상잔이 발동해 파나틱스를 삼킨 모양이다. 그것을 알아차리지 못할 만큼 괴로웠던 것이다.

다만 이렇게 분명하게 동족상잔으로 흡수한 상대를 느끼기는 처음이었다. 그것을 의식하자 바로 기분이 나빠졌다.

『우웨에엑……!』

『크하하하하! 너 원래 인간이지! 안 되셨군!』

『무, 무슨 소리지……?』

『언젠가 반드시 넌 미쳐! 검의 몸에 인간의 정신! 견딜 수 있을 리가 없어어! 언젠가 반드시 너는 미친다! 우리가 그랬던 것처럼 어어엄!』

『나는 미치지 않아!』

『무리야! 우리는 네 안에서 봤다고. 네가 미쳐가는 모습으을! 그리고 마지막에 사용자를 죽이는 거어얼!』

『젠장! 너도 시끄러워!』

『캬하하하──컥! 뭐야……!』

내 안에서 말도 안 되는 소리를 떠들던 파나틱스가 갑자기 괴로운 듯이 신음했다.

『네, 네 안은 어떻게 된 거냐!』

두려움이 뒤섞인 목소리를 내는 파나틱스.

그 정신에 달려드는 것은 알림이었다. 알림──즉 케루빔의 잔해가 파나틱스를 흡수해가는 것을 알 수 있었다. 게다가 홀리오더의 힘을 써서.

『뭐냐! 왜 우리와 동종의 존재가……! 게다가 이 기분 나쁜 마력은! 홀리오더! 왜 이런 게! 그렇구나! 그 조각에서 힘을 흡수했구나아! 이렇게 됐다면 얼른 파괴해서──키이이이이이이이이이이!』

파나틱스의 괴로워하는 목소리가 멈추지 않았다. 진심으로 괴로워하고 있는 듯했다.

『그만둬! 우리를 삼키지 마! 삼키는 것은 우리다! 그만둬! 우리는 사라지지 않아아! 절대로 사라지지 않는다아아아아아아──.』

그 절규를 마지막으로 나를 덮쳤던 무시무시한 혐오감이 완전히 사라졌다. 깨끗하게.

『……끝난 건가?』

『…….』

내 중얼거림에 대답하는 자는 없었다. 어쩌면 알림이 대답해주지 않을까 생각했지만 아니었다. 하지만 그 존재감이 희미하게 늘어난 것을 알 수 있었다.

아무래도 파나틱스와 홀리오더, 쌍방의 힘을 받아들인 모양이다. 양쪽의 마력이 알림에 통합돼 사라진 것을 알 수 있었다.

어쩌면 동족상잔을 계속 쓰면 언젠가 알림이 부활할지도 모른다.

그보다 알림을 걱정하기 전에 내 걱정을 해야 한다.

냉정해지고 보니 내 상태는 상당히 위험했다.

도신은 완전히 부서져서 옆에서는 망가진 것처럼 보일 것이다. 아슈트너 후작전에서 쓴 신 속성의 영향이 아직 남아서 재생도 느렸다.

그래도 내구도가 이 이상 내려갈 기미는 없고 오히려 아주 조금씩 회복해가는 것을 알 수 있었다.

아슬아슬하게 살아남았나…….

『아니, 지금은 나보다 베르메리아야!』

폭주는 멈춘 건가?

황급히 주위를 확인했다.

『베르메리아는——있다!』

조금 떨어진 곳에 베르메리아가 쓰러져 있었다.

그 몸은 원래의 인간에 가까운 모습으로 돌아가 있었다. 멀리서도 가슴이 가볍게 오르내리는 것이 보였다. 살아 있는 모양이다.

그 몸에서 나오던 초마력은 사라지고 오히려 빈사 상태인 듯했다. 파나틱스와 함께 오른팔이 터지고 우반신도 갈가리 찢겨 있었다.

다만 피는 멈추고 재생 능력이 상처를 고치고 있는 듯했다.

처치를 제대로 하면 죽지 않을 것이다.

그리고 베르메리아와 반대편에는 아스라스가 쓰러져 있었다.

이쪽은 베르메리아와 달리 외상은 없지만 마력이 약해져 있었다. 소모가 엄청날 것이다.

『이봐, 아스라스?』

"스승인가?"

가냘프지만 대답이 돌아왔다.

『폭주 안 했어?』

"덕분에 말이야……."

아무래도 최악의 사태는 피한 모양이다.

그리고 임시 파트너는 괜찮았을까?

『……포룬드!』

조금 떨어진 곳에 포룬드가 쓰러져 있었다. 소모 때문에 흐트러진 염동을 어떻게든 제어하고 때때로 자루를 땅에 끌면서 저공비행으로 어떻게든 포룬드에게 도착했다.

『이건…….』

내가 했지만 지독한 상태였다.

오른쪽 쇄골 부분에서 오른쪽 갈비뼈 근처까지 완전히 파여서 내장과 뼈가 드러나 있었다. 오른팔도 팔꿈치 앞이 없다. 대량 출혈로 포룬드의 주위 지면이 거무죽죽하게 물들어 있었다.

"으…….."

하지만 아직 살아 있었다. 남은 왼쪽 폐가 미약하게 움직이고 심장 소리도 희미하게 들렸다. 나는 목숨을 잃을 뻔한 포룬드에게 황급히 회복 마술을 계속 썼다.

파나틱스를 동족상잔으로 흡수해 마력이 회복돼서 정말 다행이다.

『포룬드! 포룬드!』

"괜찮, 다……."

고비는 넘겼나. 갈가리 찢긴 어깻죽지의 단면에서 아직 대량의 피를 흘리면서도 포룬드는 자력으로 몸을 일으켰다.

격통이 온몸을 괴롭히고 있겠지만 괴로운 기색을 전혀 보이지 않고 마검 몇 자루를 생성했다. 그러자 팔이 조금씩 재생을 시작했다.

회복 계열과 재생 계열 스킬을 가진 마검을 생성했나 보다.

포룬드의 대응력은 역시 대단하군.

『무사했구나. 다행이야.』

'오랜만에 죽은 친구와 대화를 나눴지만 말이야.'

그건 저세상에 갈 뻔했다는 소린가? 맞은 곳이 위험했다면 내가 포룬드를 죽였을지도 모르겠어……. 베르메리아도 그렇고 상당히 운이 좋았다.

내가 포룬드를 회복시키고 있는 동안에 자력으로 일어날 수 있게 된 아스라스가 베르메리아의 상태를 확인했다. 그리고 서서히 아직 개방 상태인 가이아를 드는 것이 아닌가.

『아스라스! 이제 폭주하지 않아! 죽이지 않아도 돼!』

"괜찮아. 뭐, 보고 있어."

그렇게 대답하는 아스라스에게서 살기는 느껴지지 않았다.

아무래도 숨통을 끊으려는 게 아닌 모양이다. 나는 귀인의 말을 믿고 지켜보기로 했다.

아스라스가 가이아로 베르메리아의 위를 가렸다.

"대지의 미소."

아스라스가 그렇게 중얼거리자 가이아에게서 부드러운 마력이 흘러나와 베르메리아를 감쌌다.

빈사 상태였던 베르메리아의 혈색이 나아지고 온몸의 상처가 나아갔다. 그 회복력은 그레이터 힐 이상일 것이다. 가이아에는 공격뿐만 아니라 치유의 힘도 있는 듯했다. 그저 파괴하기만 하는 신검이 아니었던 모양이다.

뭐, 폭주하는 아스라스에게 강력한 회복 수단이 있다는 뜻도 되지만 말이다.

"……으…… ."

"아가씨, 괜찮나?"

"나…… 여기는……?"

파나틱스에 정신이 흡수당해 의식을 되찾지 못할 가능성도 있었지만 아무래도 최악의 사태는 피한 모양이다.

파나틱스는 파손된 탓에 본래의 힘을 잃은 듯하니 상대의 정신을 자신에게 통합하는 힘은 없었던 것 같다.

정신을 완전히 자신에게 통합할 수 있다면 조종하는 데 마약이 필요하지 않았을 테고 말이다.

"기억이 혼란스러운 것 같군. 괜찮아, 지금은 자둬."

"아…… 흐…… ."

목숨은 건졌어도 정신적으로도 체력적으로도 아슬아슬했을 것이다. 베르메리아는 기절하듯이 다시 잠에 빠졌다.

그 자는 얼굴은 괴로워 보였다. 좋은 꿈은 꿀 수 있을 것 같지 않았다.

『이봐, 아스라스. 지금 쓴 회복기에는 마약의 증상을 고치는 효과가 있는 거야?』

"마약? 아니, 이건 상처를 고칠 뿐인데."

『그럼 베르메리아는 어떻게 눈을 떴지? 마약의 후유증이 없는 건가?』

가르스는 마약 탓에 눈을 뜨지 않았을 텐데. 마찬가지로 마약에 오염된 베르메리아도 같은 상태일 텐데 의식이 돌아온 것이 신기했다.

『아는 드워프가 마약이 투여된 탓에 눈을 못 뜨고 있어.』

"으음. 아마 접촉 기간이나 양의 차이가 아닐까?"

『그렇군.』

가르스는 오랜 기간 마약의 영향 아래 있었다. 베르메리아는 조종하기 위해 대량의 마약을 썼지만 투여 기간이 짧아서 후유증은 적을지도 모른다. 몸속에 축적된 마약이 미량이었던 거겠지.

"……두 사람 덕분에 살았어."

아스라스가 그렇게 말하고 우리를 향해 머리를 숙였다.

그 말은 진심일 것이다. 저 아스라스가 만신창이다. 상처 자체는 막았지만 마력과 생명력의 소모는 아직 회복되지 않았다. 그리고 광귀화가 상당히 진행되고 말았다. 정신적인 소모도 우리의 상상 이상일 게 틀림없다.

"좀 강한 상대여서 말이야. 너희가 없었다면 어떻게 됐을지."

『그건 우리가 할 말이야. 아스라스가 없었다면 피해가 더 확대 됐을 거니까. 뭐, 피해가 적다고는 할 수 없지만…….』

상당히 넓은 범위가 황무지가 됐다. 귀족가의 절반 정도는 이 상태일 것이다. 나머지 집도 피해가 없는 건물은 없을 터다.

게다가 그 웅장하고 아름다운, 그야말로 국가의 상징이라고 불리기에 손색없는 거성도 상당한 피해를 입었다. 반파라 해도 좋을 수준의 모습.

시민가나 슬럼가 등에서도 유사 광신검의 자폭 피해가 나왔을 테니 이 왕도가 받은 피해는 상상할 수 없을 정도로 막대할 것이다.

『그래도 파나틱스를 쓰러뜨릴 수 있던 건 아스라스 덕분이야.』

"그래."

"뭐, 피차일반이라고 해두지. 하지만 나도 너무 날뛰고 말았어. 이 나라에서 떠나는 게 좋을 거야."

『어? 아스라스?』

아스라스는 머리를 극적이며 한숨을 토하더니 그대로 베르메리아의 곁에 웅크리고 앉았다.

"아가씨는 내가 데려가지."

『잠깐 기다려! 무슨 소리야?』

가이아를 칼집에 넣은 아스라스가 다시 잠에 빠진 베르메리아를 어깨에 짊어졌다. 이대로 떠난다는 건가? 게다가 베르메리아를 데리고?

하지만 포룬드도 거기에 찬성인 듯했다.

"그게 국가를 위한 일이야.

포룬드가 중얼거린 말의 의미를 이해할 수 없었다. 국가를 위한 일?

"뭐, 내가 말하기도 그렇지만, 이번 전투에서 상당한 피해가 나왔어. 내게 죄가 없다고는 할 수 없어. 하지만 국가가 나를 붙잡아 재판하려 하면 그건 단순히 이 나라의 문제만으로 끝나지 않게 돼."

아스라스와 포룬드가 설명해줬다.

즉 아스라스의 존재가 너무나도 큰 게 문제인 모양이다.

왕도 파괴의 범인으로 아스라스를 붙잡았다고 치자. 그리고 죄를 처벌하려 한다. 하지만 그러기가 어렵다.

우선 사형은 논외. 죽음의 위기에 빠지면 광귀화가 멋대로 발동해 다시 큰 피해가 생길 뿐이다. 자살마저 할 수 없으니 말이다.

노예화도 무리다. 이것 역시 광귀화로 보호받고 있다. 아스라스가 자신의 의사로 봉사를 한다 해도 언제 날뛸지 모르는 괴물을 국내에서 어떻게 써야 좋을까?

아스라스가 그럴 마음을 먹으면 대부분의 일은 할 수 있을 것이다. 하지만 시한장치가 달린 초강력 폭탄이 같이 따라온다. 폭발하면 도시 몇 개가 지도에서 사라진다. 게다가 시한장치가 언제 발동할지 누구도 알 수 없다. 이걸 자국 안에 놓아두려 하는 위정자가 있다면 그 녀석은 어지간히 바보거나 미쳤거나 둘 중하나일 것이다.

그렇다면 적국으로 보낸다? 그것도 불가능하다. 아스라스를 전쟁 행위에 가담시킬 수는 없다. 그런 짓을 하면 모험가 길드가 적으로 돌아선다. 전쟁에 가담하지 않는다는 스탠스를 취하는 길드에서 그 상징이라고도 할 수 있는 S급 모험가가 전쟁에 이용당하는 것을 알면 체면을 지키기 위해서 무슨 일이 있어도 그 나라를 없애려 할 것이다. 그러지 않으면 조직 자체가 얕보인다.

아니, 그 이전의 문제다. 애초에 아스라스에게 일방적으로 죄를 묻는 것 자체가 어려웠다.

이번 사건의 근본은 아슈트너 후작의 쿠데타다. 많은 모험가가 목숨을 잃었고, 그 감독 책임은 국가에 있다. 그 아슈트너 후작의 비장의 무기를 막기 위해 싸운 아스라스는 관점에 따라서는 나라를 구했다고도 할 수 있다.

아스라스에게 죄를 물으면 모험가 길드는 그 옹호로 돌아설 것이다. 국가가 거기에 반발하면 양자 사이에 싸움이 일어난다. 그것으로 손해를 보는 건 국가였다.

더욱이 주변국도 민감하게 반응할 터. 아스라스는 신검을 소유하고 있다. 크란젤 왕국이 신검을 원한다고 생각해도 이상하지는 않았다.

배상금 대신으로, 혹은 사형 뒤에 신검을 빼앗는다. 실행 가능 여부는 둘째 치고 그것을 노리고 있다는 소식을 듣기만 해도 외교상의 문제가 될 수 있었다.

반대로 죄를 모두 아슈트너 후작 일당에게 덮어씌우고 아스라스를 구국의 영웅으로 치켜세우는 경우에는 어떨까?

그것도 역시 문제가 있다. 랭크 S 모험가를 자국에 받아들이려 한다고 생각할 가능성이 있는 것이다.

오히려 이쪽이 더 문제였다. 초병기를 보유하려 하거나 야심을 가지고 있다고 여겨도 어쩔 수 없다.

결국 아스라스는 어떻게 취급하든 버거운 언터처블한 존재였다.

가장 현명한 건 상관하지 않는다는 선택지일 것이다.

저 수왕조차 내버려 두고 있을 정도니까.

그리고 크란젤 왕국과 아스라스 양쪽에 가장 무난한 타협점은 아스라스가 국내에서 자진 퇴거하는 것과 국외 추방 조치라고 한다.

자중지란이라는 이명을 가진 대량 파괴범이 아무렇지 않게 세계를 방랑할 수 있는 시점에서 어느 나라든 비슷한 대응을 할 것이다.

반면 아스라스 이외의 사람이라면 어떨까. 붙잡아서 노예화. 아니, 일반적으로 생각하면 처형 루트다.

즉 베르메리아는 그렇게 될 위험성이 높았다. 백작의 서생(庶生)이기는 하지만 큰 권력이 있는 것도 아니다. 게다가 최대 파괴 행위의 당사자다. 문책하지 않을 수 없을 터였다.

솔직히 말하자면 나는 베르메리아에게 악감정은 없다.

왕도 주민의 입장에서는 다른 의견이 나오겠지만 내게는 동정심밖에 없었다. 말려들었을 뿐이라 생각하고 상대는 40년에 걸쳐 준비를 해온 신검과 후작이다. 누구든 마수를 피할 수 없었을 것이다.

아스라스가 그녀를 데리고 도망쳐 준다면 그것으로 족했다.

『베르메리아를 부탁해.』

내가 부탁하자 아스라스는 부드럽게 미소 지었다.

"이것도 뭔가 인연이겠지. 내게 맡겨. 나쁘게는 대하지 않을 테니까."

『프란을 만나줬으면 좋겠는데.』

217

"그건 어렵겠어. 뭐, 조만간 만날 수 있을 거야."

눈을 떴을 때 프란은 아쉬워할 것이다.

『어디로 갈 생각이야?』

"나는 원래 제로스리드를 쫓아 골디시아 대륙으로 갈 생각이었어. 아가씨를 숨기기에도 거기는 최적이니 한동안 그 대륙에서 마수 사냥이라도 할 거야."

『제로스리드는 골디시아 대륙에 있는 거야?』

"가능성이 높을 뿐이지만."

골디시아 대륙은 랭크 S 마수와의 싸움을 위해 우수한 전사를 모집하고 있어서 강하기만 하면 과거의 경력은 불문에 부치는 모양이다. 전 세계의 범죄자가 마지막으로 도망치는 장소라고 한다.

그리고 원래는 친구가 지배하는 대륙이었기 때문에 현재도 용인과 반용인이 많이 살고 있다.

베르메리아를 숨기기에는 최고의 장소라고 할 수 있을 것이다.

『그렇군.』

"그럼 가지. 느긋하게 있으면 기사나 병사가 올 거야."

『그러네.』

"스승, 포룬드, 또 보자."

"네."

『또 봐.』

원래 상태는 아니겠지만 아스라스는 또렷한 발걸음으로 떠나갔다. 어깨에 짊어진 베르메리아가 없었다면 그림이 됐겠어.

성문과는 전혀 다른 방향이지만…… 뭐, 어떻게든 하겠지. 어차피 랭크 S 모험가다.

원래 수준이 높다는 건 알고 있었지만 이번 싸움을 보고 다시 통감했다. 랭크 S 모험가라는 녀석들은 진짜 진짜 괴물이다. 초월자를 우리가 걱정하는 건 주제넘은 짓이었다.

『포룬드는 어떻게 할 거야?』

"길드 마스터에게 가야지."

『그래? 그럼 같이 가자. 그보다 나를 옮겨주면 고맙겠어. 이대로는 멋대로 날아서 움직이는 검이니까.』

"그래, 알았다."

겨우 상처는 막았지만 아직 비틀거리는 포룬드는 나를 메고 중력 마법으로 평탄해진 왕성 앞을 걷기 시작했다.

Side 아리스테아

긴급 사태였다.

"이 기척은…… 신검!"

놀랍게도 이 대륙에서 신검의 힘이 개방된 것이다. 신급 대장장이의 능력으로 나는 신검의 기척을 찾을 수 있다.

개방됐다면 더욱 그렇다. 게다가 놀랍게도 신검의 기척이 둘이나 있었다.

하나는 안다. 아스라스의 대지검 가이아일 것이다. 그러나 또 한 자루에 관해서는 전혀 짐작이 가지 않았다.

내가 접한 적이 없는 신검이 나타났다는 뜻일 것이다.

다만 위화감도 있었다. 가이아와 싸우고 있는 것으로 보이는 신검의 기척에 명백한 뒤틀림이 느껴졌다.

어쩌면 이미 파손됐거나 어떤 이유로 진짜 힘을 발휘할 수 없을 가능성이 있었다.

"아니, 그런 건 보면 알 수 있어!"

아무튼 가야 해. 그게 내 사명이자 인생의 목적이기도 하니까.

아마 크란젤 왕국이 틀림없을 것이다.

하지만 행동을 개시한 내게 찬물을 끼얹는 사람이 있었다.

"아짱? 대체 어디를 가려는 거야?"

금발에 하얀 피부. 호리호리한 몸에 뾰족한 귀. 엘프의 특징을 갖춘 느리터분해 보이는 여자였다.

"위날렌……! 어느새!"

그러나 그 온화한 외모와 말투에 속아서는 안 된다. 이 여자는 내가 이 세상에서 가장 대적할 수 없는 상대 중 한 명이기 때문이다.

"여기는 내 집이야. 거기서 몰래 수상하게 움직이고 있으면 당연히 눈치채지 않겠어?"

"일부러 기척을 지우기 위한 도구도 썼는데!"

"어머? 하지만 전혀 숨겨지지 않았는데? 실패작이었던 거 아닐까?"

"이러니까 하이 엘프는! 신급 대장장이가 만든 도구가 실패작이라니……!"

그렇다, 이 여자는 평범한 엘프가 아니다. 이 세계에서도 몇 명밖에 없다고 하는 최강 종족, 하이 엘프 중 한 명이다. 더욱이 그 하이 엘프 중에서도 특히 유명한 한 명이기도 했다.

정확한 인원을 알 수 없는 하이 엘프. 그들이 표면으로 나서지 않고 활동하고 있는 가운데 적극적으로 인간과 소통하는 자가 소수이지만 존재했다.

그 소수의 하이 엘프 중 한 명이 이 위날렌이다. 그 외에 역사 연구가인 위로 마그누스. 방랑의 식물학자 위간 위간 두 명의 이름이 알려져 있다.

참고로 세 사람 모두 이름 앞에 위가 붙은 건 우연이다. 엘프 사이에 때때로 위로 시작되는 이름이 유행하는 시기가 있었고, 세 사람 모두 그때 태어났을 뿐이라고 한다. 뭐, 엘프의 때때로가 몇백 년 단위인지는 알 수 없지만.

후자 두 사람이 가명(家名)을 가진 건 귀족이었던 적이 있기 때문이다. 과거형인 건 둘을 귀족으로 삼은 나라가 이미 망했기 때문.

애초에 하이 엘프에게 나라나 귀족의 권위가 통할 리도 없으니 거둬들이려다 실패했을 것이다. 위간 위간은 가명을 어떻게 하느냐는 질문을 받고 귀찮으니까 위간이면 된다고 대답했다는 일화가 있을 정도였다.

뭐, 국가가 쉽게 멸망한 것만 봐도 하이 엘프들이 국가 운영에 흥미가 없었다는 것을 엿볼 수 있다.

약간이나마 그 힘을 이용할 수 있었다면 파멸을 피하기는 쉬웠을 테니 말이다.

각종 일화와 함께 그 이름이 알려진 세 하이 엘프지만, 위로 마그누스와 위간 위간은 연구를 위해 세계를 방황하며 때때로 연구 성과를 길드 등에 제출할 뿐이다.

그에 비해 세계에서 유일하게 거처가 특정된 하이 엘프가 위날렌이었다.

위날렌의 칭호로 유명한 것은 두 개.

하나는 칠현자. 이것은 랭크 S 모험가와 맞먹을 정도의 실력자라고 불리는 일곱 명을 총칭해 붙인 이름이다. 뭐, 칠현자 중에 스스로 그 이름을 대는 자는 한 명도 없지만. 애초에 마술사가 두 명밖에 포함되지 않았다.

이것은 모험가 길드의 진출에 위기감이 커진 그 이외의 조직과 국가가 모험가 길드를 견제하기 위해서 멋대로 제창한 칭호일 뿐이다. 그중에는 전장에 나선 적조차 없는 인물까지 포함되어 있었다. 어디까지나 엄청난 실력자일 것이라고 짐작되는 일곱 명이라는 뜻이다. 게다가 현자라고 이름도 거친 이미지의 모험가에 대항해 온화하고 지적으로 들린다는 시시한 이유 때문에 붙였다.

다만 내가 본 바로 이 칠현자라는 존재는 무시할 수 없었다.

우선 신검 소유자가 세 명. 시신검 알파의 소유자인 신검 기사. 직무 이름밖에 알려지지 않았지만 틀림없이 존재한다.

그에 맞서는 광신검 베르세르크의 소유자, 월하미인. 이쪽은 개인의 이름이 아니라 신검 운용을 위한 특수 조직의 이름이라고 한다.

또한 마왕검 디아볼로스의 소유자인 필리어스 왕국. 다만 이건 틀렸다.

그 디아볼로스의 주인이 가볍게 사람 앞에 나설 수 있을 리가 없다. 왕족이라면 악마에 대한 지휘권이 있으니 그것을 이용해 본래 소유자를 숨기고 있을 것이다. 왕조차 신검 소유자의 대역 취급이라는 뜻이다. 나는 사망했다고 하는 왕족 중 누군가가 사실 살아서 신검의 주인이 되었다고 의심하고 있다.

나머지 네 명 중 세 명은 강국의 왕이다.

마족 나라의 왕. 충인 나라의 왕. 드워프 나라의 왕 세 명이다.

이 세 명에 관해서는 나도 실력을 모른다. 나라의 힘이 너무 강대해서 공격받을 일도 없고, 애초에 대규모 전쟁을 경험한 적도 거의 없다. 전장에 나서지 않는 건 아니겠지만 나는 그 모습을 본 적이 없었다.

소문이라면 들은 적이 있지만 어디까지 진실인지는 알 수 없다. 다만 뭐, 종족을 생각하면 약하지는 않을 것이다.

그리고 마지막 한 명이 하이 엘프인 위날렌이다. 이 녀석의 실력은 내가 잘 안다. 먼 옛날 던전에서 소재를 함께 모은 적이 있으니 말이다. 다만 위날렌의 경우 칠현자보다 또 하나의 호칭 쪽이 훨씬 유명하다.

바로 '마술 학원장'.

베리오스 왕국 안에서도 자치가 인정된 특별 지역에 존재하며 전 세계에서 마술 재능을 가진 아이들이 모이는 마술 학원. 그 학원의 원장이 위날렌이었다.

뭐, 세계 최고의 대해 마술사라는 하이 엘프가 장을 맡고 있으니 그야 인기가 생길 만도 하다.

전 세계에 마술 학원과 마술 학교라고 불리는 시설은 있지만, 간단히 '마술 학원'이라고 하면 위날렌이 원장을 맡은 마술 학원을 가리킬 정도였다.

"아직 일이 많이 남아 있잖아?"

"으, 응."

"나 슬퍼. 아짱이 약속을 어기는 애가 되다니."

"크으……."

현재 나는 마술 학원의 한구석에서 지내고 있다. 원장인 위날 렌이 내 내력을 알기 때문에 조용하고 편안하게 머물 수 있는 장소였다.

직함은 임시 연단 강사. 뭐, 병아리들에게 가볍게 지도하기만 하면 되는 간단한 일이다.

그리고 가짜 신분과 의식주를 신세 지는 비용 대신 나는 마술 학원의 마법 무구나 마도구의 관리를 맡고 있다. 오히려 부수입 이라고 해도 좋을 정도지만 말이다. 이 학원에서는 밤낮으로 재미있는 마도구가 만들어지고 있고, 나 자신도 그것들을 보고 자극을 받을 수 있기 때문이다.

"하, 하지만……. 아무리 그래도 신검의 기척을 내버려 둘 수는 없어."

"으음. 그러네. 신검은 위험하지."

"그래."

"하지만 무구 수리가 끝나지 않으면 상급 클래스 수업이 말이 지~."

"그건 그런데 말이야……."

젊을 때도 지금도 잔뜩 신세를 진 상대이기 때문에 그렇게 강하게는 나갈 수 없다. 이성이 끊어졌을 때의 무서움도 알고 있기 때문이다.

얼핏 부드러운 여자지만 그건 표면적인 모습이다. 딱히 뒤에서 악행을 벌이고 있다는 건 아니다. 다만 교사로서의 가면이라고 해야 할까? 그것을 항상 쓰고 있다. 진짜 위날렌은 유들유들하고 강인한 여자다.

"그리고 예의 골렘의 수리와 정비도 아직 안 끝났지? 그게 없으면 모의전 수업이 상당히 늦어져."

"그, 그건 좀 잘 처리해줘! 없어도 어떻게든 되잖아? 위날렌이 직접 상대하면 되니까."

"할 수 없네. 알았어. 그럼 이번에는 빚을 지는 것으로 하자."

"은혜를 입었어!"

"다만 숙제를 내줄게."

"수, 숙제?"

이봐, 어떤 무리한 난제를 시킬 생각이야?

"응. 전부터 모의전 강사로 수왕 씨나 아스라스 씨를 소개해달라고 부탁했잖아?"

"아니, 아무리 그래도 그건……."

랭크 S 모험가를 상대로 모의전? 대체 어떤 적을 상정하고 있는 거야. 사신과 싸울 인재라도 육성할 셈인가? 하지만 내가 무리라고 말하자 의외로 위날렌은 순순히 물러섰다.

"알고 있어. 그러니까 타협할게."

"타협?"

"응. 그 두 사람 수준이 아니라도 어느 정도 강한 사람을 찾아와주지 않을래? 모험가라면 최소한 랭크 B 이상. 게다가 어느 분야에서는 랭크 A에 필적할 수준으로."

"뭐어? 말도 안 되는 소리 하지 마!"

어느 분야가 랭크 A에 필적한다는 건 이미 랭크 A 예비군 같은 거라고.

랭크 B 모험가 중에서도 최상위라는 뜻이다.

"너라면 어떻게든 할 수 있잖아?"

"못 해!"

"그럼 수왕이나 아스라스를 부탁해."

"……알았어."

역시 이 여자에게는 못 당하겠다.

"노력해볼게."

"약속이야. 나는 여기서 거의 떠나지 않아서 그런 인맥이 전혀 없어."

뭐, 여차하면 수왕의 인맥에 의지하게 될 것이다. 최악의 경우 길드에 뭔가 마도구를 팔고 대신 모험가를 소개받아도 된다.

"고랭크 모험가를 장시간 구속하는 건 무리야."

"나도 알아. 일주일 정도면 돼."

"언제까지 데려오면 돼?"

"그러네. 되도록 서둘러줘야 하니까……. 5년 이내로 부탁해도 될까?"

하에 엘프의 시간 감각이 엉망이어서 살았다. 귀찮기는 하지만 그 정도면 어떻게든 될 것이다. 그보다 지금은 신검이야!

크란젤 왕국으로 서두르자!

제5장 흑묘성녀 극적 탄생

아스라스를 보낸 후 나는 포룬드에게 메여 이동하고 있었다.

『이봐, 아스라스 말인데, 사전에 국가 등에서 의뢰했다고 하면 안 돼? 그러면 국가도 사전에 쿠데타를 예측해 대책을 세우고 있었다고 할 수 있지 않을까? 위신도 조금은 지킬 수 있고.』

수인국에서 프란이 실제로 그랬다. 그러나 포룬드는 고개를 가로저었다.

'아스라스 님이 아니라면 문제없을지도 모른다. 하지만 그 사람이라면 이야기가 달라.'

『신검을 소유하고 있어서?』

'그보다 대량 파괴에 특화돼 있기 때문이지. 아스라스 님의 경우 남은 일화의 대부분이 대량 파괴와 대량 학살 이야기야. 물론 전장에서 있었던 일이 대부분이고, 오래된 일화 중에는 영웅담으로 내려오고 있는 이야기도 많지만…….'

혼자서 나라를 멸망시키는 아스라스를 우대하는 것 자체가 애초에 야심이 있다는 소리를 듣는다. 평시라면 그렇게까지 신경을 쓰지 않았을지도 모른다. 타국에는 외교를 통해 변명하고 아스라스를 대우하는 선택지도 있었을 것이다.

하지만 왕도, 바르보라 등의 대도시가 잇달아 피해를 입은 크란젤 왕국은 국력도 국위도 크게 타격을 입었다. 이런 상황에 타국에 반감을 사는 짓은 위험하고, 특히 야심을 가진 대국 레이도스 왕국이 북쪽에 있는 이상 모든 외국과의 관계는 중요해진다.

'물론 국가의 판단은 우리와 다를 가능성도 있어. 어디까지나 아스라스 님이 스스로 그렇게 판단했을 뿐이야……. 그래도 출두할 경우에는 국가에 누가 될 가능성이 있고, 잠자코 떠나면 특별히 아무 일도 일어나지 않아. 후자가 더 무난한 선택지겠지.'

『그런 건가…….』

'그래, 아쉽기는 하지만 말이야.'

내가 생각하는 걸 아스라스나 포룬드가 생각하지 않을 리도 없나. 게다가 몇십 년이나 이런 일을 반복해왔다. 아스라스 자신이 어떻게 해야 좋을지 가장 잘 알고 있을 것이다.

애초에 내 감각으로는 나라를 멸망시킬지도 모르는 테러리스트를 상대로 싸워서 그것을 막아낸 아스라스에게 그렇게까지 죄가 있다고는 생각할 수 없지만 말이다.

'아니, 불가항력이라고는 하나 왕이 있는 왕성을 공격하고 귀족가에 큰 피해를 줬잖아. 죄를 묻지 않을 수는 없어.'

아스라스에게 호의를 가지고 있어서 판단이 아스라스 쪽으로 좀 기울어졌을지도 모른다.

좀 냉정해져서 일본으로 바꿔보자.

어느 날 갑자기 테러리스트에게 조종당한, 자위대의 병기가 통하지 않는 슈퍼 로봇이 나타나 도쿄에서 파괴 활동을 시작한다. 빔이나 미사일을 쏘니까 내버려 두면 일본이 위험해! 그때 나타난 게 동형의 슈퍼 로봇 2호다. 마찬가지로 초병기를 다뤄서 테러리스트 로봇을 쓰러뜨리는 슈퍼 로봇 2호. 하지만 도청 주변은 잿더미로 변하고 몇백 명이나 되는 사람들이 목숨을 잃었다…….

응, 위험하네. 만약 2호의 파일럿이 정의의 편으로 나타났다면 돌을 던질 사람은 많을 것이다. 인터넷도 난리일 거고 옹호파보다 배척파가 압도적으로 많을 거다.

아니, 애초부터 현대 일본의 감각은 통하지 않나. 법치국가가 아니라 귀족제 국가다. 역시 소동을 피해 떠나는 게 좋을 것 같다.

뭐, 아스라스는 이미 떠났으니 이 이상은 생각해도 의미 없나…….

『하아, 기분을 바꿔서 동족상잔의 성과라도 확인해보자.』

그리고 나는 내 스테이터스를 확인하고 나도 모르게 놀라 소리를 질렀다.

『으엥?』

"음?"

『아니, 미안. 아무것도 아냐.』

'그래.'

내 능력은 상상 이상의 엄청난 성장을 이뤘다. 놀랍게도 보유 마력이 5000이나 늘어난 것이다. 이것만으로 원래 마력에서 50퍼센트가 늘어났다. 내구도도 3000 이상 증가했다.

망가졌다고는 하나 신검을 먹었으니 이 정도는 당연할지도 모른다. 게다가 동족상잔으로 얻은 건 능력치만이 아니었다.

내 스킬에 마력 공합이라는 스킬이 추가되어 있었다.

이것은 자신의 사용자에게 마력을 나눠줄 수 있는 스킬인 모양이다. 지금까지도 프란은 내 마력을 꺼내 쓸 수 있었지만, 이 스킬을 통해 손실이 줄고 효율이 대폭 올라갈 것이다.

수수하지만 아주 유용한 스킬이었다.

그렇게 능력을 확인하고 있는데 바로 피난하는 사람들의 줄이 보이기 시작했다. 맨 뒤에서 민중을 유도하고 있는 건 베일리즈 백작이었다. 엘리안테와 코르베르트의 모습도 보였다.

프란의 기척은 이미 도시 밖에 있군. 울시가 제대로 피난시킨 모양이다.

'스승, 백작에게 보고를 하고 싶다. 상관없나?'

『베일리즈 백작과 아는 사이야?』

'그래. 저 사람은 모험가에게 중요하니 말이야. 지휘를 받아 싸운 적도 있지.'

『그렇구나. 그러면 나도 보고를 하는 게 좋을 거 같아. 베르메리아 일도 있고.』

이대로 아무것도 알리지 않은 채로는 백성의 피난이 헛되이 진행될 것이다. 도시 안에 위험이 없어졌는지는 알 수 없지만 후작과 파나틱스를 해치운 건 전해야 했다.

딸이 어떻게 됐는지에 대한 보고도 하고 싶고 말이다.

그리하여 포룬드가 필사의 형상으로 지휘를 하고 있는 백작 일행에게 다가갔다.

가장 먼저 알아차린 것은 엘리안테였다. 불안해 보이는 표정으로 포룬드에게 말을 걸었다. 베일리즈 백작도 바로 다가왔다.

"포룬드! 무사했구나!"

"그래."

"그래서, 어떻게 됐어……? 싸우는 소리가 들리지 않게 됐는데…… ."

"끝났어."

"아스라스 님이 이겼다는 거야?"

"그래."

아, 이런. 포룬드의 말주변으로는 제대로 된 보고가 불가능해! 나는 염화로 어느 정도 지시를 내리기로 했다. 프란으로 익숙하니 이 부분은 내게 맡겨.

내 지시에 따라 포룬드가 말을 해나갔다.

"아스라스가 이겼어. 아슈트너 후작도 쓰러졌지. 부하인 검사들은 자폭해 죽었어."

『이봐, 할 말이 더 있잖아. 업무 보고냐!』

'할 수 없잖아. 이 이상 유창하게 말을 못 해.'

갑자기 긴 대사는 말하기가 어려웠던 거냐! 하지만 여기서는 노력해줘야 한다.

"아스라스 님과 싸웠던 아가씨는 어떻게 됐지?"

"아스라스가 쓰러뜨렸어."

"! 그, 그런가……."

"아스라스는?"

"성가신 일을 피하기 위해 이미 떠났다."

백작에게 진실을 밝힌다 해도 이 자리에서는 듣는 귀가 너무 많다. 딸의 죽음을 듣고 충격을 받은 백작에게는 미안하지만 좀 더 버텨줘. 미안.

"포룬드?"

"포룬드 씨?"

침통한 표정의 백작과 반대로 엘리안테와 코르베르트가 곤혹스러운 표정으로 포룬드를 보고 있었다. 역시 평소에는 과묵한 포룬드가 길게 떠드는 모습은 이상하게 비치는 모양이다.

그래도 포룬드가 노력해서 어떻게든 우리가 아는 정보를 백작 일행에게 전할 수 있었다. 그 정보를 바탕으로 백작 일행은 시내의 상황을 파악하거나 이후 피난 유도를 어떻게 하느냐를 논의하기 시작했다.

뒤처리는 그들에게 맡기면 될 것이다.

『그럼 포룬드. 프란에게 가줘.』

"그래."

포룬드가 몸을 돌리자 엘리안테가 황급히 붙잡았다.

"잠깐만! 어디 가? 가능하면 이대로 도와줬으면 하는데."

"아니."

포룬드가 고개를 저으며 등에 멘 내게 손을 가볍게 댔다. 엘리안테도 나를 본 기억이 있을 것이다. 눈을 크게 떴다.

"검을 프란에게."

"그 검은……."

"왜 여기에?"

엘리안테와 코르베르트가 나를 보고 눈을 크게 떴다.

생각해보면 내가 여기에 있는 건 부자연스러웠어!

형태 변형으로 모습을 바꾸면 괜찮았을지도 모르지만 현재 힘을 완전히 소모한 내게는 무리였다.

어떻게 해야 되지? 아! 포룬드가 검신의 총애로 생성한 것으로 하면——.

하지만 포룬드에게 변명을 시키기 전에 코르베르트와 엘리안테는 어째선지 먼 곳을 보는 듯한 눈을 하고 고개를 끄덕였다.

"그렇군. 카레 스승…… 당신은 프란을 지키려고……."

"훌쩍……. 사제애가 기적을 일으킨 거네."

어? 왠지 착각하고 있는 것 같은데!

목소리를 크게 내 아니라고 하고 싶지만 내 정체를 밝힐 수도 없다. 그리고 유일하게 나를 아는 포룬드는 여전히 과묵했다.

"……."

포룬드에게 변명은 무리겠지~.

"그러면 간다."

"응. 그 검, 프란에게 전해줘."

"카레 스승……! 큭!"

코르베르트, 아까도 같은 식으로 울지 않았나? 아니, 나를 위해 울어줘서 고맙기는 한데. 하지만 나는 죽지 않았다고! 혼이 이 세상에 남아서 싸운 것도 아냐!

하지만 정정시키기 전에 포룬드는 그 자리에서 걷기 시작했다. 나중에 프란에게 정정하게 하자.

도중에 나는 신경 쓰였던 것을 포룬드에게 질문해봤다.

『이봐, 검신의 총애로 해석한 내 정보는 어떤 거였어?』

내가 잃어버린 전생의 기억. 그것을 떠올릴 계기가 될지도 몰랐다.

그러자 포룬드가 심각한 얼굴로 되물었다.

'보통이라면 제작자나 그 검의 능력을 알 수 있지만 이번에는 불가사의한 광경이 보였을 뿐이다.'

『불가사의한 광경?』

'……남성이 누군가에게 이끌려 꺼림칙한 오라를 발하는 검 속에 봉인되는 장면이다. 검은 스승과 비슷한 것 같았지만 세부가

좀 달랐지.'

『그, 그 검은 어떤 검이었어?』

'칼날은 스승과 똑같았지만 자루의 의장이 달랐다. 늑대가 아니라 사면의 여성 형태였지.'

틀림없다. 그건 신검 케루빔이다.

꺼림칙한 오라라는 말은 잘 모르겠지만 신에게 폐기를 명령받은 위험한 신검이니 그것과 관계가 있을지도 모른다.

그리고 그 안에 남성이 봉인되는 장면이라는 건.

『나, 남자는 어떤 모습을 하고 있었어?』

'흐음…….'

『왜 그래?』

'검은 머리 검은 눈이라는 것 외에는 특징이 없는 수수한 남자였다. 오히려 그만큼 수수하다는 게 특징일지도 모르겠군.'

『아, 그런가요…….』

마음이 아프다……. 하지만 확실히 나로군.

『아마 그건 나일 거야.』

'스승은 원래 사람이었던 건가?'

『응, 맞아. 인간의 영혼이 검 안에 봉인됐어. 뭐, 누가 이렇게 했는지는 전혀 모르지만.』

하지만 포룬드에게 자세한 이야기를 들으면 신급 대장장이 에르메라 이외에 내 탄생에 관련된 상대를 알 수 있을지도 모른다.

『어떤 모습이었어? 최대한 자세히 알고 싶어.』

'기억 못 하는 건가?'

『응, 전혀. 그래서 알고 싶어.』

'그런가. 하지만 나도 전체를 본 건 아니다. 안개가 낀 환상 같은 것을 들여다본 느낌이니까.'

『그래도 좋아.』

'그렇다면. 우선 본 건 세 위의 존재다.'

『세 위? 세 사람이 아니라?』

위로 셀 수 있는 건 신이나 그에 준하는 존재였을 터.

어마어마한 말이다.

'애초에 신비한 광경이 보이는 건 해석한 검에 신이나 그 권속이 관련된 경우에 일어나는 현상이다. 해석이 잘 되지 않아 그 검이 만들어졌을 때의 광경이 희미하게 떠오르는 것 같아.'

『나를 만졌을 때 그 현상이 일어난 거야?』

보통이라면 이상한 영상이 떠오르지 않고 그 검의 데이터 등이 머릿속에 떠오를 뿐이라고 한다.

'이번에는 흐트러진 영상이 머릿속에 떠오르고 신이나 그 권속으로 보이는 셋이 스승과 대화를 나누고 있었다.'

『내용은 알겠어?』

'미안하군. 다만 스승은 웃고 있었어.'

아무래도 그 영상에 음성은 없었던 모양이다. 그래도 큰 단서인 건 틀림없다.

포룬드가 기억하는 것을 설명해줬다.

장소는 불명. 하늘도 땅도 하얗고 신비한 안개에 둘러싸인 의문의 공간이었다고 한다.

등장인물들은 마치 하늘에 떠 있는 듯했다고 한다. 등장인물은 세 명이었지만 그림자가 져서 얼굴도 불명. 그러나 여성으로 보였다고 한다. 여신일까, 신의 여성형 권속일까…….

나는 그중 한 명에게 이끌려 어떤 이야기를 나눈 후 검 속에 봉인됐다. 포룬드에게는 웃음을 띤 내가 자신의 뜻으로 승낙한 것처럼 보였다고 한다.

'그때 신기한 일이 일어났다. 여신 중 한 명이 손을 내밀자 마치 스승의 안에서 빠진 듯이 이상한 영상이 허공에 떠올랐어.'

『그건 어떤 건데?』

'그 영상에 스승은 없었지만……. 놀랄 만큼 높고 사각 탑 같은 건물이 정연하게 늘어선 장소를 올려다보고 있었어. 아마 그 시선의 주인은 땅에 누워 있을 거야. 하지만 큰 부상을 입은 듯했어. 시선을 움직였을 때 피투성이 몸과 손이 보였으니까.'

그건 혹시 내가 죽을 때의 기억 아닐까? 실은 그 부분이 애매하다.

차에 치인 건 기억하고 있지만, 그 뒤는 정신을 차리고 보니 검이 되어 있었고…….

'그 뒤에는 예쁜 드레스를 입은 여성과 침대 위에서 마주 보고 있는 장면과 젊은 여성과 손을 잡고 걷고 있는 장면 등도 보였어.'

아니, 내 기억이 아닐지도 모르겠다. 전혀 기억에 없다.

'그리고 신기한 사각 판자 속에서 알몸의 여성과 남성이 요염하게──.'

『자, 잠깐만!』

그건 뭘까, 그거다. 그것이다. 아니, 하지만 이건 중요한 단서. 부끄럽다는 이유로 끝내는 건…….

『미안해. 계속해줘.』

"음."

그 밖에도 포룬드가 본 몇 가지 광경을 설명해줬다.

아무래도 식사나 영화에 감동한 기억이나 여성에게 차인 등의 슬픈 기억. 나머지는 색기 있고 섹슈얼한 느낌의──뭐, 솔직히 말하자면 야한 것에 관한 기억인 모양이다.

어느 것이나 전혀 기억이 없다. 아니, 포룬드가 본 영상을 믿는다면 신이 기억을 빼앗은 건가? 그래서 기억이 없다?

포룬드도 자세한 것은 알 수 없다고 한다. 검에 봉인당하는 내가 웃고 있었다는 점을 바탕으로 생각하면 스스로 납득하고 있었던 것 같은데…….

죽을 때의 기억이라면 어떤 의미가 있을 것 같지만 다른 기억까지 빼앗는 의미를 모르겠다.

'나머지는 글쎄……. 문장이 보였어.'

『문장?』

'그래, 신에게는 각각을 나타내는 상징이 있어. 세 여성들은 그 상징을 본뜬 문양을 몸에 붙이고 있었지.'

포룬드가 본 바로 혼돈의 여신, 은월의 여신, 명계의 여신 세 위의 상징이었다고 한다.

『즉 나를 만든 건 그 세 여신이나 그 권속이라는 거야?』

'아마도.'

으음, 그 여신들에 대해 자세히 조사해볼까? 이름은 들은 적이 있지만 그 이상은 알지 못하기 때문이다.

'그런데 스승은 굉장한 검이로군.'

『어째서지? 아니, 내가 말하기는 좀 그래도 폐기 신검이라 대단한 검이긴 하겠지만.』

'신검이라 해도 한 위의 힘이 주어질 뿐이야. 세 위의 뜻이 얽혀 있는 건 말도 안 되는 일이지. 대체 어떤 목적으로 만들어진 거지?'

『그건 나도 알고 싶어.』

진심이다.

나는 누구지? 그리고 뭐지?

만들어진 목적도, 어디의 누구에게 만들어졌는지도 모른다.

그건 터무니없이 두렵고 무서운 일이라는 생각이 들었다.

백작이나 엘리안테와 헤어지고 20분 후.

내 유도에 따라 포룬드는 프란 일행에게 도착했다. 왕도의 외벽 바로 밖.

모험가 길드의 비전투원들이 모인 장소다.

땅에 깔린 모포 위에 프란과 가르스가 누워 있고 그 옆에는 에이와스가 어디선가 가져온 의자에 앉아 있었다. 그 손에는 파괴된 유사 광신검이 있었다. 즉시 관찰하고 있는 듯했다.

게다가 그뿐만이 아니었다.

에이와스의 손에는 서류 다발이 쥐어져 있었다. 그 서류와 유사 광신검을 비교하고 있는 것이다.

슬쩍 들여다보니 유사 광신검의 그림이 그려져 있는 것이 보였다. 혹시 연구 자료 같은 걸 어디선가 가지고 나온 건가? 나중에 보고 싶군.

'여기면 되나?'

『응, 살았어.』

포룬드가 나를 프란 옆에 놓아줬다.

『프란. 프란.』

"……새근새근."

틀렸다. 천진난만한 얼굴로 숨소리를 내고 있었다. 감정 결과 몸에 문제는 없으니 피로가 회복되면 자연히 눈을 뜰 것이다.

그 옆에서는 포룬드가 에이와스에게 대략적인 사정을 설명하고 있었다.

"흐음? 백검인가? 끝난 건가?"

"그래."

"그런가. 그래서 어떻게 됐지? 자중지란이 이겼나?"

"그래."

역시 연륜. 질문에 예스냐 노로 대답하게 해서 무슨 일이 있었는지 정확하게 정보를 얻어갔다.

스테리아도 이야기를 듣고는 있지만 역시 에이와스와 포룬드의 대화에 끼어들 배짱은 없는 듯했다.

뭐, 에이와스의 상대는 포룬드에게 맡기자.

『울시, 수고했어.』

'웡!'

프란의 그림자에서 쉬고 있는 울시에게도 격려의 말을 걸었다. 그러자 울시가 한심한 목소리를 냈다.

'끄응.'

『왜 그래? 혹시 어디 다쳤어?』

꼬르륵.

음, 배가 고플 뿐인가. 하지만 생각해보면 계속 식사를 하지 않았다. 울시가 공복을 호소하는 것도 어쩔 수 없었다.

떨어진 걸 멋대로 주워 먹거나 혼란한 틈에 도둑질을 하지 않은 건 장하다.

『하아, 할 수 없지. 울시, 나를 가려.』

"웡!"

프란의 그림자에서 뛰쳐나온 울시가 재빨리 암흑 마술로 블라인드를 만들었다. 그동안 나는 아주 매운 카레를 꺼내 울시의 앞에 놓아줬다.

프란의 호위를 완수했으니 상은 필요할 것이다.

『너무 흘리지 마.』

"웡웡!"

"뭐지? 대체 어디서 나왔지? 아니, 암흑 마술이라면 그림자 속에서⋯⋯."

에이와스가 고개를 갸웃거리고 있지만 아무리 그래도 나를 의심하지는 않는 듯했다. 포룬드는 내가 무슨 짓을 했는지 안 것 같지만 새삼스러웠다.

"워후워후!"

울시가 입 주위를 새빨갛게 물들이며 아주 매운 맛 카레 곱곱빼기를 먹는 사이, 옆에서 자던 프란이 몸을 움직였다.

처음에 코가 킁킁거리며 움직이고 이어서 귀가 움찔거렸다.

그리고 눈이 살짝 떠졌다.

"으⋯⋯ 카레 냄새⋯⋯."

"윙!"

"울시…… 카레…… 치사해……."

눈을 뜨기는 했는데……. 모험가 길드에서도 카레 이름을 듣고 정신을 차렸으니 카레의 파워가 너무 대단한 거 아닌가? 아니, 대단한 건 프란의 식탐일지도.

"마, 말도 안 돼……. 내 비약을 먹었으니 며칠은 계속 잘 텐데……."

에이와스가 놀라고 있다. 며칠이라니……!

역시 프란의 카레 사랑은 기적을 일으키는 수준이었던 모양이다.

"스승…… 카레……."

『프란! 다른 사람도 있어!』

'응. 카레.'

『그래그래, 알았어. 자.』

"응……."

프란이 꺼낸 척하며 곱곱빼기 카레를 꺼내줬다. 돈가스 튀김 토핑도 올렸다. 자다 일어난 건 상관없다. 프란이라면 이 정도는 진짜 누워서 떡 먹기다.

"우물우물."

"워후워후."

"그, 그건 뭐지?"

일어난 직후에 스파이시한 향기가 나는 수수께끼의 요리를 먹기 시작한 프란을 에이와스가 뚫어지게 보고 있었다.

흥미진진한 얼굴이다. 호기심 몬스터인 에이와스가 카레에 흥미를 보이지 않을 리가 없었다.

그리고 격전 뒤라 배도 고플 것이다.

그런 상태로 카레가 내는 매혹적인 향기를 맡으면 무시할 수 있을 리가 없었다.

"어, 어디. 그건 맛있나?"

"응. 엄청 맛있어."

"호오?"

에이와스의 강렬한 시선에서 카레를 숨기듯이 프란이 등을 살짝 돌렸다.

독차지할 생각이 가득했다.

『프란, 에이와스한테도 한 접시 나눠주는 건 어때?』

'으.'

『그렇게 싫은 얼굴 하지 마. 이번에는 에이와스한테 상당히 신세를 졌어.』

"……알았어."

그래도 떨떠름해하기는 했지만 프란은 적은 양의 카레를 에이와스 앞에 놓았다.

여기서 곱빼기를 꺼내지 않은 게 에이와스에 대한 평가가 어떤지 알려주는군.

"먹어."

"음, 좋은 마음가짐이야! 흐음 흐음?"

에이와스는 받은 카레를 흥미롭게 관찰하고 냄새를 살짝 맡은 후 재빨리 먹기 시작했다.

"호오 호오! 이거 재미있군! 하지만 맛있어!"

허겁지겁 먹기 시작한 에이와스. 그 혀는 내 상상 이상으로 예민한 모양이다. 아니, 약을 다루는 이상 당연한가?

"사용한 향신료는 여덟…… 아니, 아홉 종류인가? 그리고 돼지 계열 마수의 뼈를 우린 수프에 야채가 네 종류일 게야."

재료를 완전히 맞혔어! 어쩌면 재현하는 거 아냐?

"안심해. 레시피를 퍼뜨리지는 않아. 다만 혼자 먹는 양 정도는 만들어도 상관없겠지?"

에이와스도 카레의 포로가 됐나 보다. 이 영감이 요리를 하는 모습은 상상할 수 없지만 말이다.

카레를 포교할 수 있어서 프란도 만족스러워했다.

그런 에이와스를 부러운 듯이 포룬드가 보고 있었다. 이렇게 되면 그에게만 내주지 않을 수도 없었다.

"자."

"그래."

이쪽에는 곱빼기로 줬군. 역시 프란도 포룬드에게는 호의적인 듯했다.

포룬드는 머리를 깊이 숙이고 카레를 먹기 시작했다. 마음에 들었는지 엄청난 속도로 카레가 사라져갔다.

그렇게 모두 카레를 먹는 가운데 나는 프란이 잔 이후에 일어난 일을 이야기해줬다.

'……으윽.'

『왜 그래?』

'마지막에 도움이 못 됐어.'

『그건 어쩔 수 없어. 그리고 베르메리아와의 싸움에는 어차피 끼어들 수 없었고.』

'하지만 포룬드는 스승과 함께 싸웠어.'

토라진 모습으로 입을 삐죽이는 프란.

『그건…… 포룬드의 특수 능력이 있기 때문에 가능했던 거야. 그리고 저 녀석도 죽을 뻔했어. 진짜 도박이었어.』

'……스승.'

『왜?』

'포룬드는 강했어?'

『아, 응.』

'그래…….'

이거 혹시 질투하고 있는 건가? 내가 포룬드를 칭찬해서?

프란의 안에서 여러 감정이 소용돌이치고 있는 건 확실해 보인다.

강적과의 싸움을 놓친 아쉬움. 그 싸움에서 도움이 되지 못한 원통함. 그러나 그 이상으로 나와 포룬드가 협력해 싸운 것을 질투하고 있는 듯했다.

'나는 약해……. 마지막까지 싸우지 못했어. 포룬드와는 달리…….'

아무래도 자신과 포룬드가 비교되는 것을 불안하게 생각하고 있는 듯했다. 그 마음은 이해한다. 나 역시 프란에게 다른 신검과 내가 비교된다고 생각하면 무섭다.

『포룬드는 염동 같은 능력도 가지고 있었고 신뢰도 할 수 있는 녀석이었어. 그건 확실해.』

'응…….'

『하지만 역시 내게는 프란이 제일이야. 몇 번이나 프란이 있었으면 좋겠다고 생각했는지 몰라. 나는 프란이 없으면 이렇게 약하다는 걸 뼈저리게 느꼈어.』

'스승은 약하지 않아!'

『확실히 보통 검보다는 강할지도 몰라. 하지만 프란이 있으면 더 강해질 수 있어. 나를 가장 알아주고 내 힘을 가장 끌어내 주는 건 프란이니까.』

이건 칭찬도 뭣도 아니다. 진짜 몇 번이고 생각한 것이다.

『나는 네게 어울리는 검이 되기 위해 더더욱 강해질 거야.』

흑묘족 전체의 저주를 풀어 누구나 진화할 수 있도록 한다. 그렇게 흑묘족의 지위를 향상시키는 것이 프란의 목표. 즉 언젠가는 위협도 S 클래스의 사인과 싸워서 쓰러뜨려야만 한다는 뜻이다.

그것은 얼마 전 보았던 초월자 이상의 적을 쓰러뜨린다는 의미였다.

지금 이대로는 단순한 몽상이다. 그러나 프란이 포기할 일은 없을 것이다. 그리고 앞으로도 성장을 계속해 언젠가는 그 영역에 도달하리라는 확신도 있다.

그런 프란에게 어울리는 검으로 남기 위해서는 지금 이상으로 강해져야 한다.

이번에 파나틱스를 동족상잔으로 흡수해서 마력 등을 대폭 강화할 수 있었다. 그렇다면 다음에 할 일은 스킬과 그 숙달일 것이다.

『프란, 우리는 강해졌어. 하지만 위에는 위가 있어서 지금 이대로는 이길 수 없는 상대도 많아. 나도 너도.』

'응.'

프란이 고개를 끄덕였다. 프란도 아플 만큼 이해하고 있는 것이다.

『그러니까 강해지자.』

'알았어! 그럼 수행?'

『그래. 나는 마석치를. 프란은 경험치를. 지금 이상으로 얻기위해서 수행을 하자. 다행히 좋은 곳이 있어.』

'어디?'

『내게는 시작의 장소. 마랑의 평원이야. 어차피 가봐야 했어. 그러니 거기서 수행도 하자.』

'응! 더 더 강해질래. 다음에야말로 마지막까지 스승과 같이 싸울 거야!'

뭐, 그것도 왕도의 소동이 진정된 다음에 가능하겠지만.

그렇게 대화를 하면서 프란이 카레를 다 먹을 무렵. 에이와스와 포룬드의 이야기도 일단락됐다.

"즉 자중지란이 백작의 딸을 쓰러뜨리고 성가신 일을 피해 이미 떠났다는 건가."

"그래."

"그런가……. 뭐, 피해는 귀족들에게 집중됐고 그 수준의 괴물들이 싸운 것치고는 피해가 적은 편 아닌가?"

에이와스가 아무렇지 않은 듯이 단언했다.

저, 저게 적다고? 귀족가의 몇십 퍼센트가 빈터가 되고 왕성에 큰 구멍이 뚫렸는데?

하지만 그건 포룬드도 같은 의견인 모양이다. 에이와스의 말에 고개를 끄덕이고 있었다.

"피해가 엄청 나왔어."

"흥, 잘못하면 왕도를 포함해서 주변까지 피해가 나왔을 게야. 그게 도시 안 일부로 그쳤으니 오히려 예상보다 피해가 적다고 할 수 있겠지."

최악을 생각해보면 그보다는 상당히 나을 것이다.

하지만 그래도 피해가 막대한 건 확실했다. 부상자도 나왔고 재산을 잃은 사람도 많을 터다.

주위에서 누군가가 듣고 있을지도 모르는데 큰 목소리로 이런 말을 떠드는 게 에이와스다웠다.

"하아. 왕도는 어떻게 되는 걸까."

스테리아의 표정도 어두웠다.

"후작이 반란을 일으켰으니 혼란도 클 테고……. 부상자와 사망자도 상당히 나왔어."

스테리아의 말을 들은 프란이 벌떡 일어섰다.

'스승, 가자.'

『어디를?』

설마 지금 당장 수행을 가자는 건 아니겠지? 눈을 떴다고는 하나 아직 완전히 회복한 것은 아니다. 가능하면 좀 더 쉬게 하고 싶다.

'부상당한 사람을 구할 거야.'

최종 결전 때 자던 것을 역시 신경 쓰고 있는 듯했다. 그리고 잠깐 자서 마력도 조금은 회복했을 것이다. 의욕이 가득한 얼굴이다.

『으음…….』

하지만 구조 활동은 상당히 중노동일 것이다. 마력도 체력도 필요하다. 도저히 방금 자리에서 일어난 사람이 할 일이 아니다.

하지만 프란이 자신의 의사로 사람을 구하고 싶다고 말했다. 이건 막을 수 없었다.

『……알았어. 그럼 엘리안테한테 가자.』

부상자가 모인 곳이 있으면 그곳으로 가면 된다. 아직 발견되지 않은 부상자의 구조도 서둘러야 하지만 그쪽은 길드나 기사단도 힘쓸 것이다.

다만 문제가 하나.

『가르스를 어떻게 할까…….』

'울시한테 태워서 갈래.'

『아니, 아무리 그래도 그건 무리야.』

의식을 잃은 가르스는 긴 감금 생활과 마약의 투여로 인해 상당히 쇠약해져 있다. 데리고 다니기는 어려울 것이다.

여기까지는 피난을 위해 무리하게 했지만 이 이상의 무리는 시킬 수 없었다.

"으…….."

"왜 그러니?"

"부상자를 구하러 가고 싶어. 하지만 가르스를 데리고는 갈 수 없어."

"가르스 님의 몸은 꽤 엉망이니까. 그리고 이후의 입장도 어떻게 될지는…….."

가르스를 보고 있던 스테리아가 고민스러운 듯이 한숨을 쉬었다. 실제로 가르스는 얼마나 문책당할까? 마약과 신검의 힘으로 조종당하고 있었다고는 하나 그가 제작에 관련된 것으로 보이는 유사 광신검 때문에 큰 피해가 생겼다.

정상 참작을 받을까? 아니면 중죄가 내려질까? 법률이나 정치적 판단도 관련될 거라서 전혀 모르겠네.

"어쨌든 네가 한 의뢰는 아직 유효하고, 그게 없어도 지금의 가르스 님을 함부로 취급하지는 않아. 모험가 길드가 확실하게 지킬 테니까 안심해."

"그래."

포룬드도 같이 고개를 끄덕였다. 에이와스도다.

"이만한 혼란이 일어나는 와중에 그 녀석을 벌하는 불필요한 짓은 하지 않을 거라고 생각하는데 말이야. 그보다 은혜를 베풀어서 나라를 위해 일하게 하는 편이 낫겠지."

그렇군, 그것도 일리가 있나?

"그리고 내 고용주들도 그 녀석을 지키기 위해 나를 파견했으니 맡겨도 된다. 애초에 마약을 치료할 수 있는 사람은 나 말고 없어. 여기에 놓아둬."

『프란, 에이와스는 믿을 수 없지만 포룬드와 스테리아는 믿을 수 있어. 가르스는 길드에 맡기자.』

"……알았어."

프란도 납득한 모양이다. 에이와스를 노려보며 고개를 살짝 끄덕였다.

"스테리아, 부탁해."

"그래. 그쪽도 다들 잘 부탁해."

그 후 우리는 엘리안테에게 향해 부상자가 수용된 곳을 알아냈다.

아무래도 몇 곳으로 나뉘어 있나 보다. 향한 부상자 구호소는 그야말로 야전 병원의 양상을 보이고 있었다.

약사와 마술사와 연금술사가 이리저리 뛰어다니며 필사적으로 부상자를 치료하고 있었다. 누구나 지친 얼굴을 하고 있지만 마력 회복 포션을 마시며 애쓰고 있는 듯했다.

'스승, 가자!'

『응, 하지만 우선 책임자에게 말을 해야지.』

'알았어.'

느닷없이 어린아이가 나타나 회복 마술을 쓰기 시작하면 혼란이 늘어나기만 할 것이다.

우선 입구 부근에서 접수를 받고 있는 여성에게 말을 걸기로 했다. 회복 마술을 쓸 수 있다고 말하자 흔쾌히 책임자에게 안내해 줬다.

이 자리에서 모두에게 지시를 내리고 있는 건 놀랍게도 궁정 의사 중 한 명이었다. 그들은 의술과 회복 마술, 연금술에 이르는 의술의 전문가라고 한다. 왕의 명령으로 의사장 외에는 백성의 구호에 나서고 있다고 한다.

바쁘게 움직이고 있는 궁정 의사 남성에게 여성이 말을 걸었다.

"저기."

"음, 무슨 문제라도 생겼나요?"

"아니요, 이 소녀가 돕고 싶다고 나서서요."

"호오? 모험가인 듯한데, 회복 마술을 쓸 수 있나요?"

"응."

프란이 고개를 끄덕이자 남성이 눈을 빛냈다.

"그거 고맙군요! 지금은 한 사람이라도 많은 치료사가 필요하니까요! 어느 정도 술법을 쓸 수 있나요?"

"그레이터 힐까지는 할 수 있어."

"뭐라고요? 치유 마술 사용자인가요? 저, 정말로요?"

"응."

"오오! 훌륭하군요!"

자존심이 높아 보이는 남자여서 매몰차게 굴 줄 알았지만 쉽게 받아줬다. 지금은 자존심이나 영역을 신경 쓸 때가 아니라는 걸 알고 있나 보다.

"우선 긴급도가 높은 환자부터 봐주겠습니까? 마나 포션은 최대한 준비할 테니까요!"

"알았어."

그리고 우리는 왕도 내외에 있는 구호소를 뛰어다니며 환자를 치료했다.

지금까지의 우리라면 마력이 부족해졌겠지만, 파나틱스를 동족상잔으로 흡수한 덕분에 내 마력량이 대폭 늘어나서 완쾌에 가까웠다. 그 덕분에 프란은 각지의 궁정 의사들이 놀랄 기세로 환자들을 치료해갔다.

아무래도 마나 포션을 마시며 무리를 하고 있다고 생각했는지, 후반에는 걱정도 많이 받았을 정도다.

도중에 잔해 더미에서 구출한 사람을 포함하면 500명 이상은 치료했겠지.

나은 사람 중에는 그대로 구호소에 남아 돕는 사람도 많았다. 그 중엔 프란이 다시 돌아오자 손을 모아 인사하는 사람까지 있었다.

아무래도 고생하며 헌신적으로 사람들을 치료하는 흑묘족 소녀로 인식된 모양이다. 하지만 개별적으로 대응할 새도 없어서 손을 가볍게 흔드는 정도밖에 할 수 없었다.

후반이 되자 그래도 피로한 기색이 보이기 시작했지만 프란의 의욕은 여전히 최대치였다. 모두를 구하고 감사받는 게 기쁜 듯했다.

『안 쉬어도 괜찮겠어?』

"괜찮아!"

밤중이 되어 겨우 프란은 길드로 돌아왔다.

좀 더 애를 쓸 생각이었지만 궁정 의사가 쉬라고 간청했기 때문이다.

급한 환자는 일단 모두 치료해서 프란 이외의 사람들만으로도 구호소가 돌아가게 됐다. 확실히 이제 프란이 무리를 해야 할 시간은 지났다.

『잔뜩 구해서 다행이야.』

"응!"

"이봐! 너!"

길드에 들어가려 한 프란의 앞을 세 남자가 가로막았다.

체격치고는 기척도 못 지우는 잔챙이가 있다고 생각했는데 프란에게 볼일이 있던 모양이다.

"네가 흑묘족 치료사지?"

"?"

한가운데 있던 통통한 남자가 거만한 태도로 말을 걸었다.

"회복 마술을 써서 평민들을 고쳤잖아?"

"응."

"기뻐해라. 너를 우리 남작가에 가신으로 맞이해주마! 그 힘, 앞으로는 나를 위해서만 써라!"

권유인가. 아니, 권유라고? 이 녀석의 태도에 '가신이 되겠습니다'라고 말할 녀석은 없을 것 같은데.

뭐, 적어도 선량한 귀족이라는 느낌은 아닌 듯했다.

"지금은 강제로 평민을 무료로 치료해주고 있다고 하더군! 내 밑으로 오면 앞으로는 그런 일은 없어! 귀족이나 상인을 상대로 장사를 하면 되니까."

"무슨 소리야?"

"내가 지시한 상대에게만 치유의 힘을 쓰면 된다는 거다! 강력한 치유 마술의 혜택을 받고 싶어 하는 자는 많아. 얼마든지 가격을 올릴 수 있어. 우리 가문의 인맥을 이용하면 장사 상대는 부족하지 않지. 아아, 걱정하지 마. 네 녀석에게도 충분한 보상은 약속할 테니."

"그럼 돈을 못 내는 사람은?"

"가난뱅이는 알 게 뭐야. 치료비도 못 내는 사람이 조금 죽는다고 세수에 영향은 없어!"

아, 완전 멍청하네. 무엇이 멍청하냐면 프란을 돈으로 낚으려한 점이다. 정보를 제대로 수집했다면 프란이 환자의 답례를 스스로 거절한 것도 알았을 텐데.

덧붙이자면 권유인지 명령인지 알 수 없는 거만한 태도를 보이는 시점에서 전형적인 바보 귀족이라는 걸 알 수 있지만. 뒤에 있는 호위들까지도 귀족의 언동에 질린 얼굴을 하고 있는 것을 알 수 있었다.

하지만 역시 바보 귀족. 프란이나 주위의 질린 얼굴을 알아차리지 못한 듯했다.

"네 녀석도 오늘 같은 쓸데없는 활동을 하고 싶지는 않겠지?"

"……."

프란은 조용히 화가 나 있었다. 약간 거만하게 권유하는 정도라면 무시하고 갔을 것이다. 피곤하기도 하고 대화를 나누기 즐거운 상대도 아니다.

하지만 약자를 버리라는 말을 한 이 녀석에게 프란은 격노하고 있었다.

'……죽일래.'

『잠깐! 잠깐잠깐! 마음은 알지만 죽이는 건 위험해!』

'모두를 구한 게 쓸모없다고 했어. 다들 엄청 기뻐했어. 그래서 나도 다른 사람을 구할 수 있구나, 했는데……. 그걸!'

아, 많이 위험하네. 프란의 분노가 꽤 크다. 자신이 소중하게 여기는 것들이 더러워진 기분이겠지. 이대로라면 진짜로 벨 수도 있다.

둔감한 귀족은 눈치채지 못했지만 호위들은 얼굴이 창백해졌다.

잔챙이라도 지금 프란이 내는 살기는 감지할 수 있을 것이다. 귀족이 베이면 호위들의 책임 문제가 되니 어느 쪽이든 그들에게 밝은 미래는 찾아오지 않는다.

나로서도 프란이 이 귀족을 베는 것을 말리고 싶었다. 나중에 성가신 일이 일어나는 게 눈에 보였기 때문이다.

할 수 없다, 여기서는 내 염동으로——.

"이봐."

"응? 코르베르트?"

"거기 귀족님. 그 소녀는 현재 베일리즈 백작에게 고용돼 있어요. 권유한다 해도 백작을 통하지 않으면 곤란한데요?"

그러고 보니 아직 계약은 해소되지 않았지. 형식상 분명히 프란은 백작가에 고용된 형태일 것이다.

"뭐라? 베일리즈라고……?"

"그래요."

"하, 하하. 어차피 이번 일에 책임을 져야 할 곳이다!"

"그럼 무리해서라도 그 소녀에게 권유하겠어요? 백작가를 무시하고?"

"으……."

남작과 그 호위가 눈에 띄게 당황했다. 어떻게 봐도 무능한 남작과 앞으로 어떻게 될지 알 수 없지만 이 나라 무문의 일각을 담당했던 백작가. 승부가 되지 않을 것이다.

남작이 힐끗 보니 호위 두 사람은 창백한 얼굴로 고개를 붕붕 가로저었다.

이 정도 녀석들이 코르베르트의 실력을 간파할 수 있을 것 같지는 않다. 아마 처음부터 코르베르트에 대해 알고 있었을 것이다.

"크……. 이제 됐다! 수인은 애초부터 우리 가문에 어울리지 않앉어!"

　결국 남작은 맥없이 도망쳐 이 자리에서 프란에게 베이지 않고 넘어갔다.

　"딱 좋은 타이밍이었어."

　"……응."

　"왜 그래? 불만스러워 보이는데?"

　"저 녀석을 놓쳤어."

　"이봐, 프란은 이름이 꽤 알려졌어. 앞으로 저런 녀석이 얼마든지 나타날 거야. 그 녀석들 전부 때려눕힐 셈이야?"

　"때려눕히는 게 아냐. 벨 거야."

　"바보! 그런 짓을 하면 순식간에 지명수배당해! 저런 건 무시해."

　그래그래. 더 말해줘. 바보라고 한 건 불문에 부쳐줄 테니까!

　"이런, 나도 볼일이 있었지. 백작에게서 전언이야. 이번 일은 여러모로 미안했다. 계약은 이 시점에서 완료된 것으로 한다. 다만 다른 귀족에게 온 권유를 거절할 때 베일리즈 가의 이름을 꺼내도 상관없다. 래."

　그건 고맙다. 왕도에 있는 동안 벌레 퇴치는 될 것 같다. 뭐, 베일리즈 백작가가 없어지거나 하면 효과가 사라지겠지만.

　"그럼 간다. 나 같은 거라도 할 수 있는 일이 아직 남아 있어서 말이야."

　"응."

　"……카레 스승은 유감스럽게 됐어."

　"?"

　아, 그러고 보니 아직 오해를 풀지 않았다. 코르베르트는 내가 베르메리아와 싸우다 죽었다고 생각하고 있을 터다.

"아까운 사람을 잃었어······."

『프란, 코르베르트는 내가 죽었다고 착각하고 있어. 오해를 풀어줘.』

"스승은 안 죽었어."

프란이 그렇게 말하자 코르베르트가 순간 물음표를 띄우더니 바로 뭔가를 깨달은 얼굴로 고개를 끄덕였다.

"아아, 그래."

"응."

"유지를 잇는 자가 있는 한, 그 사람은 죽은 게 아니지."

아, 전혀 오해가 풀리지 않았네.

하지만 프란에게 다시 정정하게 하기 전에 코르베르트는 떠나고 말았다.

"······코르베르트, 이상한 얼굴을 하고 있었어."

『다음에 만났을 때야말로 제대로 전해줘.』

"응."

코르베르트를 보내고 다시 길드로 들어가려 한 그때였다.

"음."

프란이 몸을 빼고 문 앞에서 한 걸음 옆으로 비켜섰다. 그 직후 엄청난 기세로 무언가가 문에서 튀어나오더니 땅을 데굴데굴 굴러 길 한가운데에서 멈췄다.

"으으······."

뭔가 했더니 사람. 모험가로군. 게다가 꽤 강하다. 랭크 C 정도 실력은 있지 않을까? 감정해봤지만 의식을 잃었을 뿐이었다. 죽지는 않을 것이다.

"가, 가레스! 괜찮나!"

날아온 모험가, 가레스의 뒤를 쫓아 이번에는 통통한 남자가 달려 나왔다. 동료인가. 대체 모험가 길드 안에서 무슨 일이 일어나고 있는 거지?

"웃, 살기?"

프란이 날카로운 표정으로 자세를 잡았다. 길드 안에서 프란이 경계할 정도의 강렬한 살기가 나고 있던 것이다.

『혹시 후작 잔당의 습격인가?』

"응. 갈게!"

『조심해!』

프란이 신중하게 길드 문을 여니──.

"이 긴급 사태에 뭔가 했더니 시시한 이야기로 시간을 낭비하게 했겠다! 극장도 부서져서 안 그래도 절망하고 있는데! 죽지 않은 걸 고맙게 여겨!"

살기의 주인은 엘리안테였다. 보라색 머리를 풀어헤치고 귀신 같은 형상으로 길드 입구를 노려보고 있었다.

"왜 그래?"

"어머, 프란? 미안해. 바보들과 착각해버렸어."

"지금 밖에 나간 녀석들?"

"그래. 진짜 쓸데없는 시간을 보냈어!"

상당히 화가 났군. 문을 응시하고 있었다.

"무슨 일이야?"

"저 녀석들은 말이지──."

아직 화가 풀리지 않았는지 엘리안테는 방금 남자들의 소행을 빠르게 떠들어댔다.

어떻게든 들은 정보를 모으면 통통한 남자의 이름은 데슬라. 왕도 바로 근처에 있는 숙박 도시의 길드 마스터이며, 모험가와 지원 물자를 가지고 스스로 참가했다고 한다. 거기까지라면 일 욕심 많은 길드 마스터로 끝났겠지만.

저 길드 마스터는 당당히 왕도의 길드 마스터 자리를 노리고 있다고 한다. 또한 여자인 엘리안테가 그 중요한 곳을 맡은 것도 마음에 들어 하지 않는다고 한다.

그래서인지 만나면 비꼬는 말을 했지만 오늘은 거기서 그치지 않았다. 이번 소동의 책임은 엘리안테에게도 있다고 규탄하며 그 자리에서 스스로 내려오라고 압력을 가한 것이다.

심지어 '역시 여자는 안 된다'든가 '여자가 마스터면 다른 모험가가 불쌍하다' 같은 심한 말을 내뱉더니, 결국 랭크 C 모험가를 부려 위협까지 가했던 모양이다.

"엘리안테에게 위협을?"

게다가 랭크 C로? 아니, 프란 같은 랭크 C도 있긴 하지만……. 저 남자는 어떻게 봐도 랭크에 어울렸다. 저런데 엘리안테에게 위협?

"은퇴한 여용병 따위는 대단하지 않다고 생각한 모양이야. 뭐, 뼈저리게 알게 해줬지!"

그렇게 당한 게 방금 그 남자들인가.

"길드 마스터, 어떻게 할까요?"

부하 남자가 엘리안테에게 처우를 물었다. 엘리안테의 깊은 분노를 직접 본 탓인지 길드 내 모험가 전원이 빌려온 고양이처럼 얌전했다. 자신들에게 불똥이 튀지 않도록 숨을 죽이고 있었다.

하지만 겨우 후련해졌는지 엘리안테는 손을 가볍게 흔들어 남자들을 해산시켰다.

"이 긴급 사태에 멍청한 소리를 해서 사태를 혼란스럽게 한 멍청이는 내버려 둬도 돼. 거물인 척하지만 다른 지부 길드 마스터도 싫어하니까 보고하면 어차피 파면이야."

"흐음."

그런 사정은 흥미가 없는 프란은 엘리안테의 말을 흘려들었다. 지금 프란의 흥미는 엘리안테의 머리카락으로 향해 있었다.

"그 머리카락, 왜 색이 바뀌어?"

그렇다, 엘리안테의 머리카락은 평소에는 파랗지만 전투 중에는 보라색으로 변화하는 듯했다. 지금도 보라색이다.

"아아, 이거? 전투색이라는 건가 봐. 충인 중에는 가끔 있는 것 같은데, 나도 조금 이어받았어. 호전적인 기분이 들면 변색해."

충인이나 반충인 전원이 그렇게 되는 것이 아니라 일부 종족만 그런 모양이다. 게다가 반충인은 개체차가 커서 같은 종류 벌레의 힘을 물려받아도 능력이나 모습이 크게 다르다고 한다.

"전투 형태로 변신하는 경우도 있고 모습을 전혀 바꾸지 않는 녀석도 있어."

"광장에 있던 용병처럼?"

"그래."

견새우인 로빈과 풀무치인 홉스는 평소에는 인간에 가까운 모습이고 능력을 발휘하는 경우에는 변신하는 타입이라고 한다. 하

261

루살이인 에피와 신인 신겐은 평소부터 벌레의 특징이 강하지만 그 이상은 변신하지 않는다. 그리고 이빨개미인 안은 인간에 가까운 모습이고 변신도 하지 않는다고 한다.

"엘리안테의 친구야?"

"……뭐, 옛 친구라고 해야지."

사실 나는 이야기를 조금 들었다. 전멸한 용병단의 생존자인 모양이다. 그 일에 대해서는 그다지 언급하지 않는 편이 좋을 것이다.

『프란, 일단 내 사망설을 부정해줘.』

"엘리안테, 스승은──."

"길드 마스터! 매가 도착했어요!"

프란의 말을 가로막듯이 길드 2층에서 내려온 남자가 외쳤다. 그 손에는 편지 한 장이 쥐어져 있었다. 흥분했는지 좀 구겨졌다.

다른 곳에서 전서응으로 보낸 듯했다.

"어디서?"

"북쪽 국경선이에요. 보낸 사람은──알레사의 길드 마스터!"

"! 혹시 레이도스?"

"네! 레이도스 왕국의 위력 정찰로 짐작되는 부대가 국경을 넘으려 해서 알레사의 기사단이 요격에 나섰대요."

진짜냐! 타이밍이 너무 좋지 않나? 혹시 파나틱스는 레이도스 왕국과도 이어져 있던 건가?

"그래서! 어떻게 됐어!"

"아, 네. 기사단에 랭크 B 모험가인 장 두비가 동행해 레이도스 왕국군을 섬멸했다고 합니다!"

그 순간 길드 안은 모험가들이 낸 감탄의 목소리로 가득 찼다.

바로 갈채가 일어났다. 거짓말이라고 생각하는 모험가는 한 명도 없는 듯했다.

아무리 기사단과 연계했다고는 하나 혼자서 레이도스 왕국의 부대를 섬멸하는 건 도저히 랭크 B 모험가의 전과로는 생각할 수 없는데 말이야.

"후우. 역시 몰살이네!"

그러고 보니 장에게는 위험한 이명이 있었다.

"장 대단해."

"녀석은 대 군대전에서는 특례로 랭크 A 취급이 인정된 남자야. 그 뒤에 기다리고 있을 본대조차 혼자서 해치울 수 있는데 위력 정찰 부대 정도는 적도 아니겠지."

아무래도 미소가 수상쩍던 그 사령술사가 크란젤 왕국을 구한 모양이다.

실제로 전장에서 장의 사령 마술은 상당히 강할 테니 말이다. 이번에도 사령 군세가 맹위를 떨쳤나 보다.

"나는 이 보고를 왕에게 가져갈게! 너희도 각지에 전해! 지금은 밝은 이야기가 필요해!"

엘리안테가 부하들에게 지시를 내리고 자신도 길드를 뛰쳐나갔다.

『으음. 또 착각을 정정 못 했네…….』

Side 베르메리아

"······아."

몸이, 안 움직여.

여기는 어디?

"베르메리아. 눈 떴어?"

프레드릭?

"으······아······."

안 돼, 목소리도 안 나와. 손가락도 전혀 움직일 수 없어.

나는 어떻게 된 거지?

"아스라스 님. 베르메리아가 정신을 차린 것 같습니다."

"오? 그런가. 잘 됐군."

이 귀인은······! 적! 이 녀석은!

"크······!"

내 몸은 어떻게 된 거야?

그리고 이 귀인 남성은?

순간 적이라고 생각했는데, 나는 왜 그렇게 생각했지? 초면일
텐데.

아니, 초면일까······?

어디선가 만났나······?

"베르메리아, 지켜주지 못해서 미안했다."

"?"

"나는 호위 실격이야!"

무슨 소리야? 내 손을 잡고 눈물을 흘리는 프레드릭을 귀인이
위로해주었다.

"기다려, 프레드릭. 그만한 스킬을 무리하게 썼으니 반동이 엄

칫날 거야. 기억도 제대로 남아 있을지 알 수 없어.”

“그, 그랬네요. 저도 모르게 그만⋯⋯.”

“아가씨, 잠시 실례하지.”

귀인 남성이 내 이마에 손을 얹었다.

그 차가운 손바닥이 기분 좋다. 아아, 나 열이 있는 것 같아.

그리고 프레드릭이 아스라스라고 불렀지?

그 아스라스일까? 확실히 귀인인데⋯⋯.

“고비는 넘었지만 한동안 안정이 필요할 것 같군.”

“그런가요⋯⋯. 베르메리아, 무리는 하지 말고 한동안 쉬자.”

“⋯⋯으.”

나는 정말 어떻게 된 거지? 고개를 끄덕일 수도 없다.

아마 아버님과 싸움을 하고⋯⋯. 그래. 그 후 습격이 있었어!

검이 꽂힌 검사에게 당해서⋯⋯.

그래서 어떻게 됐지?

분명 부러진 검이 쥐어져서——.

“!”

아파! 머리가 깨질 것 같아!

“이봐! 아가씨! 왜 그래!”

“베르메리아!”

아아아아아아아아아아아! 그래! 나는! 나는 파나틱스에! 그리고
왕도를! 내가! 이 손으로!

“아아⋯⋯!”

“위험해! 기억이 이상하게 돌아왔을지도 몰라! 아가씨! 아가씨
는 잘못 없어! 자신을 책망하지 마!”

"베르메리아! 지금은 아무 생각도 하지 마!"

내가 잔뜩 죽였어!

아버님의 부하도! 모험가도! 상관없는 사람도!

"위험해! 신룡화하고 있어! 폭주한다!"

"어, 어떻게 해야 될까요?"

"쳇! 프레드릭, 아가씨를 재워! 얌전하게 만드는 거야!"

"베르메리아! 미안!"

무슨 짓을 한 거야! 나! 나!

나는······──.

"잠들었나?"

"아니요, 진정 계열 약을 썼을 뿐입니다. 지금의 흥분 상태면 수면 계열은 통하지 않을 테니까요."

"이거 한동안 왕도 일은 떠올리지 않도록 할 수밖에 없겠군."

"죄송합니다."

"뭘, 우리가 하기에 달렸어. 신경 쓰지 마. 여차할 때 내가 아니면 억누를 수 없고 말이야."

누군가가 뭔가 떠들고 있어······.

왠지 아주 무서운 일이 있었던 것 같은데, 무슨 일이 있었지?

떠올리고 싶지 않을 만큼 무서운 일이······.

하지만 이 목소리는 아주 듣기 좋아. 이 사람들의 목소리를 듣고 있으면 불안이 사라져······.

미안해요. 어라? 나 왜 사과하는 거지?

아아, 이제 무리야. 안녕히 주무세요······──.

제6장 **크란젤 왕**

그 격전으로부터 이틀이 지났다.

아직 진정됐다고는 할 수 없는 왕도였지만 이제 후작의 부하는 남아 있지 않은 모양이다. 적어도 조직적으로 저항하는 자는 없었다.

하지만 다툼이 없는 건 아니었다. 사는 곳, 매일의 식사, 의약품. 모든 것이 부족하기 때문이다. 이래서는 분쟁이 일어나지 않을 리가 없었다.

특히 심각한 것이 주거 공간이었다.

집을 잃은 사람들을 위해 텐트가 임시로 세워졌지만 그 수가 부족했다. 큰 원인 중 하나는 귀족이 소수로 텐트 하나를 점유하는 것이었다. 본래라면 스무 명 가까이가 들어가는 큰 텐트에 귀족 한 명에 수행원 두세 명. 그런 상태인 곳이 몇 군데나 존재했다.

나는 귀족을 하나로 모아 쑤셔 넣으라고 생각했지만 그럴 수도 없는 듯했다.

뭐, 평민과 귀족을 같은 곳에 밀어 넣으면 오히려 평민에게 고문이라는 말은 이해할 수 있었다. 모포만 받아 길가에서 자는 편이 나을 것이다.

하지만 귀족끼리도 작위에 따라 차이를 두지 않으면 체면 문제가 된다고 한다. 그리고 귀족이라는 존재는 모험가 이상으로 체면에 집착하는 생물인 모양이다. 백작과 남작을 같이 대우하는 것은 허용되지 않았다. 긴급 상황이기에 더욱 그것을 소홀히 할 수 없다고 한다.

결국 평민들 대부분이 재빨리 지인의 집 등에 의지해 텐트에서 나가줘서 어떻게든 해결됐는데, 멍청한 귀족 중에서는 기껏 양보한 텐트에 트집을 잡아 이런 곳에 묵을 수 있겠느냐는 말을 꺼내는 녀석도 나오는 형편이었다.

권력을 등에 업고 평민에게서 집을 징발하려 하는 귀족도 있어서 실랑이도 일어나고 있었다. 평민과 귀족의 골은 깊어지기만 했다.

또한 강렬한 모래 먼지도 백성을 고민하게 만드는 요인 중 하나였다. 전 귀족가의 황무지에서 바람에 실려 날아오는 모양이다.

프란은 모래 먼지를 막기 위한 바람의 결계를 피난소 등에 펼쳐서 큰 환영을 받았다. 아아, 자신들이 있는 곳에 펼치라고 명령한 귀족의 말은 무시했다. 정중하게 부탁한 귀족의 텐트에는 확실하게 펼쳐줬지만.

물자 부족은 각지에서 지원이 오고 있을 터이기 때문에 조금은 완화될 것이다. 이미 근처 도시에서 보내는 식량 지원이나 경비병의 증원이 도착하고 있는 듯했다. 앞으로는 온 나라에서 물자나 일손이 보내질 것이다.

왕도 안에서는 모험가와 병사가 잔해 철거 등에 차출되고 기사들도 치안 유지에 힘쓰고 있었다.

왕족도 무사한지 주택가에 있는 귀족의 별저에서 집무를 보고 있다고 한다. 만화에서 자주 '왕에게는 신하를 지킬 책임이 있다!' 라며 함락 직전의 왕성에 남는 임금님이 나오는데, 그건 수왕 못지않은 강자가 아닌 한 어리석은 계책이다.

아무리 봐도 도망쳐서 그 뒤의 부흥 지휘를 신속하게 해주는 편이 국가나 백성을 위해서 좋다.

"오래 기다리게 했군."

"괜찮아."

"그래."

우리는 현재 베일리즈 백작을 찾아와 있었다. 백작 저택은 소멸했기에 그는 기사단의 대기소 한구석에 거처를 마련해 두었다.

파면됐을 것이라고 생각했지만 긴급한 시기여서 아직 지시가 내려오지 않았다고 한다. 거기로 프란과 포룬드가 불려온 것이다.

"그래서 무슨 일이야?"

"아아, 일단 이번 전말을 가르쳐줄까 해서 말이야. 그대들에게는 정말 신세를 졌어."

베르메리아가 실은 살아 있고 아스라스가 데리고 갔다는 이야기는 이미 백작에게 전했다. 그의 슬픔은 컸지만 죽은 것보다는 낫다고 이해한 모양이다. 쫓지는 않는다고 했다.

다만 반사룡인인 프레드릭만은 그 이야기를 들은 직후 모습을 감추고 말았다. 파나틱스에 당한 부상이 깊었을 테지만 어느새 없어졌다고 한다. 그의 충성은 백작보다 베르메리아에게 향해 있었던 거겠지.

"우선 어디부터 이야기해야 할까……. 가르스 님 말인데, 이번 사건으로 문책은 하지 않기로 했네. 한동안 호위 겸 감시가 붙겠지만."

"진짜?"

"그래. 조종당했던 그에게 죄는 없다는 식으로 결론이 나왔네.

뭐, 이만한 혼란이 일어난 와중에 그를 벌하는 불필요한 짓은 할 수 없으니 말이야."

"무슨 소리야?"

"국왕 폐하는 좋든 나쁘든 국가의 이익을 우선하는 분이야. 국력과 국위, 양쪽에 상처를 입은 지금 이 이상의 대미지는 절대로 간과할 수 없겠지."

뭐, 북쪽에는 레이도스 왕국이 있고 이번 일로 국내 귀족이 절대적으로 배신하지 않는다는 보증도 사라졌다. 이 상태에서 국력이 더 저하되는 일은 피하고 싶겠지.

하지만 그게 가르스와 상관있는 건가?

"신급 대장장이에 가장 가깝다는 말을 듣고, 이번에는 실제로 신검과 접촉도 했던 대장장이. 죄를 불문에 부치고 국가를 위해 일하게 하는 편이 이득이지. 그리고 모험가 길드와의 균형도 있고."

"?"

프란은 고개를 갸웃거리고 있지만 포룬드는 그 말로 감이 확 온 모양이다.

"은혜인가."

"그 말대로일세. 국내의 모험가 중에는 가르스 님에게 은혜를 느끼는 자가 상당히 많아. 죄를 물으면 마음에 들어 하지 않는 모험가도 많을 거야."

우리가 가르스를 만난 알레사에서도 그랬지만, 그는 크란젤 왕국 안을 돌아다니며 모험가들에게 자신의 작품을 싸게 판매하고 있었다. 장래성이 있다고 생각하면 하급 랭크 모험가를 상대로도 좋은 장비를 갖춰줬다고 한다. 우리도 기억이 있다.

크란젤 왕국 내에서는 신출내기 때 가르스의 신세를 진 모험가도 많고 은혜를 느끼는 모험가도 상당한 수가 있는 모양이다.

"이 나라에는 모험가가 매우 많아. 원래는 레이도스의 실책으로 유출된 모험가를 받아들이는 데 성공했기 때문이지만, 그 뒤로는 모험가를 우대하는 정책으로 정착화에 성공했어."

"아하."

"프란, 몰랐나? 모험가가 이만큼 많은 나라는 드물다네. 애초에 현역 랭크 A가 다섯 명에 전 랭크 A가 열 명 이상이나 있는 나라는 여기 외에는 그리 없어. 뭐, 줄어들기는 했지만……."

우리는 크란젤 왕국과 국왕 자신이 모험가인 수인국밖에 모르지만 이렇게까지 모험가가 우대받는 나라는 꽤 적은 모양이다.

특히 모험가에게 부과되는 세금이 적어서 아주 살기 좋다고 한다.

"그런 크란젤 왕국이기 때문에 기사나 병사의 수준이 낮다는 문제점도 있지만 말이야. 뭐, 그건 됐네."

그렇군. 모험가가 많으면 기사들이 마수를 사냥할 기회가 적을 것이다. 그 탓에 기사들의 수준이 올라가기 힘든 건가.

원래 기사들은 인간을 상대로 한 임무가 메인이겠지만 이 나라에서는 더 명확하게 구분이 되어 있는 모양이다.

"아무튼 원래 모험가의 힘이 강한 이 나라에서 앞으로는 그 힘을 더 빌릴 필요가 있어. 필연적으로 모험가의 중요성이 늘어나겠지."

그런 와중에 모험가의 기분을 절대로 해칠 수 없다는 뜻이었다.

지금까지 가르스가 한 행동이 그를 구했다는 뜻이겠지.

또한 베일리즈 백작 자신도 그렇게 큰 처벌은 받지 않는다고 한다. 기사단장직에서는 물러나지만 백작가에는 약간의 금전 지불과 노동력 공출이 부과되는 정도라고 한다.

"나는 영지를 반납하고 칩거하는 정도는 각오하고 있었는데 말이야⋯⋯."

반란을 미연에 막지 못하고 왕도 안에서 대량 파괴를 허용했다. 게다가 딸이 실행범이다. 기사단장으로서 책임은 져야 한다고 생각했을 것이다. 본래는 그렇게 돼도 이상하지는 않았을 테다.

그러나 왕의 결단은 달랐다. 사소한 죄나 직무 태만을 물어서 더 큰 혼란을 부르는 것보다 모든 죄를 아슈트너 후작과 파나틱스에게 덮어씌워서 재빨리 사태를 진정시키고 그 뒤의 부흥에 힘을 쏟는 편이 건설적이라고 생각한 모양이다.

일손이 부족한 현 상황에서 쓸데없는 일에 노력을 나누는 우를 꺼린 거다. 이게 왕정이지. 어느 정도는 왕의 재량으로 어떻게든 된다.

그렇다면 베르메리아도 용서받을 수 있지 않을까? 그렇게 생각했지만 그리 간단하지는 않았다.

"딸이 직접 준 피해가 너무 커. 게다가 왕성을 파괴했어. 아무리 조종당했다고는 하나 역시 불문에 부칠 수는 없네. 상당한 사람이 목격했고 말이야."

확실히 자폭한 검사들과 베르메리아는 피해의 수준이 너무 다른가. 재산 피해도 그렇고 인명 피해도 그렇고, 베르메리아는 너무 날뛰었다.

그녀의 죄를 불문에 부치는 것은 좋은 본보기가 되지 못했다.

"아슈트너 전 후작과 거기에 가담한 자들의 영지는 일시적으로 직할지가 된 뒤 재분배될 거야."

그렇게 해서 이번에 손해를 입은 귀족들을 보전해주는 거겠지.

"그리고 실은 두 사람에게 왕께서 소환장을 보냈어. 오늘 집무를 보고 있는 저택으로 오라고 말씀하셨네."

뭐? 왕? 임금님을 말하는 건가?

"왜?"

"하아. 자네는 자신의 영향력을 모르는 건가?"

원래 포룬드는 영웅으로 유명했지만, 사람들을 치료하며 돌아다녀서 프란의 명성도 높아졌다고 한다. 게다가 프란이 울무토의 무투 대회에서 입상한 흑뢰희라는 이야기도 바로 퍼지는 바람에 지금은 왕도 내에서도 포룬드 못지않은 지명도를 자랑하고 있다고 한다.

우리는 이 이틀 동안 민중이 없는 곳에서 잔해 철거 등을 하고 있던 탓에 전혀 알지 못했다.

시내로 나가도 전이나 공중 도약으로 고속 이동해서 사람들에게 성원을 받을 기회가 거의 없었다.

"게다가 포룬드에게 자네 스승이 조력했다고 하지 않나."

놀랍게도 프란의 스승──즉 내가 목숨을 버리며 왕도를 위해 움직였다는 이야기도 퍼진 모양이다. 분명히 엘리안테와 코르베르트의 짓일 것이다. 너무 바빠서 오해를 풀 틈이 없었는데, 설마 이런 사태가 될 줄이야.

"폐하께서 왕도를 구한 영웅들을 격려하고 싶다고 말씀하셨네.

뭐, 여기서 영웅과의 양호한 관계를 백성에게 어필하고 싶으신 거겠지."

역시 정치가 얽혀 있는 건가. 귀찮아!

프란도 마찬가지로 생각했는지 그것이 표정으로 드러난 듯했다. 베일리즈 백작이 쓴웃음을 지었다.

"아아, 괜찮아. 폐하도 모험가를 상대로 완벽한 예절을 바라지 않아. 오히려 영웅인 자네들 두 사람을 화나게 하는 사태가 일어나면 모험가 길드도 가만히 있지 않겠지. 그것도 알고 있을 테니 잠시 대화를 나누는 정도야."

어느 쪽이든 왕의 초대를 거절할 수는 없을 것이다. 사전에 정보를 들었다면 도망칠 수 있었을지도 모르지만 대면한 자리에서 부른다는 전갈을 들었는데 도망치면 위험하다.

귀찮기는 하지만 여기서는 승낙할 수밖에 없었다.

그로부터 몇 시간 후. 프란과 포룬드는 어느 저택 안에 있었다.

그렇게 넓지 않지만 기품 있는 가구로 정리된 청결감 있는 저택. 그 복도를 안내받으며 걷는 프란과 포룬드는 저택 안에 도는 묘한 긴장감을 느꼈다.

이곳은 현재 왕이 피난하고 있는 저택이었다.

이 저택에서 곳곳에 지시를 내리고 정무를 보고 있다고 한다.

유사시이기에 정장을 갖추지 않아도 상관없다고 해서 두 사람의 차림은 평소 그대로였지만, 무기를 휴대하는 것은 허락되지 않아서 나는 팔찌로 변형해 있었다. 이거라면 빼앗기는 일은 없을 것이다.

시간적으로는 저녁 식사보다는 조금 이르고 티타임보다는 조금 늦은 시간이었다.

정말로 간단한 대화만 나누고 끝내려 하는 것은 고마웠다.

반란이 있던 직후여서 저택 안에는 많은 기사가 배치되어 있었다. 압력마저 느껴지는 긴장감의 정체는 그들이 내는 위압감이었다. 방위에 적합하지 않은 저택을 수호하기 위해 상당히 긴장하고 있는지 손님 신분인 프란과 포룬드에게도 경계를 드러낸 태도로 대하고 있었다.

프란과 포룬드도 그들의 중책을 이해하고 있어서 기분 나빠하지는 않았다. 그러기는커녕 이제부터 왕을 만난다고는 생각할 수 없을 만큼 평소 모습 그대로였다.

『프란, 아무리 그래도 왕한테는 존댓말을 써. 이건 진짜로 그래야 해.』

"응."

『아니, 괜한 말은 하지 마.』

"응."

아, 걱정이다! 진짜 괜찮나? 상대는 왕이야. 킹이라고.

『진짜지? 괜한 소리는 하지 마. 뭘 가지고 불경 취급을 받을지 모르니까.』

"알고 있어."

포룬드는 익숙한 듯하지만 프란은 첫 경험이다. 괜히 불안했다.

아니, 수왕과는 만난 적이 있지만 그 사람은 왕의 목록에 넣어서는 안 될 것 같다. 적어도 평범한 왕은 아니다.

『포룬드, 최악의 경우엔 지원 좀 해줘! 부탁해!』

'내게 맡겨라. 그리고 이 나라의 왕은 멍청하지 않다. 일부러 무

례를 범하지 않으면 문제는 없어.'

『그래도!』

그야 프란이라고. 귀족을 상대로 초면에 반말을 하는 소녀라고. 아무리 걱정하고 걱정해도 부족했다.

『최악의 경우 국외 탈출도 고려해야 하나…….』

"괜찮다. 내게 맡겨."

"걱정이 지나쳐."

너희들, 왜 그렇게 차분할 수 있는 거야…….

그러나 내가 아무리 걱정해도 알현 시간은 찾아왔다.

프란과 포룬드를 이끌던 남성 시종이 큰 문 앞에서 멈춰 선 것이다. 본래라면 손님용 식당으로 사용하는 방일 것이다. 크기가 알현실에 가까운 이곳을 임시 알현실로 꾸민 듯했다.

"이 앞에 왕이 기다리고 계신다. 실수하지 말도록."

"응."

"네."

"……뭐, 됐다."

시종 영감이 '이 녀석들 괜찮나' 하는 얼굴을 했군. 동감이야!

『프란, 연습한 대로 하자.』

'응.'

그리고 문이 안에서 열렸다. 역시 간이 알현실로 꾸며져 있었다.

왕이 저택을 접수한 뒤에 개장한 걸까? 문에서부터는 어디선가 가져온 붉은 융단이 똑바로 늘어섰고, 그 앞에는 왕좌까지 놓여 있었다.

수인국에서 본 왕좌에 비하면 수수하게 보이지만 충분히 왕좌라고 부를 수 있는 크기와 호화로움이었다.

그 왕좌에 자리에 어울리지 않을 만큼 호화로운 의복을 입은 장년 남성이 앉아 있었다.

높은 성직자가 입는 듯한 두껍고 움직이기 힘들어 보이는 붉은 로브에 신발도 번드르르한 샌들. 그리고 머리에는 작은 왕관이 얹어져 있었다. 일상용의 간소한 타입이겠지만 진짜 머리에 관을 쓰고 있구나. 살짝 감동했어.

나이는 쉰 정도일까? 머리는 좀 후퇴했지만 몸은 나름대로 단련되어 있었다. 뭐 전사 수준까지는 아니지만, 적어도 절제는 하고 있는 듯했다. 주지육림의 폭군은 아닌 것 같았다.

내 안에서 이 세계의 왕족은 강자의 이미지지만 아무래도 이 왕은 다른 모양이다. 뭐, 비교 대상이 랭크 S 모험가인 수왕이나 신검을 소지한 필리어스의 왕족이니 말이다.

좌우에는 기사들과 귀족풍 남자들 몇 명이 줄지어 있었다.

귀족의 절반은 프란과 포룬드를 깔보거나 불쾌하게 생각하고 있다는 것을 알 수 있었다. 그러나 나머지 절반은 명백하게 프란과 포룬드를 환영하고 있었다.

특히, 귀족들 중에서도 더 호화로운 옷을 입고 직위가 높아 보이는 귀족일수록 환영하는 경향이 강하며 웃음을 띠고 있는 자도 많았다. 모험가의 중요성을 알고 있는 자들일 것이다.

역시 호위인 기사들은 무표정했지만 말이다. 그 기사 중에서도 왕에게 가장 가까운 위치에 엄청나게 강한 남자가 있었다.

피부가 눈처럼 하얀 은발의 미장부다. 키는 180센티미터 정도지만 위압감 때문에 크게 보였다. 게다가 뿜어지는 마력이 터무니없었다.

경호원은 강한 겉모습으로 습격자를 위압한다는 이야기를 들은 적이 있는데, 이것도 그야말로 위협의 종류일 것이다. 처음부터 힘을 보여서 바보 같은 짓을 하지 말라고 무언으로 경고하고 있는 것이다.

반대로 이 위압을 감지하지 못할 정도의 상대라면 경계할 가치도 없을 것이다.

『그건 그렇고 빈틈이 없네…….』

아마 랭크 A 클래스일 것이다.

왕족 앞이라 감정할 수 없는 게 아쉬웠다.

역시 왕족의 호위다. 약간의 틈도 없고 언제든지 왕을 비호하며 프란과 포룬드를 공격할 수 있는 위치에 있었다.

"두 사람, 앞으로 나서게."

시종의 말에 포룬드와 나란히 프란은 앞으로 나아가 인사하고 무릎을 꿇었다. 좋아, 사전 연습대로 움직이고 있어.

특히 프란의 우아한 행동에는 귀족들도 놀라고 있었다.

설마 모험가 소녀가 이렇게 귀족의 작법에 준하는 아름다운 인사를 보일 줄은 몰랐을 것이다. 눈이 휘둥그레져 있는 것을 알 수 있었다.

그래그래. 알산드 자작에게 받은 궁정 작법 스킬이 도움이 되고 있어.

그리고 포룬드가 입을 열었다.

"존안을 배알할 수 있어서 기쁘기 그지없습니다."

프란은 말없이 수긍할 뿐이었다. 시종도 그래도 된다고 했다.

어떻게 될까 싶었는데 어떻게든 되려나?

"얼굴을 들라."

"네."

"네."

왕의 말에 프란과 포룬드가 얼굴을 들었다.

여기까지는 완벽하다.

"이번 일로 참으로 수고가 많았다."

"네."

"네."

그 뒤에도 예상 밖의 사태는 아무것도 일어나지 않았다.

왕이 딱딱한 말을 던지고 포룬드와 프란이 고개를 끄덕였다. 그것이 반복되며 알현은 담담하게 진행되어갔다. 마지막에 다시 칭찬의 말을 듣고 그것으로 끝났다.

쓸데없는 대화조차 거의 없었다. 쉽게 지나가서 맥이 빠질 정도였다.

『크란젤 왕국으로 들어오라고 권유하지 않을까 했는데 아무것도 없었어.』

'응.'

『작위나 훈장 정도는 제시할 줄 알았는데…….』

실은 엘리안테와도 알현 자리에서 작위를 받는 것에 대해 이야기를 나눴다. 섣불리 거절하면 여러모로 골치 아픈 사태가 일어나는 건 명백하니 만약 작위를 주겠다는 이야기가 나온 경우에는 수인국에서 받은 황금 수아 훈장을 제시할 예정이었다.

그것은 이 알현에만 한정된 이야기가 아니다.

전에 코르베르트에게 쫓겨간 남작을 시작으로 그사이 온갖 귀족이 무리 지어 왔다. 고양이 귀 성녀라고 불리기 시작한 프란을 거두는 것이 목적인 듯했다.

호위를 데리고 권유하러 오기 전에 부흥이나 도우라고 생각했지만, 아무래도 중요한 일을 할당받지 못한 잔챙이 귀족들인 듯했다.

뭐, 권유 때 취하는 머리 나빠 보이는 태도를 보면 중용되지 않는 건 이해가 갔다.

다만 그 수가 너무 많고 백작의 이름을 대도 물러나지 않는 자가 있었기 때문에 엘리안테에게 어떻게 해야 좋을지 상담했다. 그 결론이 훈장을 쓰라는 것이었다.

그것은 우리의 상상 이상으로 효력 있는 훈장이었던 모양이다. 엘리안테에게 보이자 글자 그대로 펄쩍 뛰며 놀랐다.

타국의 훈장이기에 크란젤 왕국 내에서 강한 영향력이 있을 리가 없지만, 본 쪽은 역시 프란이 수인국의 부하라고 생각할 가능성이 높다고 한다.

수인인 프란이 수인국에 속해도 전혀 이상하지 않고, 수인국과 크란젤 왕국은 우호국이다. 프란에게 억지로 작위를 수여하는 횡포는 부리지 않을 것이라는 게 엘리안테의 생각이었다.

역시 부하 취급을 받게 됐나…… . 수인국은 프란에게 살기 편한 나라고 타국에서 억지로 작위를 받는 것보다는 훨씬 낫겠지만, 오히려 이런 사태를 예상해서 수왕이 프란에게 훈장을 줬을지도 모른다.

뭐, 지나친 걱정을 한 듯했다. 알현은 아무 일도 일어나지 않고 조용히 끝났다.

나 왠지 걱정을 지나치게 해서 마른 것 아닐까? 도신이 얇아졌
다거나? 아무튼 아무 일도 일어나지 않아서 다행이다.

하지만 프란과 포룬드가 알현을 마친 바로 다음 순간이었다.

"두 분."

시종 남성이 저택 출구로 안내하는 도중에 멈춰 섰다.

왠지 불길한 예감이 드는데……. 그리고 그 입에서 절대로 듣
고 싶지 않았던 말이 나왔다.

"별실에서 왕이 기다리십니다. 이쪽으로 오시죠."

의견도 묻지 않고 시종이 등을 돌려 걷기 시작했다. 프란과 포
룬드가 따라오지 않는다고는 생각도 하지 않을 것이다. 아니, 따
라가기는 하지만 말이다.

『프란, 계속 존댓말 써야 해.』

"응? 알았어."

혹시 몰랐던 건가? 일단 말해서 다행이다!

그대로 조금 돌아 저택 안을 걷기를 수 분.

안내된 방에는 있기를 바라지 않은 그분이 있었다.

"이쪽에 앉으십시오."

"넷."

"응."

시종에게 들은 대로 프란과 포룬드가 준비된 의자에 앉았다.

이것 역시 부드러워 보이는 소파다. 분명 하나에 저택 한 채 정
도 가치가 있을 것이다.

이곳은 응접실 같은 방이었다. 알현에 쓰인 큰 방보다 상당히

좁고 아담하다.

하지만 내 긴장은 아까와 비할 바가 아니었다.

왜냐하면 왕과의 거리가 가깝기 때문이다. 일단 왕이 앉아 있는 소파와 프란과 포룬드가 앉은 의자는 약간 떨어져 놓여 있지만 그 거리는 3미터도 안 될 것이다.

"편하게 있게. 이건 비공식 면회야."

왕에게 그 말을 듣고 진짜 편하게 있는 녀석 따위는———.

"응."

여기 있었어! 우리 애였어요!

아니, 아직 어깨의 힘을 풀고 자세를 살짝 풀었을 뿐이야! 아직 만회할 수 있어!

『프란! 진짜 편하게 있지 마!』

'?'

『아, 아무튼 등을 곧게 펴!』

'알았어.'

후, 위험했다고.

봐요! 우리 애는 이미 등이 쫙 펴져 있어요! 그런 얼굴로 노려보지 말아요, 은발 기사님! 당신처럼 강한 사람이 그렇게 노려보면 우리 프란이 들뜰 거예요! 아주 강하고 지위도 높아 보이는 당신이 시비를 걸면 웃어넘길 수가 없어요!

내가 초조해하고 있는 동안 왕이 다시 입을 열었다.

"위소라 브레드 크란젤이네."

틀림없이 알현실에서 얼굴을 맞댄 왕 본인이다. 다만 그런 것치고는 주의가 너무 부족하지 않나?

기척을 살펴도 이 방 안에는 왕과 기사 두 명, 시종밖에 없다. 보통 비밀 문 등이 있고 호위가 대기하고 있는 이미지였는데.

프란도 고개를 갸웃거리고 있었는데 그것을 왕이 알아차린 듯했다.

"소녀여, 왜 그러지?"

"······호위가 없는 것은 어째서, 입니까?"

"그건가. 내 기사가 불필요하다고 해서 말이야. 그대들이 그럴 마음을 먹으면 다른 기사는 방해가 된다더군."

그렇게 말하며 왕이 프란을 응시했다.

"내 눈에는 그렇게 강해 보이지는 않네만······."

확증은 없지만 왕 자신이 감정 계열 스킬을 가지고 있는 것 같군. 그리고 감정 위장의 효과로 평범한 모험가로밖에 보이지 않는 모양이다.

하지만 옆에 선 은발 기사는 속이지 못했을 것이다.

"저와 호각 이상입니다."

"루가가 그렇게 말한다면 틀림없겠지. 소개해둘까. 친위 총대장이자 왕의 기사. 루가 무플루일세."

"잘 부탁한다."

은발 미남 기사 루가 무플루가 프란과 포룬드에게 시선을 떼지 않고 살짝 인사했다. 역시 빈틈이 없다.

"우리나라에서도 유수의 강자야. 서로 얼굴을 익혀두는 게 좋겠지?"

왕은 '우리나라'라는 부분에 묘하게 힘을 줬다. 역시 프란과 포룬드를 크란젤 왕국에 들이고 싶은 것이다.

수왕과는 전혀 다른 왕이다.

수왕은 패왕이랄까, 위풍을 두른 왕자라는 느낌이었다. 그러나 눈앞에 있는 남성에게서 위압감은 나오지 않았다. 정치가 타입이라고 해야 할까?

물론 그렇다고 해서 왕으로서의 관록이 없는 것은 아니었다. 상하 관계를 분명히 한 건 아니지만 자연히 크란젤 왕이 이 자리에서 가장 위라고 느껴졌다. 왕으로서의 존재감이 있다고 할까, 타고난 상위자라고 말하면 좋을까.

바보가 아닌 건 좋은 일이지만 방심할 수도 없을 것 같군.

"그럼 본론으로 들어가지. 시간도 없으니."

그렇게 말하고 왕이 시종에게 시선으로 뭔가 지시를 내렸다. 그러자 시종이 작은 상자 두 개를 가져왔다. 30센티미터 정도 되려나?

프란과 포룬드 양쪽 앞에 상자가 놓였다.

상자 안에는 보석을 곁들인 훈장이 들어 있었다.

"그대들을 일급 특작으로 봉하겠다. 받아주게."

우와, 대놓고 나왔네. 에둘러 거절하는 방법을 쓸 수 없게 되고 말았다. 노리고 있는 건가? 아니면 순수한 뜻인가? 표정으로는 전혀 읽을 수 없었다.

'스승?'

『아, 잠깐만. 포룬드, 어떻게 할래?』

나는 몰래 포룬드에게 의논해봤다. 이럴 때 비밀 이야기가 가능한 염화는 아주 편리하다.

'……흠. 프란은 작위를 받고 싶지 않은 거겠지?'

『당연하지.』

'알았다. 내게 맡겨.'

포룬드는 고개를 살짝 끄덕였다. 오오, 믿음직스러워!

"고마운 말씀입니다만……."

포룬드는 왕의 눈을 똑바로 바라보며 고개를 가로저었다.

"거절한다는 건가?"

"전과 마찬가지입니다. 이 아이도."

"응. 사양합니다."

잠깐만 프란! 말이! 궁정 작법 스킬 덕분에 움직임은 문제없지만 아무래도 말이 좀!

나는 다급히 고쳐 말하게 했다.

"죄송합니다. 저는 모험가를 계속하고 싶습니다."

"내가 주겠다고 하는데도?"

왕이 불쾌한 듯이 눈살을 찌푸렸다. 루가 무플루도 위압감을 더 크게 냈다. 덤빌 셈인가?

이 상황, 기가 약한 녀석이나 권력에 아부하는 녀석이라면 틀림없이 동의했을 것이다. 그 정도 압박이 방 안에 가득 찼다. 으으, 없는 위가 아파.

"……공교롭게도."

"죄송합니다."

짧게 사과하고 머리를 숙이는 포룬드와 함께 프란도 고개를 꾸벅 숙였다.

이 두 사람에게 이 정도 중압이 산들바람 같은 건 알겠는데…….

"……."

치, 침묵이 무거워!

크란젤 왕은 여전히 불쾌한 얼굴로 프란과 포룬드를 보고 있었다.

"……흥. 네 말대로구나, 루가."

가볍게 코웃음을 치고 마음에 들지 않는 듯한 얼굴로 소파에 몸을 묻는 왕.

"네. 그들은 모험가이기 때문입니다."

"하급 귀족들이 없는 곳에서 한 게 정답이었군. 난리를 칠 모습이 눈에 선해."

응? 아무래도 왕과 루가는 프란과 포룬드가 거절하는 걸 예상했던 것 같군.

"자신의 영지가 모험가의 혜택을 얼마나 받고 있는지 모르는 자가 너무 많아. 아니, 요즘에는 대영지의 귀족조차 모험가에 대한 배려를 못 하는 자가 늘어나기 시작했어……."

아무래도 모험가를 좋게 생각하지 않는 귀족이 프란과 포룬드에게 적의를 보이지 않도록 굳이 이런 장소에서 작위를 내리려 한 모양이다. 혹시 기분 나빠하는 태도는 연기인가? 하지만 그들은 지금도 불쾌한 표정을 지우지 않고 있었다.

"백검의 포룬드는 과거에도 몇 번이나 거절했기 때문에 이번에도 그렇게 되리라고는 생각했네. 하지만 흑뢰희 프란이여. 그대는 왜 거절하지? 작위야. 게다가 일급 특작이라면 영지가 없는 백작 같은 것이지. 그대들은 영지의 운영이 번거롭겠지? 특작은 귀족 연금은 나오지만 영지 운영은 하지 않아도 된다. 최대한 배려했다고는 생각하는데 말이야."

즉 모험가용 작위라는 거다. 귀족 연금을 주는 대신 유사시 전력으로 나라에 구속한다. 모험가가 아니게 되기 때문에 전쟁에 부려도 된다. 그 대신 모험가는 나라라는 배경과 명예를 얻는다.

"그대들은 대체 뭐가 불만이라는 건가?"

그러나 왕의 말에 대한 포룬드의 대답은 간결했다.

"자유."

"……흥. 나와는 인연이 없는 말이로군. 하지만 돈과 권력에 흥미는 없는 건가? 소녀여, 그대는 어떤가?"

"……그런 건 딱히 필요 없어, 입니다."

"그런 것……. 이러니까 모험가라는 녀석들은……! 이제 됐다. 물러가라."

왕을 화나게 한 건가? 그러나 루가가 뭔가를 하려는 기색은 없었다. 역시 거절당하는 건 이미 예상했나 보다. 그래도 거절당해서 불만스럽게 생각한다는 건가.

그리고 물러나려 한 프란과 포룬드의 등에 목소리가 날아왔다.

"이 방에서 있었던 일은 모두 잊어버려라. 나도 잊지."

왕의 체면을 뭉갠 것을 불문에 부쳐달라는 뜻이겠지. 화가 난 마음을 수습한 기색은 없지만 적대할 마음은 없는 모양이다.

『후우, 어떻게든 됐나? 솔직히 이 나라에서 도망칠 각오도 하고 있었는데.』

'저번에도 말했지만 왕은 국가의 이익을 우선하는 사람이야. 우리와 적대하는 우는 범하지 않아. 물론 체면을 걸고 보복을 하는 편이 이익이 된다고 판단하면 주저 없이 공격을 명령했겠지만.'

그건 그것대로 조금 그렇다. 정에 호소할 수 없다는 뜻이니 말이다. 수왕과는 또 다른 의미로 무서운 상대였다.

『뭐, 어떻게든 해결됐다면 이제 됐어.』

왕과의 알현에서 어떻게든 벗어난 우리는 모험가 길드로 와 있었다.

실은 엘리안테에게 호출을 받았기 때문이다.

모험가 길드에는 사람이 엄청나게 모여 있었다. 만원 전철까지는 아니라도 쉬는 시간인 초등학교의 운동장 정도 밀도는 됐다.

실은 근처 도시에서 응원하러 찾아온 모험가들로 인해 일시적으로 도시 모험가의 수가 갑절로 늘어났다. 게다가 숙박할 곳이 부족해서 길드 바닥 구석에서 자는 이들도 많은 모양이다.

그런 응원 모험가들로 인해 길드가 크게 북적이고 있었다.

왕도의 모험가 사이에서는 이미 유명한 프란이었지만 그 외 도시에서 온 모험가 중에는 프란에게 시비를 거는 녀석들도 있었다.

애초에 왕도의 잔해 철거에 파견된 모험가는 그 대부분이 하위 랭크인 자들이다. 그중에는 특수 기능이나 마술 실력이 기대되는 모험가도 있지만 80퍼센트 정도는 신출내기 육체노동 요원, 즉 프란의 실력을 알아보지 못하는 이들뿐이었다.

왕도에 와보면 그곳은 상상 이상으로 가혹하다. 아마 왕도라는 점만으로 동경했겠지만 실제로는 먼지투성이가 되는 지루한 노동의 반복이다.

소녀를 괴롭혀서 울분을 풀려 하는 성질 고약한 바보가 나오는 것도 어쩔 수 없었다.

하지만 오늘은 특별히 시비를 거는 기색이 보이지 않았다. 어제와 그제 시비를 걸어온 녀석을 눈에 띄게 요란하게 귀여워해줬기 때문일까?

아아, 노동력을 줄여서는 안 되니까 회복 마술로 확실하게 고쳐주긴 했다. 게다가 성실하게 일하지 않으면 호된 꼴을 당할 거라고 협박도 해뒀으니 분명 지금쯤 성실하게 땀을 흘리고 있을 것이다.

그 이야기가 퍼졌는지 오늘은 신입이 시비를 걸 기색은 전혀 없고, 오히려 다들 두려워하는 표정이었다.

"스테리아."

"그래, 마음대로 들어가!"

"알았어."

고위 모험가 줄을 없애고 임시로 하위 모험가 줄을 늘렸는지 오늘은 스테리아도 바빠 보였다.

확실히 안내하고 있을 여유는 없는 듯했다.

그건 그렇고 스테리아에게도 행렬이 생겼군. 모험가의 이미지로 봤을 때 미녀에게 줄이 생기고 스테리아 쪽은 한산한 광경도 있을 수 있을 것 같은데.

"너희들! 이쪽으로 줄 서! 시끄러워! 비틀리고 싶어?!"

과연, 그런 거였나. 스테리아의 위압 스킬에 노출된 신입들이 창백한 얼굴로 스테리아의 줄로 옮겼다. 뭐, 다들 힘내요.

그대로 붐비는 플로어를 지나 엘리안테의 집무실로 들어가 보니.

"끝나지 않아……. 일이 끝나지 않아아……."

『우와.』

"종이 산."

그곳에는 비참한 광경이 펼쳐져 있었다.

전보다 늘어난 서류의 산과 그 산에 둘러싸인 집무 책상에 앉아 유령 같은 얼굴로 일을 계속하는 엘리안테의 그림이다.

"엘리안테?"

"아…… 왔구나……. 잠깐 기다려."

"응."

그로부터 5분 후.

차를 마시고 조금 진정한 엘리안테가 프란에게 어떤 서류를 내밀었다.

"이건?"

"네 랭크 B 승격이 결정됐어. 그 임명 서류야."

"응? 랭크업? 왜?"

꽤나 갑작스러운 이야기였다.

랭크업을 하기에는 아직 공헌도가 완전히 부족했을 텐데.

"너 말이야……. 이번에 얼마나 활동한 줄은 알아? 제피르드 파티를 전멸시킨 괴물을 쓰러뜨리고 몇백 명이나 치료하고 잔해 철거에서도 활약하고……. 그 밖에도 세세한 공적은 셀 수 없잖아?"

들고 보니 프란은 엄청나게 일했다. 아스라스의 공적이 없었던 것으로 된 이상 모험가로서 제1 공로자는 포룬드. 이어서 프란이 되는 모양이다.

"네가 번거로운 일을 싫어하고 랭크업에 적극적이지 않은 것도 알아. 하지만 지금까지 네 랭크업을 막던 많은 이유가 이번 일로 여러모로 사라졌어."

"무슨 소리야?"

"원래 전투력은 문제없었지. 랭크 A 클래스의 실력이 있는 건 틀림없었고. 오히려 이번 소동으로 그게 증명됐다고 해도 좋아."

후작전을 길드 마스터인 엘리안테가 봤으니 말이다. 실력 확인으로는 가장 확실할 것이다. 모의전이 아니라 실전에서 실력이 확실하게 증명된 것이다.

"그리고 문제 중 하나였던 실적 부족. 왕도에서 이만한 명성을 쌓은 데다 수인국에서 훈장까지 받아서 부족한 것도 없어."

적어도 랭크 B에는 어울릴 정도의 실적을 쌓은 모양이다.

"나머지는 귀족에 대한 태도. 이것도 알현을 극복해서 최저한의 예의는 있는 게 증명됐어."

아, 그런 건가.

랭크 B가 되면 귀족을 만날 일도 늘어나니까 명백하게 예의가 없는 프란으로서는 불안하다는 이야기였을 터다. 오히려 지당한 의견이다.

그러나 귀족의 정점인 왕을 상대로 알현을 마쳐서 그 문제점도 어느 정도는 불식됐다는 것이다.

"아는 귀족에게 이야기를 들었는데, 예의 작법도 완벽했다던데? 웬만한 하급 귀족보다 훨씬 우아했다고 해서 놀랐어."

처음 알현 때 양쪽에 줄지어 있던 귀족 중 한 사람일 것이다.

"왕의 서작도 제대로 거절한 것 같더라?"

"응. 하지만 임금님이 화냈어."

"그 왕은 그런 일로 화내지 않아. 아니, 모험가에게 얕보여서는 안 될 테니 화난 척은 하려나……? 뭐, 만만찮은 상대이기는 하지만 감정으로 움직이는 상대가 아니니까 문제없어. 너를 적으로 돌리는 어리석은 짓을 할 리가 없고. 그쪽으로는 믿어도 될 상대야."

역시 그건 연기였나. 아니, 왕으로서 위엄을 보이기 위한 행동이었겠지. 그러면서도 프란과 포룬드를 필요 이상으로 불쾌하게 하지 않고, 오히려 얼굴을 익혔다.

어쩌면 불쾌하게 생각하고 있다고 과시한 뒤 모든 것을 불문에 부침으로써 심지어 프란과 포룬드에게 빚을 지웠다고 말할 수 있을지도 모른다.

파격적인 권유를 거절한 모험가에게 관대하게 자비를 보인 왕. 그런 구도다.

예를 들어 앞으로 왕에게서 뭔가 의뢰가 있었다고 하자. 그때 '전에 작위 이야기를 거절했으니 이 의뢰는 받을까?'라고 생각할 가능성이 높은 것이다.

『으음, 후작의 반란을 허용해서 좀 얕봤지만 역시 대국의 왕이란 건가.』

상대는 파나틱스고 말이야. 알아차리라고 하기가 어려울지도 모른다.

"뭐, 수인국의 훈장을 가진 상대에게 무리한 짓은 하지 않아. 앞으로 그 나라와의 외교 관계는 가장 중요해져. 베일리즈 백작이 가벼운 벌만 받고 끝난 것도 수왕에 대한 배려 때문이라고 해."

"그래?"

"그 사람과 수왕 폐하의 관계는 유명해. 장군직에서 물러나게 한 건 수인국에 특사로 파견하기 위해서라는 소문이 있을 정도야."

단순히 충신인 백작의 처벌을 줄이는 것만이 아니라 그것을 더 이용해 수인국과의 관계 강화에 쓰자는 건가.

"랭크업에는 그 훈장도 크게 작용했어. 아무런 배경도 없는 어린아이를 귀족들 앞에 보내는 건 길드도 내키지 않지만 실은 엄청난 배경이 있다는 걸 알았으니까."

실력에 부족함이 없고 예의도 실은 갖추고 있으며 큰 배경도 있다. 확실히 랭크 B에 못 오를 이유가 보이지 않는군.

"솔직히 말해서 이 일로 너를 랭크업 시키지 않으면 길드의 양식이 의심받아. 아니, 다른 길드의 마스터들은 너를 반드시 랭크업 시키라고 재촉했어. 그래서 랭크업이야!"

엘리안테의 말만 들으면 우격다짐인 느낌이지만 그 눈은 불안하게 흔들리고 있었다. 실제로 프란에게는 이 이야기를 거절할 권리가 있었다.

그리고 프란에게는 거절할 이유도 있었다. 길드에 대한 기억은 나빠지겠지만 귀족과의 성가신 일에 휘말리지 않다는 것은 너무 큰 장점이다. 배경이 있다 해도 귀족의 접촉이 제로가 되는 일은 없을 테고 말이다.

『프란, 어쩔래?』

'응? 랭크 올릴래.'

『괜찮겠어? 솔직히 귀찮은 일도 많을 거야. 바보 같은 귀족이나 바보 같은 모험가하고.』

'바보라면 날려버리면 돼.'

『……그렇구나.』

지나치지 않도록 내가 정신 차려야 해. 하지만 프란이 할 생각이라면 내게 불만은 없다. 고맙게 랭크업해두자.

랭크업하고 며칠.

프란은 다시 모험가 길드에 불려와 있었다.

모험가들은 프란을 보자 웅성댔지만 악의가 담긴 시선은 적었다.

동경과 공포가 많으려나?

전자는 최연소 랭크 B 모험가가 된 프란을 동경하는 신입들. 후자는 시비를 걸다 날아간 사람이나 그 광경을 봤던 사람들일 것이다.

아무튼 잔챙이가 시비를 걸지 않는 것은 고맙다. 역시 랭크의 영향은 큰 듯했다.

게다가 최근에는 수왕이 뒤에 있다는 소문이 퍼져 귀족들의 권유도 크게 줄었다.

소문의 계기는 회식 때 왕이 한 말인 모양인데, 분명 일부러 퍼뜨린 거다.

물론 그렇다고 접촉이 전혀 없는 건 아니었다. 경망스럽거나 자신만은 특별하다고 근거 없이 믿는 녀석들은 어디에나 있는 듯했다. 애초에 왕도에 있으면서 변변한 일을 맡지 못하는 궁정 귀족이 유능할 리도 없다.

그런 녀석들은 위압해주면 두 번 다시 오지 않기 때문에 그렇게까지 번거롭지도 않았다. 일에 지장도 거의 없었다.

뭐, 요 며칠 프란이 해야 할 일은 거의 없었지만 말이다.

중상자의 치료는 거의 끝나서 나머지는 궁정 의사나 마술사에게 맡겨뒀다. 잔해 철거는 지원하러 온 모험가들에게 맡기면 된다. 치안 유지는 기사단이 기능을 회복해서 그들의 업무가 됐다.

그래도 일을 원했던 프란은 대지 마술로 임시 주택을 짓겠다고 백작에게 진언했지만 거절당했다.

성벽 밖은 마수가 활보하고 있어서 안심하고 살 수 있는 곳이 아니며, 평민가는 주택이 밀집해 있는 데다 피해 범위가 그다지 넓지 않았다. 그래서 임시 주택을 지을 공간이 애초에 없었다.

귀족가에 짓는다 해도 재건할 때 이동할 수 없는 임시 주택은 방해가 된다. 수많은 임시 주택을 부수려면 수고가 아주 많이 들 것이다. 바로 이동할 수 있는 텐트가 더 우수했다.

지구의 감각으로 생각했지만 이쪽에서 임시 주택이라는 것은 애초에 낯선 개념인 모양이다. 조립식 주택을 만들 기술도 없고 제대로 된 건물을 지으면 부수기가 번거롭다.

우리가 재건을 시작할 때까지 이곳에 남아 있는다면 힘이 될 수 있겠지만 그렇게까지 오래 머물 생각도 없었다.

결국 프란에게 남은 큰 일거리는 부상자의 구호와 모래 먼지 대책인 바람 결계 설치. 하지만 그것도 대부분 끝나서 완전히 따분했다.

낮부터 길드의 호출에 응할 수 있었던 건 그 덕분이지만 말이다. 이번에 프란을 부른 것은 엘리안테가 아니라 포룬드였다.

"왔어."

"그래."

여전히 그것만으로 통하는 두 사람.

그대로 걷기 시작한 포룬드를 따라 간 곳은 역시 엘리안테의 집무실이 아니었다.

"여기다."

마치 여관의 개인실 같은 방이다. 다른 모험가 길드에서 일을 받아 왕도까지 온 모험가가 묵기 위한 방인 모양이다.

시간이나 의뢰 내용, 시기에 따라서는 숙소를 이용할 수 없는 경우가 있어서 이런 방이 있다고 한다.

"가르스의 방이야?"

"그래."

지금은 가르스가 누워 있는 방이기도 하다.

국가가 형벌은 부여하지 않겠다고 결정했지만 그 신병은 아직 모험가 길드가 보호하고 있었다. 마약을 치료할 수 있는 에이와스가 협력하고 있다는 점도 크고, 모험가 길드를 화나게 하고 싶지 않다는 왕의 판단도 작용한 모양이다.

우리는 눈을 뜬 뒤에 가르스 스스로 어떻게 할지 판단하게 하고자 한다.

포룬드가 안에 들어가니 그곳에는 에이와스와 엘리안테, 가르스가 기다리고 있었다. 그렇다, 가르스가 침대에서 몸을 일으켜 프란을 맞이해준 것이다.

"가르스, 일어났어?"

"여러모로 폐를 끼친 것 같군. 감사 인사를 하지. 고맙다."

안색은 아직 나쁘지만 말투는 분명했다.

마약의 후유증은 괜찮은 건가?

"이제 괜찮아?"

"당연하지. 내가 치료했다. 최고급 영약을 아낌없이 썼어. 아아, 대가는 걱정하지 마라. 길드와 이 녀석에게 이미 받기로 결정했으니까. 그리고 여러모로 흥미로운 데이터도 얻었고 말이야."

그렇게 말하고 히죽 웃는 에이와스. 멋쩍음을 감추기 위한 것이 아니라 진심에서 우러나오는 웃음이어서 질이 나쁘다. 진짜로 치료와 병행해 실험을 했겠지. 결국 나았으니까 불만은 없지만.

"그리고 국가와도 그걸로 화해를 했으니 말이야."

"무슨 소리야?"

"흥. 연약한 마술사들을 좀 써먹을 수 있게 해줬는데 왜 불만을 들어야 하는 건지."

놀랍게도 이 영감은 국가를 상대로도 일을 벌이고 있었다.

길드의 마술사들을 통해 국가의 마술사대와도 연계를 취해 함께 싸웠던 모양인데, 그 마술사들에게 위험한 약을 먹였단다.

근력과 체력이 상승해 쉴 새 없이 일할 수 있게 된 대신 약의 효과가 떨어진 뒤에는 지옥의 근육통과 불면증이 사용자를 덮치는 금약이었다.

"그 탓에 부흥에 쓸 수 있는 마술사가 줄었잖아. 당연하지."

"적을 쓰러뜨리지 못했으면 피해가 더 나왔을 거다."

"그걸 알았으니까 왕도 가르스의 치료로 불문에 부치겠다고 한 거겠지."

"흥. 알고 있어."

"그런 것보다 가르스의 거취를 정해야 해. 그걸 의논하기 위해 프란도 오라고 했어."

프란이 보호 의뢰를 했으니 가르스의 신병에 대한 책임이 있다고 해도 좋을 것이다.

엘리안테와 에이와스는 이미 상황을 모두 가르스에게 설명한 모양이다. 그 자신이 기억하지 못하는 일까지 전부.

가르스는 자신의 죄를 분명하게 이해하고 있다는 뜻이었다.

프란이 그런 가르스에게 물었다.

"가르스는 어떻게 하고 싶어."

"으음……."

가르스는 고뇌하듯이 신음했다.

조종당했다고는 하나 왕도를 뒤흔드는 대사건을 도운 걸 뉘우치고 있는 듯했다.

그 손이 떨릴 만큼 강하게 쥐어져 있었으니까.

"도망친다면 힘을 빌려줄게."

"도적 길드도 도와준다고 했어."

"모험가 길드도 마찬가지야."

"나도다."

역시 각 길드도 가르스의 상황을 낙관하고 있지는 않은 모양이다. 나라에서 신병을 확보할 경우 자칫하면 감금 상태로 신검의 연구에 종사하게 돼도 이상하지 않기 때문이다.

그러나 가르스는 머리를 흔들며 프란 일행의 제안을 거절했다.

"나는 왕도에 남겠어. 그것으로 속죄가 되지는 않겠지만 왕도의 재건에 조금이라도 힘이 되겠지."

"괜찮아?"

"음."

가르스는 모든 것을 이해하고 있었다. 알면서도 나라에 몸을 맡기는 것을 선택했다. 각오를 다진 얼굴을 보고 그 결단을 뒤집기는 불가능하다는 것을 알았다.

"그래……."

프란이 아쉽다는 듯이 중얼거렸다.

"애써줬는데 미안하군."

"아냐. 가르스가 결정했다면 됐어."

"괜찮아, 길드에서 압력을 가해줄게!"

"도적 길드도 보고만 있지는 않겠지."

"나도다."

이만한 녀석들이 가르스의 배경이 되어준다면 괜찮으려나? 나라에 연금되는 일은 없을 것이다.

어차피 여기 있는 멤버들을 적으로 돌리면 이번에야말로 나라가 위험할 테니 말이다.

"미안하군."

그 말들을 듣고 가르스는 머리를 깊이 숙였다.

하지만 이런 숙연한 분위기 속에서도 에이와스가 분위기를 파악하지 못하고 품에서 뭔가를 꺼냈다.

"따분한 얘기는 이제 끝났지? 아닌가?"

전에도 읽었던 자료 다발이다.

그는 가르스에게 다가가 그것을 보이며 질문을 하기 시작했다. 기술 면에서 질문을 하고 싶은 듯했다.

"이 부분에 대해 모르는 게──."

"아아, 거기는 말이야──."

"호오. 즉──."

"그건 여기서──."

가르스도 신세를 진 에이와스를 매정하게 대할 수 없는지 그 질문에 얌전히 대답했다. 하지만 마지못한 것처럼 보이지는 않는군. 오히려 즐거워 보인다.

하여간에 이래서 연구 바보들은!

주위의 질린 기색은 눈치채지 못하고 두 사람은 의견을 교환했다.

다만 유사 광신검 이야기가 되자 다른 멤버들, 특히 엘리안테는 상당히 신경 쓰이는 모양이다. 어느새 이야기에 끼어들어 에이와스와 함께 추가 질문을 던지기 시작했다.

"──그런 거야."

"그럼 유사 광신검은 이제 양산할 수 없는 거네?"

"애초에 광신검을 원료로 한 거니 말이야."

우리로서도 여러모로 흥미로운 이야기가 펼쳐졌다.

유사 광신검은 원래는 후작가의 연금술사가 개발했던 실패작이었던 모양이다. 사용자나 주위에서 마력을 흡수해 방출하는 능력을 가진 마도구였는데, 시작품까지는 만들었지만 출력이 전혀 안정되지 않아서 생각했던 대로의 효과를 발휘하지 못했다고 한다.

하지만 그 능력에 주목한 파나틱스는 마검으로 개량할 생각을 떠올렸다. 제조 과정에서 자신의 조각을 섞어 분신을 깃들게 하는 매체로 이용할 수 없을까 생각한 것이다.

결과적으로 마도구는 유사 광신검으로 다시 태어나 파나틱스에서 떨어진 정신 조각을 품는 것이 가능해졌다.

마술에 마력을 부딪쳐 없애는 힘은 그 마도구가 가진 능력의 산물이었다.

등에 꽂혀 있던 것은 근본이 됐던 마도구가 애초에 등에 장착하는 타입인 마도구였기 때문이다. 검의 형태가 아니면 파나틱스의 분신이 능력을 최대한으로 발휘할 수 없기 때문에 검의 형태로 만들 수밖에 없었던 모양이다.

"즉 광신검 파나틱스가 소멸한 현재 유사 광신검은 더 이상 만들 수 없다는 뜻이네?"

"뭐, 이 이야기를 국가에서 믿어줄지 말지는 알 수 없지만 말이야."

"이만한 자료는 쉽게 날조할 수 없다. 그리고 시간이 좀 지나면 후작의 영지에서도 온갖 자료가 발견되겠지. 그걸 보면 아무리 멍청해도 이해할 게야."

국가가 유사 광신검에 흥미를 가지는 것은 당연하다.

신검으로 이어질지도 모르기 때문이다. 그러나 또 폭주가 일어나면 이번에야말로 나라가 기운다.

그 왕이라면 어리석은 짓은 하지 않을 것이다.

더욱이 도적 길드가 모은 자료에는 가신과 사용인의 일기 등도 포함되어 있어서 파나틱스가 후작의 손에 넘겨진 경위와 그 계획도 판명됐다.

도적 길드, 아주 열심히 했군.

내가 신경 쓰인 점은 두 가지. 하무르스를 비롯한 빙의자가 밤에 습격하던 이유와 왜 베르메리아를 노렸냐는 것이다.

전자의 경우 말인데, 단순히 강한 숙주를 찾고 있었던 모양이다. 거기서 오레이칼코스로 만들어진 나를 발견하고 집요하게 노렸다.

그리고, 그 과정에서 녀석들은 베르메리아를 발견했다.

베르메리아는 용인 중에서도 특수한 혈통이라 신룡화 스킬이라는 강력한 스킬을 사용할 가능성이 있는 듯했다. 그래서 파나틱스는 베르메리아를 납치했다.

"즉 파나틱스는 자신의 어떤 계획이 실행되기 직전 최강의 소체를 손에 넣은 거다."

"계획?"

"크크. 꽤 엉뚱해."

에이와스에 의하면 광신검은 40년 전 후작령에서 발견된 물건인 모양이다. 천 년 전 성채 터에 새로 시설을 짓기 위해 조사 중 유적으로 변한 성채의 지하 부분에서 발견됐다고 한다.

마력을 띠고 있어서 조사대 사람이 후작에게 헌상했는데, 파괴되면서도 완전히 죽지는 않았던 파나틱스에 아슈트너 후작은 지배당하고 말았다. 그리고 이때부터 파나틱스의 계획이 시작됐다.

그 계획은 후작을 조종해 권력을 쥐는 것과 같은 단순한 게 아니었다.

"뭐어? 레이도스 왕국과 손을 잡고, 필리어스 왕국을 점령한다고?"

에이와스의 설명을 듣고 엘리안테도 놀라는 소리를 냈다.

"정확히는 신검 디아볼로스를 손에 넣는 거겠지."

"같은 뜻이잖아?"

놀랍게도 쿠데타를 일으켜 크란젤 왕국을 지배해서 군권을 잡고, 레이도스 왕국과 손을 잡아 필리어스 왕국을 침공하기로 획책한 것이다.

신검 디아볼로스를 빼앗아 그 소재를 이용해 자신을 수복할 생각이었던 모양이다.

가르스를 원한 건 유사 광신검을 제작시키면서 자신의 수복에도 종사하게 할 생각이었기 때문이리라.

"그럼 지금 일어난 레이도스의 침공은……."

"미리 계획된 거겠지."

"……불길한 예감이 들어."

엘리안테가 그렇게 중얼거렸다. 혹시 벌레가 알려주는 재앙의 전조 같은 건가? 반충인에게 들으니 좀 무서운데.

"몰살의 장이 알레사에 있다는 건 딱히 숨기지 않았어. 오히려 상대를 위압하기 위해 적극적으로 퍼트리고도 있을 거야. 그런데 공격해왔다는 건……."

"당연히 녀석에 대한 대비가 있겠지."

그거 상당히 위험하지 않나? 아무리 장이 강하다 해도 사전에 대책을 세우면 질 가능성도 있다. 상대는 군사 대국이라고 하니 오히려 질 가능성이 높지 않을까?

"잠깐, 왜 그렇게 냉정해!"

"흥. 나와는 상관없는 얘기다."

에이와스가 관심 없다는 투로 엘리안테에게 대답했다.

이 영감에게 이 나라는 어떻게 되든 알 바 아닐 것이다. 하지만 에이와스가 침착한 것은 그 이유 때문만이 아니었다.

"그리고 그 도시에는 재액이 있으니 말이야."

"그러니까 위험하다고 했잖아! 클림트 녀석이 진심으로 싸우면……."

에이와스는 전에도 클림트를 재액이라고 불렀는데……. 엘리안테도 레이도스 왕국군보다 클림트를 무서워하고 있는 듯했다.

"저기, 무슨 소리야?"

엘리안테는 잠시 고민한 것 같지만 바로 설명해줬다.

"이미 랭크 B이니 상관없나……. 클림트의 이명은 재액. 적도 아군도 상관하지 않고 없애는 대량 파괴 특화 정령술사야."

과연, 광범위 공격으로 적과 아군 모두 공격해서 재액이라는 건가. 아스라스의 자중지란과 비슷한 경위로군.

"하지만 이건 50년 전에 붙은 잘못된 이명이야. 아무것도 모르는 모험가들이 그렇게 부르기 시작한 게 정착한 거지. 지금은 많은 모험가가 그 이명을 진실이라고 생각하고 있어……. 아니, 길드로서도 클림트는 비장의 카드라서 굳이 그 착각을 정정하지는 않았던 거지."

"착각?"

"정확히 말하자면 그는 대량 파괴를 그만두고 도시를 구했어."

상당히 옛날 이야기지만 현재 크란젤 왕국령이 된 북쪽 땅에 어느 소국이 있었다. 크란젤 왕국과 오랫동안 적대하던 레이도스 왕국의 속국이다.

하지만 대국 사이에 끼어 양쪽의 정치 사정에 농락당하는 소국의 입장은 불안정하다. 언제 전장이 될지도 알 수 없어서 나라도 백성도 항상 전쟁에 대비해야 한다.

안 그래도 작은 국가 예산이 국방비에 압박받는 상황에서, 국력을 충실하게 키울 수조차 없어서 항상 가난하게 레이도스 왕국의 지원을 받을 수밖에 없는 상황.

당시의 국왕은 그 상황을 타파하려 했고, 비용이 들지 않는 전력으로 정령 마술에 주목했다. 우수한 정령술사를 초청해 정령 마술을 발전시키려 한 것이다.

그러나 정령 마술은 다루기가 아주 어렵다. 재능을 가진 이가 적은 데다 아주 불안정하다. 같은 정령술사가 같은 정령 마술을 써도 술자의 몸 상태나 정신, 정령의 기분 등으로 인해 효과가 극심하게 오르내린다. 게다가 정령은 사람과 다른 정신 구조를 가지고 있어서 명령을 정확히 이해하지 못하는 경우도 있었다.

모험가나 군의 인식은 감지가 어렵고 위력도 더할 나위 없지만 지나치게 불안정하다. 고위 술자가 아니면 운용이 어렵다. 그런 느낌이었다.

특히 중요한 건 불안정하다는 부분이다. 쉽게 폭주하는 것이다. 엘프에게는 몇천 년이나 정령 마술을 연구해 쌓아온 실적이 있지만, 그렇지 않은 자의 경우에는 제어조차 하기 어렵다고 한다.

그리고 그 소국도 큰 실패를 했다. 정령술사 몇 명이 상위 정령을 소환해 사역하려 시도하다 폭주하게 만든 것이다. 게다가 기적인지 악몽인지 소환된 것은 대정령이었다.

정령에는 잔챙이 정령, 하급 정령, 중급 정령, 상급 정령, 대정령, 왕정령의 위계가 있고, 대정령이면 위협도 A에 상당하는 힘을 가지고 있다.

그게 폭주했다면? 소국은 쉽게 멸망할 것이다. 실제로 그때도 5일 동안 날뛴 바람의 대정령에 의해 소국은 국토의 절반 이상이 황무지로 변하고 사상자는 합쳐서 5만 명이 넘었다고 한다.

그때 대정령을 진정시킨 것이 이미 알레사의 길드 마스터를 맡고 있던 클림트다.

그 자신은 이 실험에 참가하지 않고 뒤처리를 했을 뿐이지만 외부에서 보면 그가 대정령을 소환한 것처럼 보였다고 한다.

게다가 그는 그때 대정령과 계약을 맺었는데, 그 광경이 소환한 정령에 명령을 내리고 있는 것처럼 보이기도 한 게 착각을 가속시키는 요인이 됐다고 한다.

"실제로는 소국 사람이 전멸하는 것을 간발의 차로 막았을 뿐이야. 일부러 적대국에 잠입해 성공할 확률이 낮은 대정령과의 계약을 시도하다니, 제정신으로는 안 보여. 뭐, 성공했으니까 역시 정령술사로서는 천재겠지만."

"하지만 그 탓에 클림트는 크게 약해지고 말았어."

"어째서?"

대정령이라는 초흉악한 존재와 계약했으니까 강해진 거 아닌가? 그야말로 랭크 S 모험가가 돼도 이상하지 않을 것 같은데.

"그 몸 안에 잠든 대정령을 억누르기 위해서 항상 신경을 곤두세우고 있어야 해. 쓸 수 있는 마력도 제한되고 생명력도 모조리 뺏기고 있어. 게다가 몸도 허약해졌나 봐."

"원래 상급 정령을 여러 마리 다뤄서 싸우는 스타일이었지만 그것도 어렵다는 뜻이야."

대정령을 자신 안에 봉인하는 대가로 능력이 약해졌다는 건가. 게다가 제어력 등의 자원을 항상 그쪽으로 나누고 있어서 정령을 소환하기도 어렵다고 한다.

전에 알레사에서 클림트를 감정했을 때 확실히 육체적인 스테이터스는 낮았다. 마술사라서 그런가 했는데……. 랭크 A에 오른 모험가가 육체 단련을 소홀히 할 리가 없었다.

그것은 약체화한 영향이었을 것이다.

"하지만 싸울 수 없는 건 아냐. 여차하면 대정령을 쓸 수 있으니까."

"크크크. 모든 것을 뿌리째 날려버리는 바람의 대정령을 말이야."

왜 그런 녀석을 알레사의 길드 마스터로 앉히고 있나 했는데, 모험가 길드로서도 레이도스 왕국은 불구대천의 적이라고 한다.

국내에 모험가가 없고 지배한 곳에 모험가 길드가 있으면 전원 처형하고 재산을 접수할 정도인 나라니까.

그런 나라가 남하해 모험가를 우대하고 있는 크란젤 왕국이 약해지는 것을 막기 위해서 길드가 비장의 카드로 배치하고 있는 존재가 클림트인 것이다.

"하지만 비장의 카드는 마지막의 마지막까지 간직하는 거야. 그래서 알레사에 아만다와 장을 두고 클림트가 최대한 싸우지 않아도 상황이 수습되도록 하고 있어."

그건 즉 클림트가 대정령을 해방하면 아만다와 장 이상의 파괴력이 있다는 뜻이다.

"클림트가 대정령의 힘을 쓰면 주변에도 큰 피해가 생겨. 그리고 클림트도 멀쩡하지 못해. 과거에 한 번 용과의 전투에서 사용한 적이 있다고 하는데, 그때는 생사의 경계를 오갔다고 하니까. 대정령의 제어에 매번 성공한다고도 장담할 수 없고."

"크크크, 자중지란과 비교해서 어느 쪽이 위험할까?"

동료를 휘말리게 하는 수준이 아니라 자칫하면 폭주해 나라를 빈터로 만드는 피해가 나올 가능성이 있다는 뜻인가.

클림트, 생각 이상으로 엄청난 녀석이었던 모양이다.

엘리안테가 두려워하는 것도 클림트가 대정령을 소환해 만에 하나 폭주시켰을 때를 상상했기 때문일 것이다.

잠시 알레사 방위의 전말에 대해 이야기를 나눴지만 쌓인 이야기도 있겠다면서 엘리안테 일행은 눈치 있게 떠났다. 에이와스만은 아직 할 이야기가 있다고 소동을 부렸지만 포룬드와 엘리안테가 억지로 데려가 줬다.

프란이 도청 방지용으로 결계를 친 것을 확인하고서야 다시 가르스가 입을 열었다.

에이와스가 상상도 할 수 없는 방법으로 도청을 시도할 것 같으니 말이다.

"다시금 고맙다. 칼집을 찾아줬다고 하던데?"

"응."

『그 형태에 그 이름이니 말이야. 반드시 뭔가 있다고 생각했어.』

"반드시 알아줄 거라고 생각했지."

하지만 문제는 그것만이 아니다.

『아니, 그래도 우리가 왕도에 오지 않을 가능성도 있었잖아?』

우리가 약속을 지킬지 알 수 없다. 달리 볼일이 생길지도 모르고, 모험가니까 여행길에서 목숨을 잃었을 가능성 역시 있을 것이다.

그러나 가르스는 고개를 살짝 젓고 훗, 하고 미소 지었다.

"괜찮아. 너희라면 반드시 약속을 지킨다는 걸 알고 있었으니까."

"당연해. 친구와의 약속은 지켜."

"크하하. 친구인가! 그렇지, 친구니까!"

"응."

그렇게 말하고 웃던 가르스였지만 바로 그 얼굴이 진지해졌다. 아니, 조금 약해졌나? 그 눈 속에서 약간 비참함이 느껴지는 것 같았다. 왜 그러지?

"그래서 말이야. 하나 질문을 해도 될까?"

"응?"

"그 장비 말인데, 원래는 내 흑묘 시리즈인가?"

아아, 그건가! 역시 신경 쓰이는구나. 어쨌든 자신이 만든 방어구가 모습을 크게 바꿨다.

나는 이 장비를 입수한 경위를 가르스에게 설명했다.

강적과의 연전으로 수복 기능이 저하되기 시작한 것. 격전으로 엉망이 된 것. 그걸 우연히 알게 된 대장장이가 보수해준 것.

"우연히 알게 된 대장장이⋯⋯. 그건 혹시 신급 대장장이인가?"

역시 눈치챘나. 세계 최고봉 대장장이인 가르스의 작품을 더 개량할 수 있는 사람은 한정돼 있으니 말이다.

가르스가 살짝 무기력한 건 자신과 아리스테아의 작업을 비교했기 때문일 것이다.

『아⋯⋯.』

어쩌지. 아니, 가르스의 혼신의 작품을 멋대로 개량했다. 프란에게는 필요한 일이었다고는 하나 가르스에게는 의리를 지켜서 사과해야 할 것이다.

『그래. 크림 대륙에서 알게 된 신급 대장장이인 아리스테아가 가르스가 만들어준 갑옷을 개조했어. 미안해. 허가도 없이⋯⋯.』

"아니, 사과할 건 없어! 오히려 나는 감동했어!"

『우오. 요, 용서해주는 거야?』

"용서하고 말고. 이 정도 작업을 보고 화내는 사람은 대장장이 실격이야!"

가르스는 진심으로 말하고 있는 듯했다.

프란의 흑천호 장비를 보고 감동했나 보다.

"네임드 아이템을 개조해 이 정도 물건으로 만들다니…… 훌륭하군."

『신급 대장장이니까~.』

"큭. 이번 사건이 없었다면 입문을 부탁하는 건데……."

『이봐, 입문?』

크란젤 왕국 명예 대장장이인 가르스가? 하지만 생각해보면 상대는 전설의 대장장이다. 입문해도 이상하지는 않을지도?

지금은 베리오스 왕국에 있을 테지만 아리스테아의 정보를 어디까지 가르쳐줘도 될지 알 수 없었다.

『으음. 다음에 만났을 때 전해줄게.』

"진짠가!"

힘차게 침대에서 뛰어내린 가르스가 외쳤다. 나은 지 얼마 되지 않았다고는 믿기 힘들 만큼 재빠른 동작으로 달려와서 프란의 어깨를 잡았다.

"정말로 소개해주는 건가?"

『으, 으응. 다만 승낙할지 승낙하지 않을지는 몰라.』

"알고 있어. 그저 지기가 될 가능성이 있는 것만으로도 충분해!"

일단 가르스에 대해 전하기만은 하도록 하자. 그 뒤에는 아리스테아가 하기에 달렸다.

『그리고 아리스테아는 권력자에게 이용당하고 싶어 하지 않는 것 같으니까…….』

"정보를 남에게 전혀 말하지 않을 거야! 안심해!"

가르스라면 퍼뜨리지는 않을 것이다.

그건 안심할 수 있다. 다만 가르스가 프란을 보는 눈이 왠지 반짝거리고 있었다. 사냥감을 노리는 짐승을 방불케 하는 눈이다. 어? 괜찮은가?

"그 장비를 더 자세히 보여주겠나?"

"응."

프란이 아니라 장비를 보는 눈이었습니다! 그야 당연한가.

그는 드레스 아머의 천을 쥐거나 금속 부분을 두드리거나 했다. 순간 냄새를 맡으려 했지만 그것은 역시 자제한 듯했다. 자제해줘서 다행이다. 나도 병이 막 회복된 가르스에게 벌을 주는 건 내키지 않으니 말이다.

그래도 장비의 세세한 부분을 만지고 진지한 모습으로 체크하고 있었다.

"흐음 흐음……. 이 외견은 아가씨의 취향인가?"

『아니, 아리스테아가 이런 식으로 만들었어.』

"그렇구먼……. 그분은 여성인가?"

『응.』

"그런가. 외견의 완성도는 역시 대단하군. 여성이기 때문에 가능한 걸지도 몰라."

처음에 가르스에게 받은 방어구는 상당히 소녀다운 느낌이었는데? 그렇게 생각했지만 그 장비는 의뢰주의 희망대로 만들었을 뿐이라고 한다.

가르스의 취향이 반영된 건 보이시한 흑묘 시리즈 쪽이었던 모양이다.

"그리고 외견의 변화는 능력의 변화에 비하면 귀여운 수준이야. 이 정도 방어구는 좀처럼 보기 힘들어."

『그 정도야?』

"음. 원래 소재를 생각하면 말도 안 되는 수준이야. 랭크 B 이상의 모험가라도 이것과 같은 수준의 장비는 별로 가지고 있지 않아."

역시 신급 대장장이가 개조한 장비. 고성능이라고는 생각했지만 내 상상 이상의 가치가 있나 보다.

"그리고 스승도 상당히 대단해졌군."

『어? 그래?』

"꽤 강화되지 않았나? 내 신안으로도 확인할 수 있는 정보가 상당히 적어. 알레사에서 만났을 때보다 격이 올라갔다는 증거야."

『외견은 달라지지 않았을 텐데 말이야.』

"안쪽에서 나오는 존재감이 전혀 달라. 나 정도 되면 분명히 알 수 있어."

가르스 영감은 이번에는 나를 관찰하며 신음했다.

칭찬받는 건 기쁘지만 왠지 긴장되는군. 실력이 대단한 감정사에게 평가받는 듯한 느낌이 들었기 때문이다.

"스승도 아리스테아 님이 했나?"

『그것도 있지만 여러 일이 있었거든.』

간단히는 설명할 수 없었다.

가르스도 사정이 있다고 헤아려줬는지 그 이상은 캐묻지 않았다.

"그런가……. 자세한 내용은 묻지 않도록 하지. 하지만 프란뿐만 아니라 스승도 크게 성장했군."

『왠지 부끄럽네.』

프란 이외의 사람에게 성장을 칭찬받은 것은 처음일지도 모른다. 스스로도 쉽게 넘어간다고 생각하지만 기쁜 것은 어쩔 수 없었다.

『고, 고마워.』

"그건 내가 할 말이야. 최고 수준의 명검에 내 작품을 바탕으로 만들어진 훌륭한 방어구들. 귀한 걸 봤어."

그 후 우리는 가르스와 여러 이야기를 나누며 시간을 보냈다.

사건으로부터 며칠이 지났다.

『슬슬 알레사로 가볼까?』

"응."

이미 프란이 할 일은 없고 가르스와 사람들의 거취도 결정됐다. 왕도에서 볼일은 거의 마쳤다고 해도 좋을 것이다.

나로서는 휴양 겸 좀 더 있어도 괜찮겠다고 생각했지만.

"슬슬 수행해야지."

프란 씨가 의욕이 가득하다. 그리고 북쪽의 동향도 신경 쓰인다.

레이도스 왕국의 침공은 막은 건가? 알레사와 장은 무사한가? 아직 속보는 들어오지 않았다. 프란도 상당히 신경 쓰이는 모양이다.

또 프란은 기대돼서 참을 수가 없는지 마랑의 평원에서 할 수행에도 상당히 적극적이었기에, 결국 우리는 왕도를 출발하기로 했다.

우선 목표는 알레사다. 마랑의 평원에 들어가기 전 길드에 허가를 신청해야 하기 때문이다.

멋대로 들어간다고 해서 딱히 벌칙이 있는 건 아니지만 허가를 받아두면 최악의 경우 길드의 지원을 받을 수 있고, 조사 등의 의뢰를 처리할 수도 있다.

특히 마랑의 평원은 A급 마경이어서 랭크 B 이상의 모험가가 아니면 솔로의 탐색 허가는 좀처럼 내려지지 않는다고 한다.

그러고 보니 바르보라 근처에 있던 수정 감옥에서도 비슷한 이야기를 들은 적이 있었군. 랭크가 올라가서 더 상위 의뢰를 받을 수 있게 됐을 뿐만 아니라 마경 등의 탐색 제한도 해제됐나 보다.

『보수도 받았으니 확실히 왕도에 있을 이유도 없나.』

"응."

『일단 길드에 인사하러 가자.』

"알았어."

참고로 길드와 국가에서 보장금과 특별 보수가 들어왔지만 가르스의 보호 의뢰와 경매에서 쓴 돈, 그리고 고아원과 구호소의 재건에 보태라며 프란이 펑펑 쓴 돈을 생각하면 완전히 적자다. 그래도 500만 골드 정도는 소지금이 있지만 말이다.

물론 그 덕분에 프란의 평가가 더 올라갔다. 치유의 힘으로 사람들을 구했을 뿐만 아니라 약자 구제를 위해 거금을 냈다는 평판의 프란은 지금은 흑묘성녀라는 이명으로 불리기 시작했다.

프란으로서는 흑뢰희가 더 강해 보여서 좋은 모양이지만, 왕도에서는 성녀가 압도적으로 잘 통하게 됐다. 어디를 가도 성녀라고 불리고 있다.

지금도 길드로 향하는 도중에 많은 사람이 말을 걸고 있었다. 그때 모두가 '성녀님'이라든가 '성녀 씨'라고 불렀다.

그 상태는 길드에서도 달라지지 않았다. 지금은 왕도뿐이지만 조만간 주변 도시에 흑묘성녀의 이름이 퍼질지도 모른다. 프란으로서는 바라던 바가 아니지만 나는 좀 기쁘다.

엘리안테가 왕도에 있어달라고 간청하는 것도 당연하다. 프란이 있는 한 모험가 길드의 평판은 계속 높을 것이기 때문이다.

"스테리아."

"어라, 오늘은 어떤 볼일로 왔니?"

여전한 스테리아가 쿠키를 먹으며 나른하게 대답했다.

겨우 왕도의 정세가 안정되기 시작해서 전처럼 과자를 먹으며 접수를 받을 수 있게 됐나 보다.

"엘리안테한테 할 얘기가 있어."

"그럼 마음대로 들어가렴. 너라면 문제없으니까."

"응."

이제 완전히 안면 통과였다. 랭크가 올라갔기 때문이라기보다 왕도에서 신뢰도가 올라갔기 때문이겠지. 스테리아가 알리기가 귀찮아졌을 뿐일 가능성도 높지만.

『엘리안테의 방에서 인기척이 느껴져. 손님이 와 있을지도 몰라.』

"응."

이거 돌아갔다 다시 와야 하나? 일단 인사만 하고 나중에 온다는 말이라도 하자.

프란이 방문을 노크했다.

『오오, 노크를 할 수 있게 됐구나.』

'흐흥.'

내가 무심코 감탄의 말을 입에 담자 프란이 의기양양한 얼굴로 작은 가슴을 폈다. 아니, 그렇게 대단한 일은 아니지만 내 입장에서 보면 엄청난 성장을 느끼게 하는 사건이었다.

그야 그 프란이, 프란이 노크를 했다. 대단하지 않아?

"누구야? 들어와도 돼."

이 느낌, 중요한 손님은 아닌 것 같다. 프란이 집무실로 들어가니 그곳에서는 낯익은 전사들이 엘리안테와 담소를 나누고 있었다.

사건 때 함께 싸운 반충인 용병들이다.

방의 밝은 분위기로 엘리안테와 그들의 사이가 좋은 것을 추측할 수 있었다.

"어머, 마침 잘 왔어. 지금 네 이야기를 하던 참이야."

"나?"

"응. 이 녀석들은 내 오랜 친구이자 용병단, 더듬이와 등딱지의 멤버야."

"여, 안녕. 나는 로빈. 더듬이와 등딱지의 서브 리더를 맡고 있어."

악수를 청한 산뜻한 남자는 견새우 반충인이다. 지금은 전투 때와 달리 등딱지는 모습을 감춰서 반충인 특유의 검은 눈과 더듬이 이외에는 평범한 인간과 다르지 않아 보였다. 능력도 전투 때보다 크게 떨어졌을 것이다.

"나는 홉스."

"에피⋯⋯."

"나는 안!"

"신겐이라고 합니다."

풀무치, 하루살이, 이빨개미, 신의 순서로 자기소개를 했다.

소년의 모습인 홉스는 쿨하고 아니꼬운 분위기다. 로빈과 마찬가지로 사람에 가까운 모습이다.

하루살이인 에피는 상당히 조용한가──라기보다 어두운 타입의 여성으로 보인다. 이빨개미인 안은 기운이 넘쳐 보이는 소녀로군. 신인 신겐은 이전에 느낀 대로 부드럽고 힘센 타입일 것이다.

"보통은 남쪽의 소국가군에서 활동하지만 이번에는 우연히 북쪽에서 일이 있어서 운 좋게 이 도시에 있었어."

"운 좋게?"

운이 나쁜 것과 착각한 것 아닐까? 죽을 뻔했는데? 프란도 고개를 갸웃거렸다.

"운이 좋지. 그 덕분에 친구가 궁지에 몰렸을 때 늦지 않았으니까."

"뭐, 벌이도 괜찮았고."

로빈은 이미지대로 열혈한인 모양이다. 홉스는 비뚤어졌다고 할까, 위악적인 타입.

"⋯⋯좋은 싸움이었어."

"오랜만에 진짜로 날뛰었지."

두 여성은 전투를 즐기는 타입이기도 한 건지 그 격렬한 싸움을 즐겁게 이야기했다. 로빈은 완전히 죽을 뻔했다고 생각하는

데, 그것도 체험하기 어려운 경험인 모양이다. 위험하다, 프란과 마음이 맞을 것 같다.

"다들 살아남아서 다행이야."

신인 신젠 군이 그렇게 말하고 느긋하게 웃음을 지었다. 고생 스럽겠지만 힘내!

"네 덕분에 그 싸움에서 이길 수 있었어. 그리고 엘리안테도 많이 도와줬다면서? 다시 인사를 하게 해줘."

"잠깐만, 로빈! 뭘 보호자처럼 말하는 거야!"

"나뿐만 아니라 친구의 목숨을 구해줬어. 당연한 예의잖아?"

"여전히 꽉 막혔네!"

그렇게 말하지만 엘리안테의 얼굴은 아주 싫지는 않은 듯했다. 그들 사이에만 통하는 인연 같은 게 있는 거겠지.

"그, 그래서? 무슨 볼일이야?"

"응. 알레사로 갈래."

"어? 왕도를 떠난다는 거야?"

"응."

"자, 잠깐만! 아직 부탁하고 싶은 일이 잔뜩 있어!"

엘리안테가 그렇게 말하며 한탄했지만 프란의 결심은 변하지 않았다. 다른 모험가들도 할 수 있는 일이고 귀족의 참견도 완전히 없어지지는 않았으니 말이다.

그것을 이해했는지, 엘리안테는 한심한 얼굴로 마지못해 고개를 끄덕였다.

"알았어……. 그래서 언제 떠날 거야?"

"내일."

"내, 내일? 저, 적어도 다음 주에 가면 안 돼?"

"그럼 모레?"

"더! 더 왕도에 있어도 되잖──."

아마 출발하기 전에 프란에게 얼마나 의뢰를 시킬지 머릿속으로 계산했나 보다. 그러나 매달리며 말리는 게 아닐까 생각할 만큼 충격을 받은 엘리안테를 이야기를 듣던 로빈이 타일렀다.

"엘리안테. 전사의 여행을 방해하면 안 돼."

"으으. 너희는 내 업무량을 모르니까 그런 소리를 하는 거야!"

"우리도 한동안 이 도시에 머무르며 일을 받을 생각이야."

"지, 진짜? 진짜야?"

"그래."

"즉 내 일을 도운다는 거지?"

"그래."

"자, 들었어. 언질을 받았어~. 이제 안 놓칠 거야!"

엘리안테의 말을 듣고 동료들이 똑같은 쓴웃음을 지었다.

"하아. 너는 여전하구나."

"……진짜."

"귀엽지가 않네~."

"그러네요."

엘리안테……. 역시 아쉬운 녀석. 외모만이라면 유능한 여자인데 말이야…….

에필로그

『여어…….』

『또 댁인가.』

수면을 필요로 하지 않는 내가 마치 꿈을 꾸는 듯한 감각에 둘러싸여 있었다. 이제 몇 번째인지 알 수 없지만 점점 익숙해지는군.

적어도 당황하지 않을 정도로는 이 상황을 경험했다.

장소는 매번 같은 흰 공간이었다. 그곳에 낯익은 남성이 서 있었다. 은발 올백에 키나가시 풍 로브를 걸친 체격 좋은 남성이다.

『그러고 보니 월연제가 가까워졌네.』

왕도에서도 매년 성대한 월연제가 열린다고 들은 적이 있지만 현재는 긴급 사태다. 올해는 정말 간단한 의식이 실시될 뿐이라고 한다.

이 남자가 월연제에 맞춰 건강을 회복한다──아니, 달의 배치에 영향을 받고 있는 건 알고 있다. 슬슬 나와도 이상하지는 않은 시기였다.

『이봐, 당신은 누구야? 내 안에 있는 의문의 영혼이라는 건 당신이야? 정체는? 혹시 펜리르야?』

『미안하군. 그건 또 다음에 말해주지.』

『다음에 만났을 때 가르쳐준다고 하지 않았어?』

『누구 탓이라고 생각하는 거야……. 아무튼 상황이 좀 달라졌어. 네게 내 정보를 주기가 위험한 상황이야. 자칫하면 기억이…….』

『무슨 뜻이야?』

『아무튼 지금은 내 얘기를 들어.』

『……알았어.』

남자의 진지한 목소리를 듣고 긴급한 안건이라는 것을 이해할
수 있었다.

『그건 그렇고 아주 지쳤는데?』

남성은 이전에 만났을 때와는 모습이 달랐다. 그때는 좀 더 패
기가 있다고 할까, 기합이 들어간 표정을 하고 있었을 텐데.

지금의 남성은 놀랄 만큼 초췌했다.

안색이 나쁘고 눈 밑에 심한 다크서클이 있었다. 볼도 홀쭉해
진 것 같은데?

『여러 일이 있었거든. 그것도 포함해서 네게 이상이 일어나고
있어.』

『뭔데?』

『스스로도 알고 있겠지만, 현재의 너는 조금——아니, 상당히
위험한 상태야.』

『저기, 의문의 목소리를 말하는 거야?』

내 안에서 오로지 삼키라고 외쳤다. 하늘도 땅도, 신도 마도,
사람도 짐승도 모두 삼켜서 양분으로 삼으라고 했었지.

아무튼 불길한 소리를 잔뜩 지르고 있었다.

『그것뿐만이 아냐.』

『어? 그 밖에도 뭐가 있어?』

『너무 많을 정도야. 다만 이 자리에서 그걸 해결할 힘이 내게는
없어.』

굳이 모습을 드러내놓고 그런 소리 하기냐.

『아무튼 용건을 말하지. 20일 이내에 마랑의 평원으로 와.』

『……제단으로 가면 돼? 20일 이내에?』

『그 말대로야. 그 기간이라면 아직 달의 마력이 가득 차 있으니까.』

달의 마력이란 말이지. 월연제의 시기에 힘이 커진다는 건 역시 은월의 여신의 권속이라는 뜻일까? 남자라서 여신 본인이 아닌 건 알겠지만.

『거기서 이번에야말로 내 정체를 밝히지. 그 외에도 여러모로 말이야.』

『아, 잠깐——.』

남자는 할 말만 하고 모습을 지우고 말았다.

남자의 모습이 허공에 녹아들자 내 시야는 깨끗해졌다. 하얀 공간이 순식간에 사라지고 숙소의 방으로 돌아왔다.

아니, 나는 원래 전혀 움직이지 않았고 정신만이 그 하얀 공간으로 불려간 느낌이다.

『하여간에! 매번 매번 일방적이라니까!』

하지만 이번에는 중요한 정보를 들었다.

『마랑의 평원의 제단이라.』

내가 이 세계에서 처음 눈을 뜬 장소. 역시 그곳에 뭔가 비밀이 있는 건가. 프란의 수행을 위해서뿐만 아니라 나 자신에게도 마랑의 평원에 갈 의미가 생겼군.

"……스승?"

『프란, 나 때문에 깼어?』

"……응. 뭔가 이상했거든."

『실은 말이지──.』

나는 지금 있었던 일을 모두 이야기했다. 이미 프란에게는 파나틱스를 동족상잔으로 흡수했을 때 들린 의문의 목소리와 파나틱스에 대해서도 모두 가르쳐줬다.

상당히 걱정하길래 특별히 이변은 없다고 말해서 달랬다.

"빨리 평원으로 갈래!"

뭐, 이렇게 되겠지. 이후 궁정 의사장이라는 사람에게 인사를 하러 갈 예정이 있지만 그것도 무시할 것 같은 기세다.

『잠깐만, 아직 20일이 있어. 지금의 우리라면 알레사까지 며칠 만에 이동할 수 있고 마랑의 평원도 그렇게까지 크지 않아. 초조해하지 않아도 돼.』

"하지만 위험하잖아."

『그렇게 들었지만 1분 1초를 다툴 사태였다면 더 다급하게 말했을 거야. 그야말로 지금 당장 제단으로 가라고 말이야.』

서두를 필요는 있지만 초조해할 필요는 없다고 생각한다.

『그리고 높은 사람에게 인사는 해두는 편이 낫잖아?』

"……알았어."

어떻게든 이해해준 모양이다. 그렇게 생각했지만……. 아니, 설마 그렇게 빨리 궁정 의사들과의 식사를 마칠 줄은 몰랐다.

일단 궁정 의사장이나 시종 같은 높은 사람도 자리를 함께하며 프란의 공적을 칭찬해줬지만 거의 무시했다.

아마 식사 시간은 30분 정도였을까? 저 프란이 식사를 남길 줄이야……. 서두를 이유를 질문 받고 '알레사로 가야 한다'고 말하자 어째선지 납득해줬다.

아무래도 모험가 길드의 은밀한 의뢰를 받아 레이도스 왕국에 대한 대비 인원으로 알레사로 가는 거라 생각한 모양이다. 뭐, 화를 내는 것보다는 착각해주는 편이 나으니 굳이 오해는 풀지 않았지만.

"스승, 알레사로 가자!"

『그래그래. 알았어..』

이건 이제 막을 수 없을 것이다.

"울시, 힘내."

"웡!"

울시의 다리라면 무리를 하지 않아도 나흘만 있으면 알레사에 도착하겠지. 하지만 그대로 여행을 떠나지는 못했다.

성의 정문 앞에서 울시의 등에 훌쩍 올라탄 프란의 등에 목소리가 날아온 것이다.

"프란! 잠깐 기다려!"

"엘리안테?"

"하여간에 정말 훌쩍 간다니까! 정문에 감시를 붙여둬서 다행이야!"

아무래도 길드 사람을 부려 프란이 여행을 떠나려 하는 것을 지켜보고 있었던 모양이다. 뭐, 왕도에서 밖으로 나갈 때까지 줄을 서거나 수속을 하느라 시간이 조금 걸리니 말이다.

엘리안테 외에도 코르베르트와 가르스, 베일리즈 백작의 모습까지 있었다.

"무슨 일이야?"

"저기 말이야……. 하아, 뭐 됐어."

프란의 질문에 엘리안테가 질린 기색으로 탄식했다.

이건 나도 엘리안테에게 동의한다.

"마지막으로 제대로 감사 인사를 하고 싶었어. 이번에는 정말 고마웠어. 왕도의 모험가를 대표해서 인사하겠습니다. 고마워요."

그렇게 말하고 엘리안테가 머리를 깊이 숙이자 다른 사람들도 잇달아 프란의 손을 잡고 머리를 숙였다.

그러자 어째선지 주위에서 짝짝 소리가 나기 시작했다. 그것은 왕도를 드나드는 병사와 모험가와 민간인들이 손뼉을 치는 소리였다.

소리의 숫자는 점점 늘어나 어느새 우레 같은 박수로 변했다.

성벽과 집들 안, 먼 길에서도 소리가 울리고 있었다.

"성녀님! 도와주셔서 감사했습니다!"

"또 와요!"

"성녀님! 고마워요!"

이렇게 많은 사람들에게 여행길을 축복받는 건 처음 아닐까?

프란도 눈을 동그랗게 뜨고 있다.

자신의 적을 쓰러뜨리고 자신이 할 수 있는 일을 했을 뿐. 직접 도운 사람에게 받는 것도 아니고, 이렇게 많은 감사가 나오는 이유를 알 수 없는 거겠지.

"어째서?"

"그만큼 네가 대단한 일을 한 거야! 자각해!"

『그래, 프란. 너는 네 생각보다도 더 많은 사람을 구했어.』

'응……'

프란 자신은 파나틱스와의 최종 결전 때 싸우지 못하고 자고 있던 것을 지금도 신경 쓰고 있다. 그 바람에 자신의 활약을 조금도 대단하다고 생각하지 못했다.

『프란. 손이라도 흔들어보는 건 어때?』

"손?"

프란은 그렇게 말하고 손을 가볍게 들었다. 더 큰 환성이 솟아올랐다.

모두가 프란에게 감사의 말을 전하고 있었다.

『이게 네가 한 일에 대한 모두의 솔직한 반응이야. 너는 이만한 사람들에게 감사받을 일을 한 거야. 더 가슴을 펴도 돼.』

"……응."

"프란, 또 와! 언제든지 환영할 테니까!"

"또 무구를 보러 오게!"

"고마웠어!"

그런 축복과 성원과 아쉬워하는 말을 등으로 받으며 프란의 지시로 울시가 달리기 시작했다. 매정해 보이지만 쑥스러워서 그런 거다. 나는 알 수 있었다. 입가에 희미한 웃음이 떠올라 있는 것을.

『많은 일이 있었지만……. 빨리 부흥하면 좋겠네.』

"응."

『다음은 그리운 알레사인가.』

"기대돼."

"웡!"

실은 반년도 안 됐는데 말이야.

"울시, 서둘러! 전력 전개!"

"윙윙워엉!"

『아아아아아, 무리는 하지 마!』

"괜찮아!"

"윙!"

『괜찮지 않잖아아아아아아!』

특별기고

프란 더 리퍼

원안/타나카 유
만화/마루야마 토모오

전생했더니 가위였습니다.

진짜냐…

서거억

크아아!?

그런고로

프란은 모험을 하지 않고

나를 써서 '악'을 벤다…

처벌!!

아니, 다르다… '악인의 털'을 응징하는 처벌자가 되었다!

푸하하

어설프다, 프란 더 리퍼여!

와아아ㅇㅇㅇ

잘한다, 프란 더 리퍼!

대단해요!

TENSEI SITARA KEN DESITA Vol. 12
©2021 by Yuu Tanaka / Llo
First published in Japan in 2021 by MICRO MAGAZINE, INC.
Korean translation rights reserved by Somy Media, Inc.

전생했더니 검이었습니다 12

2022년 12월 15일 1판 1쇄 발행

저　　　자	타나카 유
일 러 스 트	Llo
옮 긴 이	신동민
발 행 인	유재옥
본 부 장	조병권
담당편집자	박치우
편집 1팀	김준균 김혜연 박소연
편집 2팀	정영길 조찬희 박치우 정지원
편집 3팀	오준영 이해빈
미　　　술	김보라 박민솔
라이츠담당	김정미 맹미영 이승희 이윤서
디 지 털	박상섭 김지연
발 행 처	㈜소미미디어
등　　　록	제2015-000008호
주　　　소	서울시 마포구 토정로 222, 403호 (신수동, 한국출판콘텐츠센터)
판　　　매	㈜소미미디어
제 작 처	코리아피앤피
영　　　업	박종욱
마 케 팅	한민지 최원석 최정연
물　　　류	허석용 백철기
전　　　화	(02)567-3388, Fax (02)322-7665

ISBN 979-11-384-3505-5 04830
ISBN 979-11-5710-608-0 (세트)